愛經典

閱讀經典，成為更好的自己。

夜鶯與玫瑰

王爾德童話與短篇小說全集

奧斯卡・王爾德
Oscar Wilde—著
朱純深—譯

緣起

卡爾維諾說：「『經典』即是具影響力的作品，在我們的想像中留下痕跡，並藏在潛意識中。正因『經典』有這種影響力，我們更要撥時間閱讀，接受『經典』為我們帶來的改變。」因為經典作品具有這樣無窮的魅力，時報出版公司特別引進大星文化公司的「作家榜經典文庫」，期能為臺灣的經典閱讀提供另一選擇。

作家榜經典文庫從二〇一七年起至今，已出版超過六十本，迅速累積良好口碑，不斷榮登豆瓣讀書暢銷榜。本書系的作者都經過時代淬鍊，其作品雋永，意義深遠；所選擇的譯者，多為優秀的詩人、作家，因此譯文流暢，讀來如同原創作品般通順，沒有隔閡；而且時報在臺推出時，每部作品皆以精裝裝幀，質感更佳，是讀者想要閱讀與收藏經典時的首選。

現在開始讀經典，成為更好的自己。

作者簡介

奧斯卡・王爾德
Oscar Wilde，1854–1900

出生於愛爾蘭都柏林，英國作家、詩人、劇作家，唯美主義的奉行者，提倡「為藝術而藝術」，認為藝術本身就是真正的價值所在，不該存有其他目的。

他是英倫才子放蕩不羈的代表，二十歲時以全獎考入牛津大學。他的文字唯美頹廢，衣著精緻考究，恃才放曠的外表下，卻有一顆純善純美的童心，被譽為「童話王子」。當他在文壇如日中天時，因一場同性戀控告案，被判入獄兩年，聲譽、事業毀於一旦。出獄後流亡法國，在巴黎一家旅館抑鬱而終。

目次

童話全集

石榴屋

短篇小說

童話全集

快樂王子

在高高的城上空，在一座高高的碑柱頂上，矗立著快樂王子的雕像。他全身貼滿用純金打製成的薄薄的金箔，眼睛是藍寶石做的，還有一顆很大的紅寶石鑲在他的劍柄上，閃閃發亮。

真的，很多人都讚美他。「他跟風向標一樣漂亮。」有個市議員說了一句，他這是想給自己賺得個有藝術品味的名聲。「只可惜不太有用。」他補上一句，生怕給人說他不實在，他還真不是這樣的人呢。

「你為什麼不能像快樂王子那樣？」一位母親很講道理地問她那哭著想要月亮的小男孩，「人家快樂王子夢裡都不會哭著要什麼東西。」

「我很高興，這世界上還有個人這麼快樂。」一個潦倒失意的男人望著這尊華美的雕像嘟噥著。

「他就像個天使。」孤兒院的孩子們說，他們正從大教堂走出來，身披鮮亮深紅的斗篷，繫著乾淨的白圍涎。

「你們怎麼知道？」數學老師問道，「你們從來就沒見過天使。」

「啊！我們見過，夢裡見的。」孩子們回答道。數學老師皺起眉頭，板起了面孔，因為他不贊成小孩子做夢。

有一天夜裡，城上空飛來一隻小燕子。他的朋友們一個半月前就飛去埃及，但他留下來了，因為他愛上了最漂亮的一株蘆葦。他是今年早春時節遇上她的，那時他正沿著河飛過來追一隻黃色的大蛾子，目光卻被她細細的腰肢吸引住，於是停下來和她聊開了。

「我愛你可以嗎？」燕子問，他說話就喜歡開門見山，只見蘆葦對他深深鞠了一躬。於是他就繞著蘆葦飛啊飛啊，用翅尖拂著水面，撩起一層層銀光閃閃的漣漪。他就是這麼求愛的，而且求了整整一個夏天。

「這樣的愛戀真是可笑，」別的燕子嘰嘰喳喳地說，「她要錢沒有，要關係又牽牽扯扯一大把。」說的也是，河裡差不多到處都長著蘆葦呢。就這樣，秋天一到，他們便全飛走了。

大家走後，他覺得冷清，也追膩了蘆葦戀人。「她不跟我說話，」他說，「我怕她很風騷呢，瞧她那副一天到晚跟風調情的樣子。」還真是，只要風一來，蘆葦便風情萬般地屈膝行禮。「我承認她很戀家，」他繼續說，「但我喜歡旅行，那我的太太當然也得喜歡旅行才是。」

「你會跟我一起走嗎？」他終於開口問了，但蘆葦直搖頭，她太捨不得自己的家了。

「你一直都沒把我當一回事，」他大叫，「我要去金字塔那裡了。再見！」說著，他就飛走了。

一整天他飛呀飛呀，晚上就飛到了城裡頭。「我去哪裡過夜呢？」他說，「希望這城為我備好了地方。」

這時他看到了那高高的大圓柱頂上的雕像。「我就在這裡過夜吧，」他嚷道，「這地方好，瞧空氣多新鮮。」於是他飛下來，停在了快樂王子兩隻腳中間。

「我有個金房間睡啦。」他輕輕地自語，往四下裡一望，準備就寢了。可是他才把頭藏進翅膀底下，就有一大滴水落到他身上。「這就奇了怪了！」他大叫，「天空一絲雲也沒有，星星一顆顆可亮著呢，怎麼就下起雨來？這北歐的氣候真是糟糕。我那蘆葦就喜歡雨，但那不過是她自私罷了。」

又一滴水落了下來。

「立著一座雕像有什麼用，連雨都擋不了？」他說，「我得找個有煙囪的好去處。」說著便決定要飛走。

可是沒等他張開翅膀，落下了第三滴水，他抬眼一瞧，看到——啊！看到了什麼？

快樂王子眼裡噙滿了淚水，一滴滴順著他金色的雙頰往下淌著。月光中他的臉是這麼漂亮，令小燕子心裡充滿了憐憫。

「你是誰？」他問。

「我是快樂王子。」

「你幹嘛哭呢？」燕子問，「瞧，弄得我都溼成這樣。」

「我活著的時候有一顆人的心，」雕像回答，「那時我不知道眼淚是什麼，因為我住在無憂宮裡，憂愁是不能進來的。白天我有人陪著在花園裡玩，晚上我在大廳中領著大家跳舞。花園四周是很高很高的牆，但我從來都沒想到去問牆外到底有什麼，我身邊的一切都這麼美好。我的臣子都叫我快樂王子，我還真很快樂呢，如果日子過得舒服就是快樂的話。就這樣，我活了一輩子；就這樣，我死了。死後他們把我安在這麼高的地方，我於是看到了在我的城裡頭所有的醜惡和哀苦，儘管我的心現在是鉛鑄的，但我還是禁不住哭了出來。」

「什麼，他不是純金鑄的？」燕子心中暗道。他很有禮貌，不會把個人的品評說出口。

「遠遠的，」雕像聲音低低的，像音樂般的往下說，「遠遠的有一條小街上，那裡住著一戶窮苦人家。有一扇窗開著，我看到裡面有個婦人坐在桌子邊。她臉很瘦，很憔悴，雙手又粗又紅，都是被針扎的，因為她是個做針線活的。她正在給一件緞袍繡熱情花，那是王后最漂亮的女儐相在下次宮廷舞會上要穿的。在房間角落裡有張床，上面躺著她幼小的兒子。孩子病了，發著燒，嚷著要吃柳丁。可是他媽媽什麼也沒有，只能給他餵河裡打來的水，所以他在哭。燕子啊燕子，小燕子啊，難道你不想把我劍柄上的紅寶石取下來，送過去給她嗎？我的腳定在了這底座上，動不了了。」

「人家在埃及那邊等我呢，」燕子說，「我的朋友都在尼羅河上飛來飛去，和大朵大朵的蓮花聊著天。等一下他們就要飛進大國王的陵墓睡覺去了。國王自己也在裡面，睡在彩色的棺木裡。他渾身包著黃色亞麻布，裹滿了各種香料，脖子上掛著一條淡綠色的玉鏈，兩隻手像枯葉似的。」

「燕子啊燕子啊，」王子說，「你就不肯陪我過一夜，當我的信差嗎？瞧那男孩多[illegible]他媽媽多傷心啊。」

「[illegible]男孩子，」燕子回答，「夏天裡，我在河上待著，有兩個野孩子，[illegible]兒子，盡朝我扔石頭。沒有一次打得到，當然了。我們燕子飛得可厲害[illegible]們想都別想打到，而且，我出身的家族更是以身手敏捷聞名。但不管怎樣，[illegible]做還是很不敬的。」

但一看快樂王子那一臉哀傷的樣子，小燕子心裡也覺得不是滋味。「這裡真冷，」他說，「但我還是陪你一個晚上吧，也給你當信差。」

「謝謝你，小燕子。」王子說。

於是燕子把那顆大寶石從王子的劍柄上啄出來，銜在嘴裡，越過城中高高低低的屋頂飛去了。

他飛過大教堂的塔頂，上面有一尊尊白色大理石的天使雕像。他飛過王宮，聽到傳出陣陣歌舞的聲音。一個美麗的少女和她的戀人走到陽臺上來。「星星多美啊，」他對女孩子說，「愛情多美啊！」

「希望我的衣服早點做好，趕得及在宮廷舞會上穿，」她回答說，「我定了衣服上要繡熱情花，可是那做針線的裁縫就是懶。」

他飛過河面，看到一個個燈籠掛在船桅杆上。他飛過猶太區，看到那些老猶太人在互相討價還價談生意，把錢放在銅天平上秤。他終於飛到了那戶窮人家，往裡看，那孩子燒得在床上翻來覆去，母親已經睡著，她太累了。小燕子跳進窗，[…]放在桌上，挨著那婦人的頂針。接著他輕輕地繞著床飛，用翅膀給那孩子的額[…]

「真涼快啊，」那孩子說，「我病一定要好了。」說著，他便甜甜地睡了。

燕子飛回到[…]子身邊，告訴他自己都做了些什麼。「真奇怪，」燕子說，「我現在覺得很暖和，儘[…]是冷得很。」

「那是因為你做了善事。」王子說。小燕子就開始想了，想著想著就睡著了。他一想事情眼睛就睏。

天亮了，他飛到河裡洗了個澡。「多麼奇特的現象啊，」鳥類學教授從橋上走過時驚歎道，「都冬天了還有隻燕子在這兒！」於是他就這事寫了封長長的信寄給當地報紙。大家都在引用這封信，儘管裡頭有好些詞語他們看不懂。

「今晚我要去埃及。」燕子說，一想到要走了他便滿心歡喜。他把城中所有的公共紀念碑看了個遍，在教堂的尖頂上坐了好一會兒。不管他到哪兒，麻雀都嘰嘰喳喳叫個不停，互相說著：「一位多麼尊貴的稀客啊！」所以一天下來他玩得很盡興。

月亮升上來時，他飛回快樂王子那裡。「你在埃及有什麼事要辦的嗎？」他大聲問，「我這就要動身了。」

「燕子啊燕子，小燕子啊，」王子說，「難道你不多陪我一個晚上嗎？」

「人家在埃及那邊等我呢，」燕子回答，「明天我的朋友要沿著河飛上第二瀑布。那裡有河馬睡在香蒲草裡，在大大的花崗岩寶座上還坐著門農神。他一整夜就看著星星，等到啟明星亮了，他快樂地喊一聲，便沉默了。中午時分黃色的獅子來河邊飲水，一頭頭眼睛像綠玉石，吼聲比瀑布的聲音還要響亮。」

「燕子啊燕子，小燕子啊，」王子說，「遠遠的在城那頭，我看見有個年輕人住在閣樓上，身子俯在堆滿了稿紙的書桌上，旁邊有個大玻璃杯，裡頭是一束乾枯了的紫羅蘭。他的頭髮是棕色的，又捲又硬，嘴唇紅得像石榴，大大的眼睛像做夢似的。他正在趕工寫一部戲給劇院導演，但是天太冷了寫不下去。爐子裡沒有火，人也餓得頭昏眼花。

「那我就多等一個晚上吧，」好心腸的燕子說，「要我再拿顆紅寶石送過去嗎？」

「哎呀！我可沒有紅寶石了啊，」王子說，「我只剩下眼睛了。那是用兩顆珍貴的藍寶石做成的，從印度來的千年寶石。挖出一顆給他送去吧。他可以拿了賣給珠寶商，換來錢買食物和木柴，把他的戲寫完。」

「親愛的王子啊，」燕子說，「我可下不了這狠心。」說著他便哭起來。

「燕子啊燕子，小燕子啊，」王子說，「照我的指令去做吧。」

於是燕子取出王子的一隻眼睛，飛去了那個學生住的閣樓。要進閣樓並不難，屋頂上就破了個洞。他穿過這洞飛進去，到了房間裡。那年輕人正用手支著頭，所以並沒有聽見鳥翅膀撲扇的聲音，等他抬起頭來時，才看到那顆美麗的藍寶石放在乾枯的紫羅蘭上。

「開始有人賞識我了，」他高聲嚷道，「不知是哪位慷慨的崇拜者送來的。現在我寫得完這部戲了。」他這下顯得非常快樂。

第二天燕子飛下來到了港口。他坐在一艘大船的桅杆頂上，看著水手把大大的箱子從船艙用繩子拉上來。「嗨喲嘿喲！」他們每拉上一口箱便響亮地對喊一聲口號。「我要去埃及了！」燕子高聲叫著，但沒人理他。月亮升上來時他飛回到王子身邊。

「我回來跟你告別。」他叫道。

「燕子啊燕子，小燕子啊，」王子說，「難道你不多陪我一個晚上嗎？」

「冬天了，」燕子回答，「寒風大雪不久就要來了。埃及那邊太陽正暖和，棕櫚樹綠油油的，鱷魚躺在泥地裡懶洋洋地四處打量著。我的夥伴正在巴別克城的太陽神廟裡築巢呢，粉紅的和潔白的鴿子一邊看著他們，一邊情話綿綿地交頭接耳。親愛的王子，我非得走不可，但我永遠也忘不了你，明年春天我會給你帶回來兩顆美麗的寶石，補回你施捨出去的那兩顆。我帶來的紅寶石會比紅玫瑰更紅，藍寶石會藍得像大海一樣。」

「在下面的廣場上，」王子說，「站著個賣火柴的小女孩。她不小心把火柴掉進了排水溝裡，全溼透了。如果沒賣出些錢帶回家，她父親會打她，所以她在哭呢。她腳上沒有鞋子也沒有襪子，小腦袋上也沒帽子戴。把我另一隻眼睛也挖了去給她吧，那她父親就不會打她了。」

「我會再陪你一個晚上，」燕子說，「但我不能去挖你的眼睛。挖了你就全瞎了。」

「燕子啊燕子，小燕子啊，」王子說，「照我的指令去做吧。」

於是他挖出王子的另一隻眼睛，銜著直衝下去，颼的一下飛過那賣火柴的女孩，把寶石輕輕放進她手心裡。「多漂亮的一塊玻璃啊。」小姑娘高叫一聲跑了回家，一路笑著。

燕子飛回王子身邊。「你瞎了，」他說，「所以我要陪著你永不離開。」

「別這樣，小燕子，」可憐的王子說，「你應該去埃及。」

「我要永遠陪著你。」燕子說著便在王子腳邊睡下了。

第二天他一整天就站在王子的肩膀上，給他講自己在異國他鄉見到的各種事情。他給王子講朱鷺，牠們怎樣長長的一排排站在尼羅河岸邊，用長嘴在水裡捉金魚吃；講斯芬克斯，牠和世界一樣老，住在沙漠裡，什麼都知道；講商人的事，那些人怎麼趕著駝隊慢慢走著，手中捏著一串琥珀珠子；講月亮山的國王，他跟烏木一樣黑，崇拜一塊大大的水晶石；講大綠蛇，那蛇睡在一棵棕櫚樹上，有二十個僧侶餵牠蜜糕吃；還講那些小矮人，他們怎麼乘著又大又平的葉子渡過一個大湖，還老跟蝴蝶打仗。

「親愛的小燕子，」王子說，「你告訴了我這麼多異國奇事，但是最奇特的還是眾生的苦難。天下事，再奇也奇不過人間的淒慘事。到我的城裡飛一趟吧，小燕子，再告訴我你都看到了什麼。」

於是燕子在這座大城市的上空飛著，看到富人在他們漂亮的房子裡尋歡作樂，乞丐就坐在大門口。他飛進陰暗的小巷，看到孩子在挨餓，他們蒼白的臉無精打采地望向黑濛濛的街道。有個橋洞裡躺著兩個小男孩，摟在一起互相取暖。「真餓啊！」他們說。「不許躺在這裡。」巡夜的吼道，他們只好一腳高一腳低地走進雨中。

他就飛回去把看到的說給了王子聽。

「我披著一身的純金，」王子說，「你這就拿下來，一片一片地拿，給我的窮人送去。天下人總覺得有了黃金就快樂。」

一片一片的，燕子把純金啄下來，到後來快樂王子變得暗無光澤、灰不溜丟的。

一片一片的，燕子把這純金送去給了窮人，孩子臉上透出了紅色，笑著鬧著在街上玩起了遊戲。「我們有麵包了！」他們高聲叫喚。

隨後下起雪來，雪下過了又結霜。條條街道像用銀子鋪成的那樣，閃閃發亮。長長的冰凌像水晶刀似的從家家戶戶的屋簷掛下來，街上人人都穿著皮衣，小孩子戴著鮮紅的帽子在溜冰玩耍。

可憐的小燕子覺得身上越來越冷，但是他不肯離開王子，他太愛他了。他在麵包店外趁麵包師傅沒看見，啄一點麵包屑充饑，拍著翅膀好讓自己暖和點。

但是他終於知道自己快死了，於是用盡最後一點力氣再一次飛到王子的肩膀上。「別了，親愛的王子！」他喃喃說道，「你能讓我親一下你的手嗎？」

「我很高興，你終於要飛去埃及了，小燕子，」王子說，「你在這兒待太久了。不過你應該親我的嘴唇，因為我愛你。」

「不是去埃及啊，」燕子說，「我去的是死亡之家。死亡和睡覺是親兄弟，是不是？」

他說著親了一下王子的嘴唇，就掉在他腳邊，死了。

就在這時，有個奇怪的劈啪聲從雕像裡傳出來，好像有什麼東西破了。原來是

王子鉛鑄的心一下碎成了兩半。這天晚上的霜，真是凍得太厲害了。

第二天一大早，市長和一班議員在下面的廣場上散步。他們路過大圓柱時市長抬頭看王子的雕像，「天哪，瞧這快樂王子多寒傖啊！」他說。

「真是太寒傖了！」議員嚷道，這些人，市長說一他們永遠不會說二，這時全圍上來看。

「紅寶石從劍柄上掉了，兩隻眼睛也沒了，身上也不再金燦燦的，」市長說，「說真的，他比叫花子好不了多少！」

「比叫花子好不了多少。」市議員都說。

「而且還有隻鳥死在他腳下！」市長又說，「我們的確應該頒布一項告示，不許鳥死在這裡。」市政府的書記員便把這個提議記了下來。

於是他們把快樂王子的雕像拆下來。「他不再好看，也就不再有用了。」大學的美術教授說道。

於是他們把雕像投進火爐中化掉，市長召開了個業務會議來決定怎麼處理這些金屬。「我們應該再造一座雕像，當然了，」他說，「這雕像應該是我本人。」

「是我本人。」每一個議員都跟著說，他們就吵起來了。我最近一次聽人說是他們還在吵。

「這事真怪！」鑄造廠的工頭說，「瞧這顆鉛心都碎了，但怎麼燒也熔不化。我們應該扔了它。」於是他們把它丟在一個垃圾堆上，那隻死了的燕子也躺在那兒。

「給我帶來那座城中最寶貴的兩樣東西。」上帝吩咐祂的一個天使說。天使就給祂帶來了那顆鉛心和那隻死了的燕子。

「你選得對，」上帝說道，「在我天堂的花園裡這隻小鳥會永遠歌唱，在我的黃金城裡會由快樂王子來讚美我。」

夜鶯與玫瑰

「她說我要是帶給她紅玫瑰，她就會和我跳舞，」年輕的大學生大聲說道，「但我花園裡找遍了都沒有紅玫瑰啊。」

夜鶯在她橡樹上的窩裡聽到了他的話，從樹葉間望出去，心裡尋思著。

「沒有紅玫瑰，整個園子都沒有！」他哀哀地嚷道，美麗的眼睛裡充滿了淚水。「啊，多麼小的小東西，就決定了一生的幸福！我讀過所有聖賢的書、洞悉所有哲學的堂奧，但就缺一朵紅玫瑰，我的生活就毀了。」

「終於找到了一個真心真意的戀人，」夜鶯說，「一夜又一夜我歌唱著他，雖然我不認識他；一夜又一夜我把他的故事講給星星聽，現在我終於見到他人了。他頭髮的顏色深得像盛開的風信子，嘴唇紅得像他求之不得的紅玫瑰，但滿心癡情又讓他的臉變得像蒼白的象牙，憂愁也鎖上了他的眉梢。」

「王子明天晚上要開舞會，」年輕的學生嘟囔著，「我的心上人也會去的。如果我帶給她一朵紅玫瑰，她就會和我跳舞到天亮。如果我帶給她一朵紅玫瑰，我就能將她擁入懷中，她的頭就會依偎在我的肩膀上，她的手也會讓我握著。可是我的花園裡沒有紅玫瑰啊，這樣我只能孤零零地坐在一旁，看著她從我面前走過。她這樣就不要我了，我的心會碎的。」

「這的的確確是個真心真意的戀人，」夜鶯說，「我所歌唱的，令他傷心，我所愉悅的，令他痛苦。愛情真是美好，這份情，比翡翠更珍貴，比精美的貓眼石更貴重，用珍珠瑪瑙買不來，也不放在市場上擺賣，不在商人那裡交易，也不能用天平秤了換金幣。」

「樂師會坐在舞池邊的臺上，」年輕的學生說，「奏著弦樂，我愛的人會隨著豎琴和小提琴的樂音起舞。她的舞姿多麼輕盈，雙腳都不觸地。一千朝臣穿著華麗的衣裳團團圍住了她。但她不會和我跳舞，因為我沒有紅玫瑰給她。」說著他撲倒在草地上，把臉埋進雙掌中，哭了。

「他幹嘛哭？」一條小小的綠蜥蜴問道，他正跑過他身邊，尾巴翹得高高的。

「是啊，幹嘛哭呢？」一隻蝴蝶說，他正呼扇著翅膀追逐一縷陽光。

「是啊，幹嘛哭呢？」一朵雛菊悄悄地問他的鄰居，聲音軟軟的、輕輕的。

「他為了一朵紅玫瑰在哭。」夜鶯說。

「就為一朵紅玫瑰！」他們大叫。「這多麼可笑啊！」小蜥蜴呢，本來就喜歡冷嘲熱諷，一聽馬上哈哈大笑起來。

但是夜鶯明白這學生如此傷心背後的隱情，她默默地坐在橡樹上，思索著愛情神祕的力量。

突然，她張開她棕色的翅膀飛了起來，高高地飛了起來。她像道影子似的飛過樹叢，像道影子似的飛過花園。

在草坪的中央有一棵美麗的玫瑰樹，她一見，便飛過去，停在一條小花枝上。

「給我一朵紅玫瑰吧，」她嚷道，「我給你唱我最好聽的歌。」

但玫瑰樹直搖頭。

「我的花是白的，」它答道，「白得就像大海的浪花，比高山上的白雪還要白呢。去找我兄弟吧，他長在舊日晷旁邊，你要的花他也許會給你。」

於是夜鶯便向那棵長在舊日晷邊的玫瑰樹飛去。

「給我一朵紅玫瑰吧，」她嚷道，「我給你唱我最好聽的歌。」

但玫瑰樹直搖頭。

「我的花是黃色的，」它答道，「黃得就像琥珀寶座上坐著的美人魚的頭髮，比割草人帶著鐮刀到來之前那草地上盛開的黃水仙還要黃。去找我兄弟吧，他長在那學生的窗下，你要的花他也許會給你。」

於是夜鶯便向那棵長在那學生窗下的玫瑰樹飛去。

「給我一朵紅玫瑰吧，」她嚷道，「我給你唱我最好聽的歌。」

但玫瑰樹直搖頭。

「我的花是紅色的，」它答道，「紅得像鴿子的腳，比海底洞穴中一扇扇隨波盪漾的大珊瑚還要紅。可是冬天凍僵了我的脈管，寒霜催枯了我的花苞，風雨折斷了我的枝丫，我今年一朵花也開不了了。」

「一朵紅玫瑰，就一朵，」夜鶯大叫，「我只要一朵紅玫瑰！難道什麼辦法都沒有了嗎？」

「有一個辦法，」玫瑰樹答道，「但這辦法太可怕了，我都不敢跟你說。」

「跟我說吧，」夜鶯說，「我不怕。」

「如果你真要一朵紅玫瑰，」玫瑰樹說，「你必須在月光中用歌聲唱出來，用你自己心中的鮮血染紅它。你必須胸口抵住我的一根刺對著我唱歌。一整夜你必須對著我唱，那根刺將穿透你的心，你的熱血會流進我的脈管，成為我的血。」

「以死換一朵紅玫瑰，代價是很大，」夜鶯大聲說，「生命對誰都是非常寶貴的。活著多舒服啊，坐在綠樹蔭裡，望望駕著黃金戰車的太陽，望望駕著珍珠戰車的月亮。多香啊，聞著山楂樹的鮮花、藏在河谷中的藍鈴花、山坡上搖曳的石南叢。但愛情比生命更美好，況且，一隻鳥的心和一個人的心相比，又算得了什麼？」

於是她張開她棕色的翅膀飛了起來，高高地飛了起來。她像道影子似的颼地飛過花園，像道影子似的飛過了樹叢。

那年輕的學生還躺在剛才的草地上，美麗的眼睛還噙著淚水。

「快樂起來啊，」夜鶯叫著他，「快樂起來吧，你的紅玫瑰會有的。我會在月光中用歌聲把它唱出來，我會用自己心中的鮮血把它染出來。我唯一要你報答的是你要永遠是個真心真意的愛人，因為愛比哲學更有智慧，儘管哲學充滿了智慧；因為愛比權力更強大，儘管權力已夠強大。如火般熾烈的是愛的雙翼，如火般鮮豔的是愛的軀體。他的雙唇甘甜如蜂蜜，他的氣息芳馨似乳香。」

那學生從草地上仰起頭來聽著，但聽不懂夜鶯跟他說的話，因為他只知道寫在書中的那些東西。

但橡樹聽明白了，心中很難過，因為他非常喜歡小夜鶯，這隻把窩建在他樹枝間的小夜鶯。

「最後再給我唱一支歌吧，」他輕聲說道，「你不在了我會覺得非常孤單的。」

於是夜鶯給橡樹唱起了歌，她歌聲曼妙，就像水自銀壺中淙淙流淌而出。

她唱完之後，那學生站起身來，從衣袋裡掏出一個筆記本和一支鉛筆。

「她很有型，」他一邊自言自語著，一邊穿過樹叢走開了——「那無可否認，但她有情感嗎？我看沒有。說真的，她就像大多數搞藝術的人，有款有式但沒真情。她不會為別人犧牲自己的。她心裡想的只有音樂罷了，人人都知道藝術是自私的。只不過，必須承認她聲音中有些美麗的韻調。真可惜啊，韻調雖美卻無意義，或者說派不上實際用場。」說著他進了自己的房間，躺在他的小床上，想起了他的心上人，想著想著，就睡著了。

月亮升上天空後，夜鶯就飛到那棵玫瑰樹上，將胸口抵住一根刺。一整個晚上她就這麼唱著，胸口頂著刺唱著。清冷明澈的月亮俯下身來聽著她唱。一整個晚上她就這麼唱著，那根刺在她胸口越扎越深，她身上的血漸漸地流走。

她開始唱的是愛的誕生，誕生在從兩小無猜到情竇初開的男孩女孩心中。玫瑰樹的最高枝上開出了一朵奇異的花，歌一首一首地唱，花就一瓣一瓣地開。花初開時白淨淨的，宛如籠罩在河上的霧靄——清白如曙光的雙腳，銀白如黎明的雙翼。如同映在一面銀鏡中的影子，如同投在一汪清水中的倒影，那朵玫瑰開在了樹的最高枝。

但玫瑰樹向夜鶯喊著，要她更用力地頂在刺上。「再頂緊些，小夜鶯，」樹叫道，「不然沒等把花開好天就亮了。」

於是夜鶯把刺頂得更緊了，歌也唱得越來越響亮，因為她唱到了激情的誕生，誕生在少男少女的靈魂中。

一抹嬌嫩的紅暈湧上了玫瑰的花瓣，就像新郎親吻新娘雙唇時臉上泛起的紅暈。但那根刺還沒扎到她的心臟，所以花的心還是白的，因為只有夜鶯心中流出的血才能染紅玫瑰花的心。

樹叫夜鶯更用力頂那根刺。「再頂緊些，小夜鶯，」樹叫道，「不然沒等把花開好天就亮了。」

於是夜鶯把刺頂得更緊了，刺扎到了她的心臟，一陣劇痛穿透她全身。痛啊，痛啊，那刺扎的。唱啊，唱啊，夜鶯的歌一聲比一聲嘹亮忘情，因為她唱到了死亡令愛情達致完美，唱到了不為墳墓所埋葬的不死之愛。

那朵奇異的玫瑰花變紅了，紅得就像東方盛開的瓣瓣朝霞。深紅色的花瓣裹著紅寶石般深紅色的花心。

但是，夜鶯的聲音越來越低，她小小的翅膀開始撲騰起來，一層翳膜蒙上兩眼。她的歌一聲比一聲微弱，她覺得有什麼堵在了喉嚨裡。

於是，她引吭爆發出最後的歌聲。明月聽到了，忘了天已破曉，還在空中流連。紅玫瑰聽到了，心醉神迷的狂喜讓它全身顫抖，迎著清冽的晨風舒張開花瓣。回聲帶著這歌聲飛向山中她紫色的洞裡，把牧童從他們的酣夢中喚醒。歌聲從河上盪漾著的蘆葦中飄過，蘆葦又把它的訊息帶給了大海。

「看哪，看哪！」玫瑰樹高呼道，「花開好啦。」可是夜鶯沒有回答，她死了，躺在深深的草叢中，心口上扎著那根刺。

中午時分那學生打開窗子望出來。

「怎麼，竟有這麼好的運氣！」他嚷道，「開了一朵紅玫瑰！我長這麼大還從來沒有見過這樣的玫瑰。太美了，一定有一個長長的拉丁名字。」他說著探出身來把花摘了。

接著他戴上帽子，一路跑到教授家裡，手上拿著那朵玫瑰。

教授的女兒這時正坐在門口，手裡捲著一個藍色絲線團，她的小狗就躺在她腳邊。

「你說過只要我帶給你一朵紅玫瑰，你就會跟我跳舞的，」那學生大聲說，「這是一朵全世界最紅的紅玫瑰。你今晚可以將它貼著心口戴著，我們一起跳舞時，它會告訴你，我是多麼愛你。」

可是這女孩皺起了眉頭。

「我怕這花跟我的衣服配不上，」她回答道，「而且，內侍大臣的侄兒送給我一些真正的珠寶，誰都知道珠寶比花貴多了。」

「那好吧，恕我直言，你忘恩負義，不識好歹。」那學生怒沖沖地說，一把將玫瑰扔到街上，掉進了路旁的水溝裡，讓馬車輪輾了過去。

「忘恩負義！」那女孩說，「跟你說了吧，你太粗野了。說到底，你是誰？一

個學生罷了。怎麼了，我才不信你鞋子上會有銀扣子扣著呢，人家內侍大臣的侄兒就有。」說著她從椅子上站起身來，進屋去了。

「愛情，這東西多蠢哪，」那學生一邊走一邊說，「羅曼蒂克遠不如邏輯推理有用，因為愛並不證明什麼，總是給人說些虛無縹緲的東西，讓人去信那些子虛烏有的事情。事實上，所謂愛，很不實際的，而當今世界，講求實際就是一切，我還是回去翻翻哲學，研究研究形而上學吧。」

於是，他回到自己的房間裡，抽出一本滿是灰塵的大厚書，讀了起來。

小氣的巨人

每天下午放學回家的路上，孩子都會到巨人的花園裡去玩。

花園很大很漂亮，綠草茵茵，開滿了美麗的花朵，像天上的星星似的。園裡還有十二棵桃樹，一到春天便粉紅的嫩白的開滿了花，秋天裡又結出一個個大桃子。小鳥在樹上唱著歌，唱得真好聽，孩子都會停下遊戲來聽鳥的歌聲。「我們在這裡多快活啊！」他們互相歡樂地叫著。

有一天，巨人回來了。他這次出門是去探訪他的朋友，康奧爾的吃人魔鬼，在那兒一待就待了七年。七年過後，他把要說的都說了，本來他能講的東西就很有限，於是決定告辭回自己的城堡。回到家一看，孩子們正在花園裡玩耍呢。

「你們在這裡幹什麼？」他沒好氣地大聲問，這一下孩子全跑了。

「我自己的花園就是我自己的花園，」巨人說，「這誰都明白，誰我也不讓他跑進來玩，我自個兒待著。」於是他築起一道高牆把花園圍起來，還掛了個告示牌，上面寫著：

不准擅闖　違者法辦

他真是非常小氣的巨人。

孩子真慘，現在沒地方玩了。他們湊和著在街上玩，但那裡灰塵太多，到處又都是硬石子，他們不喜歡。這樣，放了學之後他們便繞著高牆轉啊轉的，談論著裡面的花園有多漂亮。「那時候我們在那裡面玩得多開心啊。」他們互相念叨著。

接著，春天來了，田野裡到處開滿了小花，到處都有小鳥在歌唱。只有小氣鬼巨人的花園還是一片隆冬情景。小鳥不想飛來唱歌，因為園裡沒有小孩，連樹都忘記了開花。有一次，一朵美麗的小花從草裡探出頭來，可是一看到那告示牌，心中便可憐起那些小孩，馬上掉頭溜回了地底下，睡覺去了。覺得高興的只有兩個人，就是雪和霜。「春天把這個花園給忘了，」她們叫道，「這樣我們就能一年到頭住在這裡了。」雪用她的大白袍把草蓋住了，霜把所有的樹都塗成銀色。接著她們請北風一起住，北風就來了。他身上裹著皮衣，整天在花園裡四處號叫著，把扣在煙囪上的煙囪盆都刮落了。「這地方真好，」他說，「咱們應該叫冰雹來一趟。」冰雹就來了。每天都有三個小時他就在城堡的房頂上不停地敲打著，把瓦片糟蹋得沒剩下幾塊好的，跟著他在花園裡使盡力氣跑了一圈又一圈。他穿著一身灰衣，吐出來的氣冷得像冰。

「我就不明白為什麼春天還不來，」小氣鬼巨人坐在窗前，望著他白皚皚冷颼颼的花園，說道，「希望這天氣會變一變。」

但春天就是不來，夏天也不來。秋天給每個園子都帶來了金色的果實，但巨人的園子她一個也不給。「他太小氣了。」她說。所以那園子裡永遠是冬天，永遠是北風冰雹和霜雪在樹叢中歡舞。

一天早上，巨人醒來了躺在床上，聽到傳來一陣悅耳的音樂，好聽極了，他以為這是國王的樂隊從他門前路過。其實不過是一隻小紅雀在他窗外歌唱罷了，但他太久沒聽到小鳥在他花園裡唱歌了，覺得這紅雀的歌聲似乎就是天底下最美妙的音樂。接著，頭頂上的冰雹停止了搖滾歡跳，北風停止了呼號，一股甜美的香氣從開著的外間屋飄進來。「我看春天終於來了。」巨人說著跳下床朝外望出去。

他看到了什麼？

他看到了一幅最奇妙的景象。從牆上的一個小洞洞裡，孩子們爬了進來，正坐在樹枝上呢。每一棵樹上他都看到有一個小孩。那些樹看到小孩子回來了都高興得鮮花怒放，伸開臂膀在孩子頭上輕輕地擺動著。小鳥四處飛翔，快樂地嘰嘰喳喳直叫喚，花兒透過青草抬眼望著，咯咯地笑著。這情景多麼美好啊，只是有個角落仍然是冬天。那是花園裡最偏僻的一個角落，那裡站著個小男孩。他太小了，搆不著爬到樹枝上，正在樹底下轉來轉去，哭得很傷心。那棵可憐的樹還是霜雪纏身，樹頂上還是北風怒號。「爬上來吧！好孩子。」樹在叫著，拚命把樹枝垂下來，但那孩子個頭真是太小了。

看到這幅情景，巨人心軟了。「我多麼小氣自私啊！」他說，「現在我知道了為什麼春天不肯來這裡。我要把那可憐的小孩放到樹的最高頂上，然後我要把牆推倒，我的花園要成為孩子的遊樂場，永遠永遠。」他對自己早先所做的事真是後悔極了。

於是他悄悄地溜下樓，很輕很輕地打開大門，走進花園中。但是孩子一看到他全嚇壞了，一溜煙都跑掉了，整個園子又變回了冬天。只有那個小男孩沒跑，因為他眼睛裡全是淚水，看不到巨人正走過來。巨人從他身後躡手躡腳地靠了上前，用一隻手輕輕地把他抱住，舉起來放到樹上。那樹一下子就開滿了鮮花，鳥兒也都飛過來，停在上面唱歌，小男孩伸出雙臂，一把摟住了巨人的脖子，親了他一下。別的孩子看到巨人不再像以前那樣壞了，都跑回來，隨著他們，春天也跟過來了。「從今往後，這就是你們的花園了，孩子們。」巨人說著，操起一把大斧頭，把圍牆敲掉了。正午時分居民出來趕集路過，看到巨人正和孩子在園子裡玩，大家從來都沒見過有這麼美麗的花園。

一整天下來，他們都在玩。天黑了，孩子上前跟巨人道別。

「但你們的小夥伴在哪兒，」他問，「那個我把他舉著放到樹上的男孩子？」巨人最疼他了，因為那孩子親了他。

「我們不知道，」孩子回答，「他走了。」

「你們一定要告訴他，叫他明天別忘了再來。」巨人說。但孩子都說他們不知道他住哪兒，以前也沒見過他。巨人聽了非常傷心。

每天下午一放學，孩子都會過來跟巨人一起玩。但那個巨人最愛的小男孩再也沒出現過。巨人對所有的小孩都很好，但他一直想念著他的第一個小朋友，老是說起他。「真想再見到他啊！」他常常叨念著。

許多年過去了，巨人現在很老了，身體也很弱了。他玩不動了，於是就坐在一張巨大的扶手椅上，一邊看小孩玩遊戲，一邊欣賞自己的花園。「我有許多美麗的鮮花，」他說，「但是孩子是最美麗的花朵。」

一個冬日的早晨，他起床穿衣時望出窗外。他現在不討厭冬天了，因為他明白冬天不就是春天在睡覺，花兒在休息嘛。

突然他訝異地揉著雙眼，定睛看了又看。真太奇妙了。在花園最遠的角落裡有一棵樹開滿了可愛的白花，樹枝全是金的，掛滿了銀色的果實，樹下面就站著那個他疼愛的小男孩。

巨人大喜過望，跑下樓，衝進花園。他急匆匆地趕過草地，跑近那孩子。等他跑近一看，臉氣得通紅，問道：「是誰膽敢傷害你？」因為那孩子兩隻手掌上有釘過釘子的傷痕，兩隻小腳上也有釘痕。

「是誰膽敢傷害你？」巨人大叫，「告訴我，我用我的大刀砍了他。」

「沒人！」孩子回答，「這些是愛的傷痕。」

「你是誰？」巨人問道，心中湧起一陣奇怪的敬畏，在那小孩面前跪了下來。

小孩微笑著看著巨人，對他說：「你讓我在你的花園裡玩了一次，今天你要和我一起去我的花園，那就是天堂。」

那天下午孩子們跑進花園時，看到巨人躺在那棵樹底下死了，全身蓋滿了白花。

忠實的朋友

一天早晨，老河鼠從洞裡探出頭來，兩顆珠子似的小眼睛亮晶晶的，鬍鬚又灰又硬，尾巴像條長長的黑橡皮帶。小鴨子在水塘裡游來游去，黃黃的真就像一群金絲雀似的，他們的媽媽一身純白，兩條腿是真正的紅色，正在教他們水中倒立。

「要是不會倒立，你們就別想進上流社會。」她不斷地對小鴨子說，還不時做給他們看。但是小鴨子都不理她。他們太小了，還不知道進入社會到底有什麼好。

「這些孩子真不聽話！」老河鼠嚷道，「哪天淹死了真是活該。」

「才不是這麼回事呢，」鴨媽媽回答，「萬事起頭難嘛，做父母的沒耐心怎麼行？」

「啊！天下父母心，這我可不明白，」河鼠說，「我沒有家累。說真的我從未成過家，也絕不想成家。愛情固然好，但友情比愛情高出許多。老實說，我不知道這世界上還有什麼能比忠實的友情更高尚更難得。」

「那麼請問，怎樣才算是忠實的朋友呢，你有何高見？」一隻綠色朱頂雀坐在附近的柳樹上，聽到這番話，插嘴問道。

「沒錯，我也正想問呢。」鴨媽媽說著，游到池塘盡頭，來了個倒立，給她的孩子做了個好榜樣。

「多傻的問題啊！」河鼠嚷道，「如果朋友忠心肝膽，我會希望他對我忠心耿耿，這還用說。」

「那你會怎麼回報他呢？」朱頂雀一邊盪著一根銀色的枝條，一邊拍著他一對小翅膀，問道。

「我不明白你的意思。」河鼠回答。

「那我就給你講個忠實朋友的故事吧。」朱頂雀說。

「故事跟我有關嗎？」河鼠問，「要是有關，我就聽，我最喜歡虛構的故事了。」

「也可以說跟你有關。」朱頂雀回答。說著他便飛下來，站到河岸上，講起肝膽朋友的故事。

「從前，」朱頂雀說，「有個老實的小傢伙名叫漢斯。」

「他很優秀嗎？」河鼠問。

「不優秀，」朱頂雀回答，「我覺得他一點也不優秀，但他有副好心腸，還有一張樂呵呵的、滑稽的大圓臉。他住在一座很小的農舍中，就他一個人，每天都在他的園子裡做事。那地方的園子就數他的最漂亮，園裡有石竹、紫羅蘭、薺菜、虎耳草、番紅花，玫瑰有粉色的和黃色的，堇菜花也有金色的、紫色的、白色的各種。那裡還有耬斗菜和酢漿草、馬郁蘭和紫蘇、櫻草和鳶尾、黃水仙和丁香。這些花，一年到頭依著各自的花季次第盛開，每個月一種接著一種，園中總有鮮花，總有美麗的東西可以觀賞，總有陣陣清香撲鼻而來。」

朱頂雀接著往下講：「小漢斯的朋友很多很多，但是最忠實的是大塊頭磨坊主休斯。一點不錯，有錢的磨坊主對小漢斯絕對是肝膽相照，每次路過他家花園，都要探進身來摘一大束花，要不就捋一把香草，如果有水果當季，就往口袋裡滿滿地裝一些梅子啊櫻桃啊什麼的。

「『真朋友就該不分你我。』磨坊主老這麼說，小漢斯聽了就點頭微笑，覺得很得意有這麼個情操高尚的朋友。

「有時候，說真的，鄰居都詫異，怎麼從來不見有錢的磨坊主禮尚往來，給過小漢斯些什麼，儘管他有一百袋麵粉存在磨坊裡，還有六頭乳牛和一大群綿羊。可是小漢斯壓根就不在這些事情上浪費心思，他最高興的就是聽磨坊主給他講真朋友如何無私這些美妙的事情。

「就這樣，小漢斯一天天在園子裡做事。春天、夏天、秋天，這些日子他都非常快活，但到了冬天，他沒有水果也沒有鮮花可以拿到市場上去賣，又冷又餓地挨著苦日子，常常沒晚飯吃就上床睡覺，只能拿幾個乾梨或者堅果充饑。還有，冬天裡，他孤單得不得了，因為磨坊主這時從不來看他。

「『只要下著雪，我去看小漢斯就沒什麼用，』磨坊主常常對他老婆說，『因為人家有困難時就應該讓他們安靜，別登門打攪。這至少是我對友誼的理解，我確信不會錯的。所以我應該等春天到了再去拜訪他，他就能給我一大籃子報春花，這就讓他高興起來了。』

「『你真會體貼人。』他老婆答道，她坐在壁爐邊她那張舒服的扶手椅上，爐子裡松木火燒得旺旺的。『真是非常體貼。聽你談友誼可是一大享受。我敢說就是牧師都沒你講得動聽，雖然他住的是三層樓房，小指頭上還戴著金戒指。』

「『但咱們不能叫小漢斯過來嗎？』磨坊主年幼的兒子問，『如果可憐的漢斯有困難，我會把我的飯分一半給他，還會帶他看我的小白兔。』

「『看你有多傻！』磨坊主叫起來，『我真不知道送你上學有什麼用。你好像什麼都沒學到。可不是，把小漢斯叫來了，看到咱們爐火燒得暖暖的，飯吃得飽飽的，紅酒一桶一桶的，他說不定就嫉妒了，而嫉妒是最可怕的東西，人一嫉妒，心就壞了。我當然不能讓漢斯的心變壞。我是他最好的朋友，始終都要盯著他點，別讓他受什麼誘惑上什麼當。況且，要是漢斯來了，他說不定會向我賒欠借麵粉，那我可不幹。麵粉是麵粉，友誼是友誼，混不得。可不是？兩樣東西寫起來都不一樣，意思也很不同。這誰都看得到。』

「『說得多好啊！』磨坊主老婆一邊說著一邊給自己倒了一大杯溫啤酒，『我真覺得被催眠了，就像在教堂裡似的。』

「『做事漂亮的人多的是，』磨坊主應道，『但說話漂亮的人就沒幾個，這就說明兩者之間，言比行難，也比行好得多。』說著他隔著桌子嚴厲地盯著他的小兒子，盯得他羞愧地低下頭來，滿臉通紅，捧著茶哭了起來。但人家還那麼小，怪不得他呀。」

「故事完了嗎?」河鼠問道。

「當然沒有,」朱頂雀回答,「這是開頭。」

「那你就老土了,」河鼠說,「如今會講故事的人,個個都是從結局講起,再說到開場,尾就結在中間。這是新方法。這些全是我那天從一個批評家嘴裡聽來的。那時他正和一個年輕人繞著池塘散步,就這事巨細無遺地高談闊論了一番,我相信他一定是對的,因為他戴著副藍眼鏡,頭頂是禿的,只要那年輕人說一句什麼,他的回答都是『呸』的一聲。不過還是請你講下去吧。我太喜歡那個磨坊主了。我自己心中也有形形色色美麗的情感,我們兩人真可謂惺惺相惜。」

「那好,」朱頂雀說道,兩隻腳一會兒這隻一會兒那隻輪流跳躍著,繼續往下講,「冬天一過,報春花開始星星點點地開出淡黃色的花來,磨坊主就對他老婆說他要下去看小漢斯。

「『你啊,真是個好心人!』他老婆高聲說道,『心裡總想著別人。別忘了帶上那個大的籃子,好裝花。』

「於是磨坊主用一條結實的鐵鍊子把磨坊風車的風葉綁緊,就下山去了,手臂上掛著那個籃子。

「『早安，小漢斯。』磨坊主說。

「『早安。』漢斯停下手中的工作，身子支在鐵鍬上，滿臉笑容地應道。

「『這整個冬天你過得怎樣啊？』磨坊主問。

「『這個嘛，說真的，』漢斯大聲說，『你真好，還問起這事，真的是個大好人。只是冬天裡我的日子怕有些難熬，不過現在春天來了，我很快活，我的花都開得很好。』

「『冬天裡我們常常念叨著你，漢斯，』磨坊主說，『老掛念著你日子過得怎樣。』

「『讓您費心了，』漢斯應道，『我還有點怕你是不是忘了我呢。』

「『漢斯，你這麼說就讓我吃驚了，』磨坊主說，『朋友是忘不了的。這就是友誼的妙處，但恐怕你不懂生活的詩意。瞧你的報春花多好看啊，我順便誇一句！』

「『這花是開得好，』漢斯說，『我運氣還真好，花開了這麼多。我這就要拿到市場上賣給市長的女兒，有了錢就去把我的手推車贖回來。』

「『贖回手推車？你是說你把車給當了？真是蠢透了！』

「『唉，老實說，』漢斯答道，『這也是迫不得已啊。你也知道，冬天的日子真難熬啊，我真的連買麵包的錢都沒有。所以我先是當掉我禮拜天穿的衣服上的銀鈕扣，接著當我的銀鏈子，又當了我的大菸斗，最後當了手推車。但我要把這些全贖回來。』

「『漢斯，』磨坊主說，『我把我的手推車給你。車是不太好，說真的，一邊板沒了，輪子也有點問題，但不管這些，我還是給了你吧。我知道我這麼做非常慷慨，許多人會覺得我傻透了把車給了人，但我跟別人不同。我認為慷慨是友誼的根本，況且，我自己也買了輛新的手推車。沒錯，你不用著急，我會把車給你的。』

「『啊，你真夠朋友，』漢斯說道，那張滑稽的大圓臉高興得發亮，『我修起來不費功夫的，我屋裡就有塊木板。』

「『有塊木板！』磨坊主說，『咳，我正缺塊木板來修我倉庫的房頂呢，一個洞挺大的，要是不補麥子就全潮了。真巧啊，你說有木板！好心有好報，千真萬確。我給你手推車，你這就給我木板。當然，手推車比木板要值錢多了，但是真朋友絕不計較這些。拜託你這就拿來，我今天馬上開始修倉庫。』

「『沒問題。』小漢斯大聲說著，便跑進園中的棚子把木板拖了出來。

「『並不是很大啊，』磨坊主盯著木板說，『恐怕我用來補了倉庫屋頂後，就沒什麼剩下來給你修車用了。當然，這可不能怪我。好啊，我給了你手推車，我敢肯定你會給我些花作報答的。籃子在這兒，要裝得滿滿的。』

「『滿滿的？』小漢斯問道，口氣很是悽楚無奈，因為那籃子實在太大了，他知道要是裝滿了，自己就沒什麼花好拿到市場上賣了，他可急著要贖回他的銀扣子呢。

「『是啊，沒錯，』磨坊主答道，『我給了你手推車，讓你給我點花我覺得不過分吧。我也許錯了，但我想到朋友之間，真朋友之間，應該是沒有半點自私小氣的。』

「『我親愛的朋友、我最好的朋友，』小漢斯嚷起來，『我園子裡的花全由你拿吧。只要你說我好，不管怎樣都比銀扣子有價值。』說著，他跑去把他所有漂亮的報春花全摘來裝滿了磨坊主的籃子。

「『再見，小漢斯。』磨坊主說著，扛起木板拎起大籃子上山去了。

「『再見。』小漢斯說著便興沖沖地挖起地來，那手推車著實令他高興。

「第二天，他正在比畫著往門廊上釘一些金銀花，突然聽到路上傳來磨坊主的聲音在叫他，便從梯子上跳下來，跑過花園，探出頭往牆外看。

「是磨坊主肩上扛著一大袋麵粉。

「『親愛的小漢斯，』磨坊主說，『替我把這袋麵粉扛去市場好嗎？』

「『哦，真抱歉，』漢斯說，『我今天真特別忙呢。我要把我所有的藤蔓植物都釘上牆，所有的花都得澆水，所有的草都要剪。』

「『噢，真是的，』磨坊主說，『我看，憑我要給你手推車，你還拒絕幫忙，這就不夠朋友了。』

「『啊，別這麼說，』小漢斯嚷起來，『我再怎麼也不會不夠朋友的。』說著就跑去取帽子，雙肩扛起那一大袋麵粉，歪歪扭扭地往市場走去。

「天非常熱，路上塵土飛揚的，沒等漢斯走到第六英里的里程石，他就累壞了，只好坐下來歇口氣。但是，他還是鼓足氣力往前走，終於走到了市場。他在市場上等了一些時候，把那袋麵粉賣了個非常好的價錢，就趕緊往家趕，怕耽擱太晚說不定路上會碰上打劫的。

「『今天可真累壞了，』小漢斯上床睡覺時自語道，『但我很高興沒有拒絕磨坊主，因為他是我最好的朋友，而且，他還要把他的手推車給我。』

「第二天一大早，磨坊主下山來取他的麵粉錢，但小漢斯真太累了還沒起床呢。

「『天哪，』磨坊主說，『你真太懶了。怎麼著？憑我要給你手推車，我還以為你做事會更賣力呢。懶惰可是大罪一條啊。我怎麼也不想讓我的哪個朋友好吃懶做。你千萬別怪我對你直話直說。要不是拿你當朋友，我才不會這麼說呢。但要是不能肝膽相照真話真說，那還算什麼忠實的朋友？誰都知道說好話，恭維奉承人，但真朋友總是說些不好聽的，哪怕說的話戳人家心窩呢。的確是，如果朋友夠真夠忠實，就寧可忠言相告，因為他知道這是為了人家好。』

「『我真的非常抱歉，』小漢斯說著，一邊揉著雙眼一邊脫下睡帽，『但我真的累壞了，心想可以在床上多躺一會兒呢，聽聽鳥叫。你知道我聽了鳥叫，工作就做得更好嗎？』

「『那就好，我很高興，』磨坊主說著拍了拍小漢斯的背，『我要你一穿好衣服就上來到我的磨坊，替我修倉庫屋頂。』

「可憐的小漢斯正急著要去自己的園子裡做事呢，因為花有兩天沒澆水了，但他不想拒絕磨坊主，因為磨坊主對他這麼夠朋友。

「『我要是說我忙，你會覺得我不夠朋友嗎？』他怯怯地、不好意思地小聲問道。

「『噢，說真的，』磨坊主答道，『我覺得我並沒有要求你很多，看在我要給你手推車的分上。不過當然了，你要是不答應，那我就走了，自己幹去。』

「『啊，這絕對不行。』小漢斯大叫著跳下床，穿好衣服，上山去了倉房。

「他在那裡苦幹了一整天，直到太陽下山，這時磨坊主來了，看他工作做得怎樣。

「『你把倉房頂上的洞補好了嗎，小漢斯？』磨坊主喜滋滋地大聲問。

「『全修好了。』小漢斯答道，從梯子上爬下來。

「『啊哈！』磨坊主說道，『替別人做事，沒有比這更愉快的了。』

「『能聽你說話，真是一大福氣，』小漢斯坐下來揩著額頭上的汗回答道，『非常大的福氣。可是我怕我怎麼也想不出像你這樣美好的念頭。』

「『會有的，好念頭會有的，』磨坊主說，『但你必須多下功夫。目前你只有友誼的實踐，日後哪天就會有友誼的理論。』

「『你真覺得我會有理論嗎？』小漢斯問。

「『這個我不懷疑，』磨坊主答道，『但現在你修完了屋頂，該回家休息了，因為明天我要你把我的羊群趕到山上去。』

「可憐的小漢斯聽了一聲也不敢吭。第二天一早磨坊主就把羊帶到漢斯的農舍前，他便趕著羊上山去了。上山下山花了整整一天，回來後他累得在椅子上就睡著了，一覺睡到了天大亮。

「『這真是個好日子，能在園子裡美美地待上一陣。』他說著便立即出去做起事來。

「但不知怎麼搞的，他就是無法去照料自己的花，因為他的朋友磨坊主總是過來要他去做很久的工作，要不就叫他去磨坊幫忙。有時候小漢斯也非常懊惱，因為他怕那些花會覺得自己把它們給忘了，但他還是自我安慰說有磨坊主這個好朋友。『而且，』他常說，『他還要給我手推車呢，那可是不求回報的慷慨之舉啊。』

「就這樣，小漢斯不停地替磨坊主做事，磨坊主不停地給他說些關於友誼有多美好的話，這些話漢斯都記在筆記本裡，晚上常常拿出來溫習，因為他很好學。

「有天晚上小漢斯正坐在火爐邊，忽然聽到門口傳來一聲很響的敲擊聲。那天正趕上颳風下雨，最初他還以為那不過是風雨撞門罷了。但是又響了一聲，又一聲，比剛才兩聲更響。

「『不知是哪個可憐的趕路人。』小漢斯尋思道，便往門口跑去。

「門外站著的是磨坊主，一隻手提著個風燈，另一隻手拄著根大手杖。

「『親愛的小漢斯，』磨坊主大叫，『我碰上大麻煩了。我家小孩從梯子上摔下來受了傷，我這正叫醫生去。可是醫生住得很遠，天又黑，又這麼風雨交加的，我剛才突然想起，讓你替我跑一趟要好多了。你知道我要給你手推車的，所以呢，幹點什麼作為回報也算是禮尚往來。』

「『沒問題，』小漢斯高聲回答，『你來找我，是我的榮幸，我這就去。但你必須把風燈借給我，要不天這麼黑，我怕會掉到溝裡去。』

「『我真抱歉，』磨坊主答道，『這風燈可是新的，要出了什麼差錯那我就慘了。』

「『那好，不要緊，我不用燈也行。』小漢斯說著，拿下他的大皮衣和暖和的紅帽子穿戴好，脖子繫上一條圍巾，就上路了。

「一路上狂風暴雨，四周漆黑一片，小漢斯幾乎什麼都看不見，風刮得他站都站不穩。但是他非常勇敢，就這麼走了大約有三個小時，終於到了醫生家，他走上前去敲門。

「『誰呀？』醫生大聲問，頭從臥室窗口探了出來。

「『大夫，是我，小漢斯。』

「『你有什麼事，小漢斯？』

「『磨坊主的兒子從梯子上摔下來，受傷了，磨坊主要你馬上過去看看。』

「『好的！』醫生說著，吩咐備馬、還有大靴子和風燈，下了樓，騎上馬往磨坊主家奔去，小漢斯跌跌撞撞地跟在後頭。

「但是暴風雨越來越猛，大雨如注，小漢斯看不清方向，也跟不上馬。終於他迷路了，不知不覺間走到了沼澤地，那地方可危險了，爛泥下全是深坑，就在那裡，可憐的小漢斯淹死了。第二天，幾個牧羊人發現他的屍體漂在一大片水上面，就撈起來抬回到他的農舍。

「人人都出席了小漢斯的葬禮，因為他人緣好。磨坊主是喪主。

「『我是他最好的朋友，』磨坊主說，『順理成章的我應該在最佳位置。』於是，他就走在送葬隊伍的最前頭，身穿一襲黑長袍，不時地用一條大手帕擦眼睛。

「『小漢斯的死對我們都是個大損失。』鐵匠說。這時葬禮已經結束，大家舒舒服服地坐在客棧裡，吃著甜點心，喝著加了香料的葡萄酒。

「『怎麼說對我都是一大損失，』磨坊主應道，『怎麼說，我對他是好得把自己的手推車都給了他，這下我真不知道該拿那車怎麼辦了。放在家裡礙手礙腳的，破得厲害又賣不出錢。從今往後我要小心別再送人東西了。人一慷慨就吃虧。』」

「接著呢？」河鼠等了好一會兒，問道。

「接著呢，故事講完了。」朱頂雀說。

「可是那磨坊主後來怎樣了？」河鼠問。

「啊哈，這個我真不知道，」朱頂雀回答道，「我才不在乎呢。」

「明擺著你沒有同情心。」河鼠說。

「恐怕這故事裡的警世道理你還不太明白。」朱頂雀回了一句。

「故事裡的什麼？」河鼠尖叫一聲。

「警世道理。」

「你是說這故事還有警世道理？」

「當然了。」朱頂雀說。

「好吧，真是的，」河鼠說，一臉的怒氣，「我覺得你開始講之前就應該跟我說清楚。如果你說了，我就不會聽你的故事。說實在的，我該回你一聲『呸』，就像那個評論家。但我現在回一聲也行。」說著，他大著嗓門叫一聲「呸」，尾巴一撩，進洞去了。

「你喜不喜歡河鼠？」鴨媽媽問道，過了一會兒便雙腳划著水游上前來。「他有很多優點，但要我說嘛，我這做母親的，看見有誰鐵了心不成家就會掉眼淚。」

「我怕是惹他生氣了，」朱頂雀答道，「其實我是給他講了一個帶有做人道理的故事。」

「哎呀，做這種事從來都是很危險的。」鴨媽媽說。

我覺得她這話很有道理。

不同凡響的沖天炮

國王的兒子要結婚了，全國上下一片喜氣洋洋。王子等他的新娘等了有整整一年，新娘終於來了。她是位俄國公主，從芬蘭坐著六匹馴鹿拉的雪橇一路趕過來。雪橇的樣子像隻金色的大天鵝，天鵝的兩隻翅膀之間就坐著小公主，她的貂皮長袍直蓋到腳邊，頭上戴著一頂很小很小的銀線帽子。她人白得像她常年居住的雪宮。她是這麼的白，坐著雪橇穿過街道時，百姓都嘖嘖稱奇。「她就像一朵白玫瑰！」他們嚷道，紛紛從陽臺上朝她撒下鮮花。

在城堡的門口，王子正等著接她。王子的眼睛是紫羅蘭色的，像夢一般，頭髮的顏色宛如純金。他一看到公主，便單膝跪下，親吻了一下她的手。

「畫中的你真美，」他輕聲說道，「可是你比畫中更美。」小公主一聽，臉都紅了。

「她剛才像朵白玫瑰，」一個小侍衛跟站在他旁邊的人說，「但現在成了朵紅玫瑰。」宮裡的人聽了都非常高興。

接下來的三天，個個都在說著「白玫瑰，紅玫瑰，紅玫瑰，白玫瑰」。國王下令，給那侍衛加薪一倍。因為這侍衛本來連一份薪水也沒有，加薪一倍對他也就沒什麼用了，但這被看作是一項大榮耀，理所當然地登在了《宮報》上。

三天過了，舉行婚禮。婚禮辦得輝煌華麗，新娘新郎手牽著手，從一個紫天鵝絨華蓋下走過，華蓋上繡著一粒粒小珍珠。接著是盛大的國宴，從開始到結束有五個鐘頭。王子和公主坐在大殿的首位，用一個透明的水晶杯喝酒。只有真正的有情人才能用這個杯子喝酒，因為如果是虛情假意，那麼嘴唇一碰，這杯子就渾濁變灰，失去光澤了。

「很清楚，他們倆相親相愛，」小侍衛說，「像水晶一樣透明清楚！」國王於是再次給他加薪一倍。

「多大的一份榮耀啊！」朝臣個個全歡呼起來。

宴會過後是舞會。新娘和新郎要一起跳玫瑰舞，國王答應了要吹笛子。他吹得糟糕透了，但誰也不敢告訴他實話，因為他是國王。的確是，他只懂吹兩個調調，而且一向都不太清楚在吹的是哪個調。但這無關緊要，因為不管他吹什麼，大家都高呼，「吹得好！吹得好！」

節目單上的最後一項是煙火盛會，定於午夜正點燃放。小公主長這麼大還從來沒見過煙火呢，所以國王命令她大婚那天皇家的煙火炮手必須在場伺候。

「煙火是什麼樣子的？」有天早上她在陽臺上散步時還問了王子。

「煙火啊，就像北極光，」國王說，他總是搶答問題，儘管人家問的並不是他，「只是要自然得多。我自己呢，更愛看煙火，而不是星星，因為你永遠知道什麼時候煙火要出現了，而且像我自己吹的笛子一樣令人喜歡。你一定要看。」

於是在御花園的一端搭起了一座高臺，等皇家煙火炮手一把諸事安排妥當，煙火炮便開始交談起來。

「世界真美，」一枚小爆仗嚷道，「就看看那些黃鬱金香吧。嘿！那些花，就是變成真的爆仗也不會比現在好看。我真高興，走了這麼趟路。旅行真好，令人增長見識，有什麼成見也化解了。」

「國王的花園不是全世界，你這傻瓜爆仗，」一支大大的羅馬燭光炮說，「世界可大呢，你得花三天才看得明白。」

「你喜歡什麼地方，什麼地方就是你的世界。」一支輪轉煙火炮若有所思地喊道。她早年曾戀上一個舊松木盒，總為自己有顆破碎的心而自豪。「只是愛情如今已不時髦了，被詩人給糟蹋了。他們老寫愛情，寫來寫去弄得沒人相信了，這不出我意外。真正的愛情是痛苦，是沉默。記得曾幾何時，我——但是現在，別提了。浪漫情懷過時了。」

「胡說！」羅馬燭光炮回應道，「浪漫是不死的情懷，猶如明月，永生不滅。那新娘和新郎，比如說，就非常的相親相愛。這都是我今早從一個棕色紙做的火藥筒那裡聽來的，他剛好和我同在一個抽屜裡，宮裡最近的新聞他知道。」

但輪轉煙火炮直搖頭。「浪漫情懷死了，浪漫情懷死了，浪漫情懷死了。」她咕噥著。她是那樣一種人，覺得什麼事只要不停地說上好多遍，最後就成真的了。

突然，傳來一聲刺耳的乾咳，大家全四下張望起來。

那聲音來自一個高高的、樣子不可一世的沖天炮，他被繫在一根長長的竿子頂端。他如果要說什麼，總會先咳嗽一聲，以便引起注意。

「哦哼！哦哼！」他說道。大夥兒全聽過來了，只有可憐的輪轉煙火炮沒有，她還在搖著頭，咕噥著：「浪漫情懷死了。」

「肅靜！肅靜！」一枚爆仗嚷道。他很有一副政客的派頭，總是在地方選舉中大出風頭，因此懂得怎麼使用議會裡的術語。

「死得沒救了。」輪轉煙火炮輕輕嘀咕了一聲，睡著了。

等大夥兒全靜下來後，沖天炮馬上又咳了第三聲，便開始說話。他說話的聲音非常慢，非常與眾不同，好像在口授他的生平回憶，而且眼睛總是從聽話人的頭上望過去。說實在，他真是氣度不凡。

「國王的兒子真幸運，」他評論道，「成婚之日剛巧碰上是我要燃放的日子。真的，即使安排在先，對他來說也不會比這更好了，當王子的總是走運。」

「天哪！」剛才那枚小爆仗說，「我還以為是另一回事，燃放我們是為了給王子賀喜呢。」

「對你或許如此，」沖天炮回答，「的確，我不懷疑對於你是如此，但對於我就不同了。我是個非常不同凡響的沖天炮，雙親就已是不同凡響了。我母親當年是她那個時代最顯赫的輪轉煙火炮，以其優雅的舞姿聞名。那天她亮麗登場大展身手，空翻轉了十九輪才熄滅，而每轉一輪她都向天撒出七顆粉紅色的星星。她直徑三英尺半，是用最好的火藥製造的。我父親是個沖天炮，跟我一樣，而且是法國血統。他飛起來高得不得了，大家還怕他再也不落回來呢。但他還是回來了，因為他心地善良，並且還裹著一陣金色的星雨來了個最耀眼的回落。他的表演，報紙紛紛報導，用詞恭維有加。的確是，《宮報》說他是煙化藝術的一大勝利。」

「煙火藝術、煙火藝術，你說的是，」一枚孟加拉煙火炮說道，「我知道該說是煙火藝術，因為我看到這個詞就在我自己的炮筒上寫著呢。」

「哼，我說了是『煙化』。」沖天炮回了一句，口氣嚴厲，孟加拉煙火炮被這氣勢鎮住了，就開始去欺負旁邊的那些小爆仗，好顯得自己仍不失為一個有頭臉的人物。

「我剛才是說，」沖天炮接著講，「我剛才是說——我剛才是說什麼來著？」

「你在說你自己。」羅馬燭光炮回答。

「當然當然。我知道是在論述某個有趣的課題，卻被粗魯地打斷了。我討厭任何形式的粗魯和無禮，因為我極為敏感。天底下沒有誰像我這麼敏感了，這一點我很清楚。」

「人要是敏感了會怎樣？」剛才那個政客爆仗問羅馬燭光炮。

「人敏感了，會因為自己長雞眼，就老去踩別人的腳趾頭。」羅馬燭光炮悄悄地回答，爆仗一聽差點笑爆了肚皮。

「拜託，你笑什麼？」沖天炮質問，「我都沒笑。」

「我笑，因為我心裡高興。」爆仗答道。

「這個理由非常自私，」沖天炮怒沖沖地說，「你有什麼權利高興？你應該想到別人。實際上，你應該想到我。我總是想到我自己，我希望其他人都能這樣。那就是我們所說的同情。這是個美德，而我在這方面很有造詣。想想看，比如說，我要是今晚有個三長兩短，那對於每個人都是多大的不幸啊！王子和公主再無幸福可言，他們整個婚姻生活便毀於一旦；而國王呢，我知道他過不了這個坎的。真的，一想到自己身處的地位有多重要，我幾乎都要感動得掉眼淚。」

「要是你想帶給人歡樂，」羅馬燭光炮嚷道，「那你最好別把自己弄溼了。」

「可不是？」孟加拉煙火炮高呼道，他現在心情好些了，「那不過是基本常識罷了。」

「是基本常識，沒錯！」沖天炮憤憤地說，「你忘了我可是非比尋常，我是非常的不同凡響。哼，基本常識誰都明白，只要他們沒有想像力就成。但是我有想像力，因為我想東西從來不看它們真的是怎樣，我總想它們是很不尋常的。至於說不把我自己弄溼，顯然在座的沒有哪位對一顆多情的心有一丁點欣賞能力。而我就很幸運，沒把這當回事。只有一個東西能支撐人一輩子，那就是意識到比起自己，其他人個個都低劣得無以復加。這個感覺，我一直都在培養。但是你們個個都沒心沒肺的，在這裡嬉笑作樂，好像王子和公主剛才並沒有結婚似的。」

「嗯，真的，」一個小小的火氣球高聲說道，「幹嘛不呢？這可是個大喜日子啊，等我飛上天空時，我要把這一切都說給星星聽。你們會看到星星眨眼睛的，那就是我在跟他們說新娘有多漂亮。」

「啊！瞧這眼界，多小家子氣啊！」沖天炮說，「但這正如我所料。你沒有料，腹中空空。可不是，也許王子和公主會去一個地方住下，那裡有條深深的河，也許他們只有一個獨子，一個金色頭髮紫羅蘭色眼睛的小男孩，長得跟王子本人一樣，也許有一天他會和保母一起出去散步，也許保母會在一棵大接骨木樹下睡著了，也許那小男孩會掉進河裡淹死了。這真是飛來橫禍啊！天可憐見，痛失獨子！真太嚇人了！我會傷心死的。」

「可是他們並沒有痛失獨子啊，」羅馬燭光炮說，「他們並沒有遭到什麼飛來橫禍啊。」

「我從沒說過他們遭遇橫禍，」沖天炮應道，「我說的是他們也許會。要是他們真的痛失獨子了，那這事再多說也沒用了。我就討厭事後空追悔的人。但我想到他們也許會痛失獨子，心裡便有裝不下的難受。」

「你當然裝不下難受了！」孟加拉煙火炮嚷道，「你有的只是裝的腔作的勢。說真的，我還沒見過哪個有你這麼裝腔作勢的。」

「我還沒見過哪個有你這麼粗魯的，」沖天炮說，「你不明白我對王子的友情。」

「什麼，你連他是誰都不認識呢。」羅馬燭光炮吼道。

「我從沒說我認識他，」沖天炮回答，「我敢說要是我認識他，那壓根就不會成為他的朋友。認識自己的朋友是非常危險的。」

「你真的還是別把自己弄溼了，」火氣球說，「這可重要了。」

「對你是非常重要，這我不懷疑，」沖天炮回答，「但我呢，高興哭就哭。」說著他還當真聲淚俱下地哭起來，淚水順著繫他的竿子流下來，像下雨似的，差點沒把兩隻小甲蟲給淹死了。那兩隻小蟲正想一起建個房，找一處乾爽的地方好好住下呢。

「他一定真的很浪漫，」輪轉煙火炮說道，「沒什麼好哭的他也哭得出來。」她說著深深歎了一口氣，心中想起當年的松木盒。

但是羅馬燭光炮和孟加拉煙火炮還是一肚子火，不住口地高聲叫著：「騙人！騙人！」他們極為實際，只要有什麼東西他們反對，就說那是騙人。

接著月亮出來了，像個美麗的大銀盤，星星也一閃一閃地出來了，王宮那邊傳來一陣音樂聲。

王子和公主第一對上場領舞。他們跳得多美啊，連高高的百合花都從窗外偷眼望進來看他們，大朵大朵的紅罌粟花也點著頭打拍子。

接著，鐘敲十點、十一點，再就是十二點。午夜的最後一聲鐘敲響，眾人都出來到陽臺上，國王派人叫來了煙火炮手。

「煙火表演開始吧。」國王說。皇家煙火炮手深深一鞠躬，走下陽臺到了御花園盡頭。他有六名隨從，每人手執一根長竿子，頂端是點亮的火炬。

場面當然很壯觀了。

颼！颼！颼！輪轉煙火炮上去了，一圈又一圈地轉著。砰！砰！砰！砰！羅馬燭光炮上去了。接著是小爆仗四處歡舞，孟加拉煙火炮又把一切映得通紅。「再見了。」火氣球嚷道，他騰空飛起，撒下細細的藍色小火星。轟！轟！轟！轟！爆仗都應聲而起，盡情玩了個痛快。大家都表演得很出彩，除了那個不同凡響的沖天炮。他那麼一哭，全身溼透了，根本飛不起來。他裡面最好的東西就是火藥，但火藥被淚水溼得一塌糊塗，一點用也沒有。他所有的窮親戚，那些他一跟他們說話就會嘿嘿譏笑兩聲的窮親戚，個個都騰空而起，金燦燦地綻放了一片又一片火樹銀花。好啊！好啊！宮廷上下齊聲歡呼，小公主高興得直笑。

「我猜他們是要把我留到哪個盛典上用，」沖天炮自語道，「肯定是這個意思。」說著擺出一副更加不可一世的神氣。

第二天，工人來收拾整理花園。「這無疑是來了個代表團，」沖天炮說，「我要以跟我地位相配的威儀來接見他們。」於是他翹起鼻子，煞有介事地皺起眉頭，好像在思考哪個非常重要的問題。可是來人根本就沒注意到他，直到臨離開時，他們中有一個瞥見他在那兒。「喂！」他叫道，「好一個爛炮！」說著隨手拎起，扔過牆丟到外面溝裡。

「什麼爛炮？什麼爛炮？」他一邊在空中滴溜溜地轉著一邊說道，「這不可能！

是燦爛之炮，那人就是這麼說的。『爛』和『燦爛』聽起來簡直一模一樣，也的確常常是一樣。」說著他便掉進了爛泥中。

「這地方待著不舒服，」他評了一句，「但這無疑是哪個時髦的水療地，他們把我送來療養，恢復健康。我神經是衰弱得不行，需要休息調養。」

不一會兒有隻小青蛙，眼睛亮閃閃的，身著一襲斑斑點點的綠外衣，游上前來。

「一個新來的，原來是！」青蛙說，「嗯，哪兒都比不上爛泥地啊。下雨天加上一條溝，就夠我開心的了。你說下午有雨嗎？我巴望著下雨，但天就這麼一片藍，雲也沒有。真可惜！」

「哦哼！哦哼！」沖天炮說著，開始咳嗽了。

「你聲音真動聽啊！」青蛙嚷道，「真就像一聲蛙鳴，蛙鳴咯咯，當然是世上最富音樂美的聲音了。你今晚就會聽到我們聯歡俱樂部的演唱了。我們坐在老鴨塘裡，就在那農夫家旁邊，月亮一出來我們就開始唱。好聽得很，每個人都躺在床上不睡，聽我們唱。說起來還是昨天的事呢，我聽到農夫老婆對她母親說，她晚上一刻都沒合眼，就因為我們在唱歌。真覺得痛快，看到自己能這麼走紅。」

「哦哼！哦哼！」沖天炮怒沖沖地咳著。他心中惱火得很，自己竟然插不上一句嘴。

「聲音真動聽，這沒話說，」青蛙繼續往下講，「我希望你會過來到老鴨塘。我要去找我女兒了。我有六個漂亮的女兒，真怕讓梭子魚給碰上。他可是個大妖怪，會一口把她們當早飯吃掉的。好啦，再見。和你交談真愉快，我說真的。」

「交談，交談，虧你說的！」沖天炮說，「都是你一個人在講，還交什麼談。」

「總要有人聽才是，」青蛙回答，「我喜歡由我自己來講話。這省時間，也免得爭論。」

「可是我就愛爭論。」沖天炮說。

「希望別這樣，」青蛙自得地說，「爭論就俗得不得了，因為在優良的社會中，人人都意見一致沒有分歧。再說聲再見吧，我都遠遠的看見我女兒啦。」說著，小青蛙游走了。

「你這人真討厭，」沖天炮說道，「而且非常沒教養。我討厭老說自己的人，就像你，而別人也想說說自己啊，就像我。這就是我說的自私，而自私是最要不得的，尤其是對有我這種心性的人來說，因為我的同情心是出了名的。實際上，你應該以我為師，你找不到更好的楷模了。既然機會就在眼前，你還是抓緊為好，因為我眼看就要回宮裡去了。我在朝廷裡可是很得寵的，實際上王子和公主昨天成婚是給我賀的喜。當然你對這種事一無所知，因為你是個土包子。」

「跟他說沒用的。」一隻蜻蜓說，他正坐在一株褐色的大蘆葦頂上，「一點用也沒有，他游走了。」

「咳，那吃虧的是他，不是我，」沖天炮回答，「就因為他不聽我說，難道我還住嘴不跟他說不成？我就喜歡聽自己說話。這是我最喜歡做的一件事。我常常自己跟自己聊很久，而且還聰明得有時連自己說的什麼一句也不明白。」

「那說真的你應該去教石油哲學。」蜻蜓答道，說著，騰起他輕紗般可愛的雙翼飛上天去。

「他真蠢得可以，不留下來！」沖天炮說，「我敢肯定，像如此滋養心靈的機會他不會經常碰到的。但我才不在乎呢。像我這樣的天才總有一天會得人賞識的。」說著，他在爛泥地裡又陷深了一點。

過了一陣，一隻大白鴨向他游過來。她的腿是黃的，腳上有蹼，因為走路時身姿搖曳被看作是個大美人。

「嘎，嘎，嘎，」她說道，「你這形狀多怪啊！請問你是生來如此呢，還是遭遇意外變成這模樣？」

「顯然你一直住在鄉下，」沖天炮回答，「要不你就會知道我是誰了。不過，不知者不罪嘛。要其他人跟自己一樣了不起，那未免不公平。要是聽到人家說我能一飛沖天，再裹著一團金雨降落，你絕對會大吃一驚的。」

「我覺得這沒什麼，」鴨子說，「看不到這對誰有用。這麼說吧，如果你能像牛一樣犁田、像馬一樣拉車，要不能像牧羊犬那樣守護羊群，那才叫有能耐呢。」

「我的好老鄉啊，」沖天炮嚷道，口氣非常傲慢驕矜，「我看出來你是個下等人。像我這種地位的人從來就不是有用的。我們學有所長，這就足夠了。勤勞，不管哪種勤勞，我都看不上眼，更別提剛才你似乎在誇讚的那些能耐了。的的確確，我一向認為，苦力活不過是無所事事之人的苟且營生罷了。」

「好吧，好吧，」鴨子說，她性格非常溫良敦厚，跟誰都不爭不吵，「人各有品味啊。我希望，不管怎樣，你會在此地落戶安家。」

「啊！不會的，」沖天炮大叫，「我不過是到此一游，一次貴賓游而已。說實話，我覺得這地方乏善可陳。既不能上流社交，也不能清靜獨處。事實上，根本就是郊野一隅。我十有八九要回宮裡去，因為我知道我命中註定要震驚世界的。」

「我自己也曾經動過心思要投身公共事務，」鴨子回答，「有這麼多事情需要改革。的確，我以前擔任過一個會議的主席，通過了幾個決議，譴責所有我們不喜歡的事情。但是，似乎不見什麼效果。現在我就熱衷於家政，照料我的家庭。」

「我生來是辦大事的，」沖天炮說，「我的親戚個個都是，連最卑微的也是。只要我們一出場，總會令萬人矚目。我自己還沒真的出過場，但等我一出場，那就壯觀了。至於家政嘛，這東西令人老得快，而且讓人分心，想不了大事情。」

「啊！生活中的大事情，真好啊！」鴨子說，「這讓我想起我肚子有多餓了。」說著她順流游走了，一路上叫著「嘎，嘎，嘎」。

「回來！回來！」沖天炮尖聲叫道，「我還有好多話要跟你說呢。」但鴨子一點也不理他。「我很高興她走了，」他自言自語道，「她鐵定是個庸碌之輩。」他往爛泥裡又陷進了一些，開始想起天才的寂寞來。這時，突然從岸邊跑來兩個小男孩，身上穿著白罩衫，手裡拎著個水壺和一些柴火。

「一定是代表團來了。」沖天炮說，於是盡力擺出一副威風凜凜的氣勢來。

「喂！」一個男孩叫道，「看有根破棍子！不知怎麼搞的跑到這裡來了。」說著他便把沖天炮從溝裡撿起來。

「什麼破棍子！」沖天炮說道，「這不可能！是魔棍、金魔棍，他就是這麼說的。誇我是根金魔棍。實際上，他誤將我看成是宮裡的一個大官了！」

「把它丟進火裡吧！」另一個男孩說，「好讓水燒得更快。」

於是他們把柴火堆在一起，把沖天炮擱在上面，生起火來。

「這下有得看啦，」沖天炮嚷道，「他們要在大白天將我放飛，讓人人都看得見。」

「咱們現在去睡會兒，」他們說，「等醒來時水就燒開了。」說著兩人就躺在草地上，閉起眼睛。

沖天炮全身溼得不得了，要燒著得花很長時間。但火終於燒上來了。

「現在我要飛了！」他嚷道，把身子挺得緊繃繃的，「我知道我會飛得比星星還高得多，比月亮還高得多，比太陽還高得多。真的，我會飛得——」

嘶！嘶！嘶！他直飛起來。

「真痛快啊！」他嚷道，「我會永遠就這麼飛個不停。我太成功了！」

但是沒有人看到。

接著他全身上下開始有股奇怪的發麻的感覺。

「我要炸開了，」他叫道，「我將讓整個世界歡呼雀躍，我將驚天動地，讓世人一個個整年不談別的就光說我。」他還真的炸開了。砰！砰！砰！火藥爆炸了。這毫無疑問。

但是沒有人聽到，就連那兩個小男孩都在呼呼大睡。

過後，他就剩下那根棍子，落下來，打在了溝邊散步的一頭鵝背上。

「哎呀！」鵝大叫一聲，「天要下棍子了。」說著趕緊跳到水中。

「我就知道我要震驚世界的。」沖天炮吐出最後一句話，便熄滅了。

小國王

那是他加冕日的前一天晚上，年輕的小國王一個人坐在他漂亮的房間裡，朝臣都不在左右。他們按照當時的禮儀規矩，低頭鞠躬到地，退到宮內大殿中，最後再跟禮儀教授上幾堂課，因為他們當中有幾個舉止仍然甚為率性隨意，這對朝臣來講，不用說，是非常嚴重的犯上行為。

這孩子——他還只是個孩子，才十六歲呢——看到朝臣走了也不難過，把身子往後一仰，跌坐在他柔軟的繡花躺椅上，躺在那兒，睜大眼睛張著嘴巴，就像黃褐色的林中牧神，或者森林中一頭剛被獵人套住的小動物。

說來也是，他真就是被獵人發現的，他們幾乎是碰巧遇上了他，看到他露出四肢，手裡拿著把笛子，正跟在一群羊後面。羊是那個把他帶大的窮牧人的，他一直以為自己就是那個牧羊人的兒子。其實他是老國王獨生女的孩子，他母親跟一個地位比自己低很多的人偷偷結了婚，生下他來——聽一些人說，那是個外地人，彈得一手絕妙好琴，琴聲的魔力讓年輕的公主愛上了他。也有人說，那是一個來自義大利海港里米尼的畫家，公主對他敬愛有加，也許敬愛過火了，結果這人突然從城裡消失了，連在大教堂裡畫的畫都沒完成——他那時生下來不過一個星期，有一天被人趁他母親睡著時給偷偷抱走，交由膝下無子的一對普通農家夫婦養育，他們住在很遠的森林裡，從城裡騎馬要走一天多。是傷心過度呢，還是如宮中御醫所宣布的那樣染上瘟疫，或者如一些人話裡話外傳的，是喝了投在香料酒中的義大利烈性毒藥，反正醒來不出一個小時，那個生下他的白皮膚女孩就氣絕了。就在那個被委以重任的信使馬鞍上馱著那嬰兒，從跑得疲憊不堪的馬上俯身敲響牧羊人的柴門時，公主正在下葬，屍身被放進城門外一處荒涼的墳地裡挖開的墓穴中。據說那墓穴裡還有一具屍首，是個年輕人的，有著漂亮非常的異國美貌，雙手被繩子死死地反綁著，胸膛紅紅的有多處刀傷。

這些至少是街頭巷尾偷偷流傳的閒言碎語。可以肯定的是，老國王臨死之際，不知是為自己的大罪大過後悔而動了惻隱之心，還是單單出於不讓自己的王國嫡傳無人的願望，派人去把那孩子找了回來，並且當著內閣大臣的面，認了孩子為繼承人。

似乎就從被定為繼位人的那一刻起，他便流露出那種奇怪而註定對他的生命產生了如此巨大影響的愛美的激情。陪他去他專用房間的那些人常常說起，看到那些為他備下的華美服裝和貴重珠寶，他怎麼情不自禁地歡呼起來，又是怎麼欣喜若狂地將身上的粗革皮衣和粗羊皮外套一把甩掉的。的確，他有時會想念林中生活的那種怡然自得，宮中那些每天占去他不少時間的繁文縟節也老是會令他煩不勝煩，但那瑰麗的宮殿——歡樂宮，他們說的——在這裡他發現自己現在成了王，對他來說這裡似乎是一個嶄新的世界，剛剛落成供他來取樂享福的。只要能從內閣會議或接見室脫身逃開，他二話不說就會直奔大樓梯，沿著那些鍍金的銅獅像和錚亮的斑岩梯級跑下來，一間房一間房、一條走廊一條走廊地逛，彷彿要在美中求得令痛楚消弭、令病體康復的解藥。

這些發現之旅過後，他把這種漫遊稱為發現之旅——的確，對他來說這是真正的奇境漫遊——有時會有身材高䠷頭髮金黃的宮廷侍衛陪著，他們身上的斗篷隨風招展，好看的飄帶翩翩飛揚；但常常是他一個人，借助某種靈敏的本能，幾乎是種先知先覺的洞察，他感覺到藝術的祕密最好是在祕密中習得，而美，跟智慧一樣，喜愛孤獨的崇拜者。

在這期間，流傳著關於他的許多奇奇怪怪的故事。聽說一位矮胖結實的市長前來代表全城市民發表一篇措辭華麗的獻詞，無意中見到他真心景慕地跪倒在一幅剛從威尼斯帶來的名畫前，這似乎預示著對某些新神祇的崇拜。另外一次，突然有幾個鐘頭不見他人，大夥兒找了半天，終於在宮內北邊一座角樓的一個小房間裡找到他，只見他正如癡如醉地盯著一塊希臘寶石看，那寶石上雕的是為愛神所鍾愛的美男子阿多尼斯像。據傳還有人看到他將溫潤的雙唇緊貼在一座大理石古雕像的前額，那雕像是造石橋時從河床裡挖出來的，上面刻有羅馬皇帝哈德良的卑斯尼亞奴隸美少年安提諾斯的名字。他還整夜不睡，記下月光照在與月神相戀的美貌牧童安狄米恩的一座銀像上時，會有什麼效果。

所有稀罕昂貴的東西無疑都令他著迷，令他迫不及待地要搜羅到手，於是他派了許多商人出去。有些去跟北海粗獷的漁夫買琥珀；有些去埃及搜尋那珍奇的綠玉，那玉據說有魔力，只有在帝王陵墓中才見得到；有些去波斯買絲織地毯和彩繪陶器；還有些去印度，購買薄紗、著色象牙、月亮石和玉手鐲、檀香木和藍色彩釉器皿還有細羊毛披肩。

但最讓他在意的是他加冕時要穿的王袍，那是用金線織的，還有鑲滿紅寶石的王冠，以及鑲著一排排一圈圈珍珠的權杖。的確，這些就是他今晚躺在他豪華的沙發上，望著壁爐裡大塊的松木漸漸燃盡時，心裡正在思忖的事。設計是出自當時最有名的藝術家之手，呈給他過目都有好幾個月了，他也命令工匠日夜趕工依圖製作，同時找遍天下也要得到配得上他們工藝的珠寶。他想像著自己站在大教堂高高的聖壇上，身著精美的王袍，一絲微笑在他孩子氣的嘴唇上蕩漾流連著，那雙林中帶來的黑眼睛也閃閃發亮。

過了一些時候他站起身來，斜倚著壁爐煙囪的雕花庇簷，四下瞭望燈光昏暗的房間。牆壁上掛著富麗的織錦畫，呈現的是〈美之勝利〉。一個大櫥子，嵌著瑪瑙和彩色琉璃，占滿了房間一個角落，正對著窗立著一個精美無比的櫃子，漆面都飾以金粉和金箔拼貼，櫃裡放著一些精緻的威尼斯玻璃酒樽和一個黑紋瑪瑙杯。床單上淡淡地繡著些罌粟花，好像是從倦極而睏的手上掉下來似的，帶凹槽的蘆飾象牙柱高高地支起天鵝絨的華蓋，華蓋上裝飾著一大簇一大簇鴕鳥羽毛，如同白色的泡沫，噴向帶回紋飾的暗銀色天花板。一尊笑嘻嘻的水仙美少年納西瑟斯的青銅像，將一面擦得亮亮的鏡子高舉在頭頂。桌子上放著一個紫晶盆。

望出窗外他看得見教堂巨大的圓頂，像個大氣泡浮現在影影綽綽的一片屋頂上空，河邊霧靄濛濛的平臺上，哨兵無精打采地來回踱著步。遠遠的一處果園裡，有隻夜鶯在歌唱。一陣茉莉花的暗香從開著的窗子飄進來。他把棕色的鬈髮從額頭往後一掠，拿起一把魯特琴，信手在弦上彈撥著。漸漸地他眼皮發沉，垂了下來，一股奇怪的睏倦傳遍全身。他從來沒有這麼深切地，或者說這麼精微愉悅地感受到美景美器的魔力與神祕。

等鐘樓敲響半夜的鐘聲時，他按了下鈴，內侍就進來，禮儀繁雜地為他脫袍更衣，往他手上灑玫瑰水，往他枕頭上撒鮮花。過了一會兒他們退出房間，他也就睡著了。

睡著睡著他做了個夢，夢是這樣的：他覺得自己正站在一間長長的頂樓上，天花板很低，周圍嗡嗡嘎嘎的是許多織布機在響。慘澹的日光從格子窗探進來，照給他看那些形容枯槁的織工正在織機上俯身織布。一些臉色蒼白、病容懨懨的孩子蜷伏著蹲在大大的橫樑上。梭子穿過經紗時他們提起沉重的壓板，梭子一停，他們便放開手讓板落下將紗線壓緊。他們餓得臉都扭曲了，兩手乾枯，不停地哆嗦發抖。一些面黃肌瘦的婦人坐在一張桌子邊埋頭做針線。這地方臭氣沖天，空氣又髒又悶，牆壁上溼漉漉地滴著水珠。

小國王走到一個織工跟前，站在一邊看著他。

那織工氣沖沖地看了他一眼，說道：「你是誰，這麼盯著我看？敢情是我們主人派來監工的探子？」

「你們的主人是誰？」小國王問。

「我們的主人！」織工嚷道，語氣中充滿苦澀，「他是個跟我一樣的人。說實在的，我們的差別就在，他穿綾羅綢緞，我破衣遮身，我餓得發慌，他撐得難受。」

「這是個自由的國度，」小國王說，「你並非誰的奴隸。」

「打仗時，」織工回答，「打贏的讓打輸的成為奴隸，和平時，有錢的讓沒錢的成為奴隸。我們得做工謀生，但他們給的工錢少得可憐，還不夠我們活命。我們整天為他們累死累活，他們讓金庫堆滿黃金，我們的孩子沒等長大就么折了，我們愛的人一張臉也變得冷冰冰惡狠狠了。我們踏著腳壓榨葡萄，釀出的酒卻是給別人喝的。我們播種麥子，自己的飯桌上卻什麼也沒有。我們身戴枷鎖，儘管無人看見。

我們實為奴隸，儘管人說我們一身自由。」

「全都是這樣的嗎？」小國王問道。

「全都是這樣，」織工回答，「不管年長年輕，不管是男是女，也不管是小孩還是老人，全都一樣。商人剝削我們，要我們做什麼我們就得做什麼。教士騎馬路過，數著他的珠串點算禱告的人數，但就是沒人關心我們。在我們不見天日的陋巷裡，貧窮虎視眈眈地潛行著，罪惡涎著臉醉醺醺地緊跟在後頭。清晨，淒苦將我們喚醒，入夜，羞慚與我們同桌。但是這一切關你什麼事？你和我們不是一類人。你的臉太快活了。」說著他陰沉著臉掉開頭，把梭子往織布機那頭扔過去，小國王看到那上面穿著的是金線。

一陣巨大的恐懼揪住他的心，他問織工：「你織的是什麼袍？」

「是小國王加冕穿的王袍，」他回答，「這關你什麼事？」

小國王大叫一聲醒了過來。啊！他這是在自己的房間裡，透過窗戶還看到蜜黃色的大月亮掛在朦朧的天空中。

他又睡著了，做了個夢。這是他的夢：

他覺得自己正躺在一隻大船的甲板上，有一百個奴隸在划這船。他身邊的一塊地毯上坐著船長，黑得像塊烏木，裹著條猩紅的絲頭巾，厚厚的耳垂上墜著碩大的銀耳環，手上拿著個象牙天平。

奴隸全身赤裸著，只繫一塊破爛的兜襠布，每一個都跟他旁邊的那個用鐵鍊拴在一起。大太陽火辣辣地照著他們，一些黑人在兩邊甲板的過道上跑來跑去，揮著皮鞭抽打他們。他們伸著瘦削的手臂划著沉重的船槳，從槳板上飛起了鹹鹹的水花。

他們終於到了一個小海灣，開始測水深。一陣輕風從岸上吹來，甲板和大大的三角帆便蒙上了一層紅色的浮塵。有三個阿拉伯人，騎著野驢跑過來，向他們投擲長槍。船長手執一把畫弓，一箭過去，射中其中一個的咽喉。那人重重跌進岸邊的浪中，他的同伴騎驢飛奔而去。一個女人蒙著黃色的面紗，騎著駱駝慢慢地跟在後面，不時回頭看了看那具屍首。

那些黑人一拋了錨，收了帆，便下到底層艙，拖出一條長繩梯，上面沉甸甸地綁著鉛塊。船長把繩梯從船邊丟進海裡，梯這頭繫在甲板的兩根鐵柱子上。接著，黑人把奴隸中最年輕的那個抓來，敲掉他的鐐銬，將他的鼻孔和耳孔灌滿蠟，再把一塊大石頭綁在他腰間。只見他有氣無力地爬下繩梯，消失在海裡，沉下去時冒起幾個氣泡。其他奴隸有幾個好奇地望著海面。在船頭坐著個趕鯊人，單調地敲著一面鼓。

過了一陣那個潛水的浮出水面，喘著氣抓住繩梯，右手攥著一顆珍珠。黑人從他手中一把搶過珍珠，把人又投進水裡。奴隸伏在船槳上都睡著了。

一次又一次，他潛下海又浮上來，每一次都帶上來一顆美麗的珍珠。船長把珍珠過了秤後，放進一個綠皮革的小袋子中。

小國王想說什麼，但舌頭好像黏在上顎似的，嘴唇也不肯動了。黑人唧唧呱呱地相互說著話，開始因為一串明亮的珠子吵了起來。有兩隻白鶴繞著船飛來飛去。

接著，那潛水的奴隸最後一次浮出水面，帶上來的珍珠比霍爾木茲島上所有的珍珠都漂亮，像滿月一樣圓潤，比晨星還要潔白。然而那採珠人的臉卻蒼白得出奇，一倒在甲板上鮮血就從耳朵鼻孔裡冒出來。他顫抖了一會兒，便一動也不動了。那些黑人聳聳肩，把屍體扔進海裡。

船長笑了，伸出手來，拿起那顆珍珠，兩眼一看，便按在額頭上，鞠了一躬。「這顆珠，」他說道，「應該用在小國王的權杖上。」說著他打個手勢叫黑人起錨。

小國王聽到這話，大喊一聲，醒了過來，透過窗戶他看到黎明正用長長的灰手指去抓漸漸暗淡的星星。

他又睡著了，做了個夢。這是他做的夢：

他覺得自己正穿過一處陰暗的樹林，林中樹上掛著奇怪的果子，地上開著美麗的有毒花朵。他走過時毒蛇看見他便嘶嘶作響，樹枝間豔麗的鸚鵡尖聲叫著飛來飛去。大大的陸龜在熱烘烘的爛泥中昏睡。樹上到處都是猿猴和孔雀。

他往前走啊走啊，一直走到林邊。在那裡他看到多得不得了的一大群人在一條乾涸的河床上做苦工。他們像螞蟻一樣圍著拱著巨石。他們在地上挖了些深坑，人再下到坑裡去。有些在用大斧頭劈石塊，有些在沙中淘著摸著什麼。他們將仙人掌連根拔起，把紅豔豔的花朵踩在腳下。他們四處奔忙，互相叫喚，沒有一個人閒著。

在一處黑暗的洞穴中死亡和貪婪正盯著那些人。死亡說：「我等膩了，把人分給我三分之一，讓我走吧。」

但是貪婪搖著頭。「他們是我的僕人。」她回答。

死亡就問貪婪：「你手上拿的是什麼？」

「三粒麥子，」她答道，「這關你什麼事？」

「給我一粒，」死亡叫道，「我種在園中。只要一粒，我就走人。」

「我什麼也不給你。」貪婪說著便把手藏進袍子的褶皺裡。

死亡笑了，拿起一個杯子，沒入一池水中，從杯子裡出來了瘧疾。瘧疾身後跟著一團冷霧，身邊遊蕩著一群水蛇，穿過那一大群人，有三分之一就倒地死了。

貪婪看到人死了三分之一，便捶胸頓足地大哭起來，捶著自己乾癟的胸脯號啕著。「你殺了我三分之一的僕人，」她嚷道，「你走吧。山中韃靼人在打仗，各方的國王都在喊著要你去。阿富汗人殺了黑牛，正開赴戰場呢。他們用矛敲著盾，鐵盔也戴好了。我這山谷與你有什麼相干，讓你待著不走？你走吧，別再來了。」

「不，」死亡回答，「你不給我一粒麥子我就不走。」

但貪婪一聽就攥緊拳頭咬緊牙關。「我什麼也不給你。」她嘟噥著。

死亡笑了，拿起一塊黑石頭，投進樹林中，從一處野杉樹叢中出來了熱病，身裹一襲火袍。她穿過那一群人，碰了他們，每一個她碰過的人都死了。她腳下踏過的草都枯萎了。

貪婪打了個冷戰，把灰抹到頭上。「你真狠心，」她嚷道，「你真狠心。在印度的城市裡正發生饑荒，在撒馬爾罕家家戶戶的蓄水箱都乾了。在印度的城市裡正發生饑荒，蝗蟲都從沙漠中飛來了。尼羅河水還沒漫過堤岸，他們的母親女神伊西斯和女神的丈夫冥王歐西里斯受到了僧侶的詛咒。你還不快去那些需要你的地方，把我的僕人留給我吧。」

「不，」死亡回答，「你不給我一粒麥子我就不走。」

「我什麼也不給你。」貪婪說道。

死亡又笑了，手指放在嘴裡打了聲呼哨，空中便飛來一個女人，額頭上寫著「瘟疫」二字，身邊盤旋著一群瘦巴巴的禿鷲。她展翅罩住整個山谷，便一個活人都不剩了。

貪婪尖聲號叫著穿過森林逃跑了，死亡跳上他的紅馬飛奔而去，那馬跑得比風還快。

谷底的爛泥中爬出了許多妖龍和身上有鱗的怪物，沙地上跑著豺狼，仰著鼻子在空氣中嗅著什麼。

小國王哭了，自語道：「這些人是誰呢？他們在找什麼？」

「他們在為一個國王找王冠上的紅寶石。」他身後站著的人回答道。

小國王嚇了一跳，轉過臉來，看到有個人，穿著像個朝聖者，手裡拿著一面銀鏡。

他一聽，臉都白了，問道：「哪個國王？」

那朝聖者答道：「往這鏡子裡瞧，你便看到他了。」

他朝鏡子裡一看，見到自己的臉，大叫一聲，醒了，看見明亮的陽光水一般瀉進屋裡，外面花園和庭院樹上鳥兒唱得正歡。

宮務大臣和朝中重臣進來向他行禮，侍衛為他捧上那金線王袍，以及王冠和權杖。

小國王看著這些東西，都很美，比他見過的任何東西都要美。但他記起了昨晚的夢，便對他的大臣說：「把這些東西拿開，我不要。」

朝臣都很詫異，有的笑了，以為他這是在開玩笑。

但是他板著臉又跟他們說了一遍：「把這些東西拿開，藏起來別讓我看到。雖然這是我加冕的日子，但我不要穿這袍戴這冠。因為是悲哀的紡機和痛苦的雙手織就了我的王袍，因為紅寶石的心中滴著鮮血，因為珍珠的心中藏著死亡。」說著他便給他們講了自己做的三個夢。

朝臣一聽，個個面面相覷，低聲說：「這肯定是瘋了，不就是個夢境，是個幻境嗎？成不了真，也當不得真。為咱們做事的人活得怎樣關咱們什麼事？難道說沒見過種麥的就吃不得麵包，沒跟種葡萄的說過話就喝不得葡萄酒嗎？」

宮務大臣向小國王進言，說道：「陛下，臣求陛下將這等傷心之思忘卻，將這華美的王袍穿上，將這王冠戴上。若陛下不身著國王之裝，百姓又如何知悉陛下乃當今國王？」

小國王看著他。「是這樣嗎，真的？」他問道，「如果我不穿國王的服裝，他們就不認識我這個國王了？」

「他們認不出的，陛下。」宮務大臣大聲說。

「我過去還以為有些人天生是帝王相呢，」他答道，「但也許你說得對。但我還是不要穿這王袍，也不要戴這王冠，我當初穿什麼進的宮，我現在也就那樣穿著出宮去。」

於是他吩咐他們全退下，只留一個侍衛做伴，是個比他小一歲的孩子，他留下這小侍衛來侍候他。等他清水洗浴完畢，打開一個油漆大箱，取出當初在山上給那牧人放羊時穿的粗革皮衣和粗羊皮外套，穿在身上，手裡拿著他那根粗糙的牧羊人拐杖。

小侍衛看呆了，藍眼睛瞪得大大的，笑著對他說：「陛下，我看你有了王袍和權杖，但你的王冠呢？」

小國王一聽，隨手摘下一枝爬上了陽臺的野薔薇，彎成個圓圈，套在自己頭上。

「這就是我的王冠。」他答道。

就這身穿著，他走出房間來到大殿，貴族正在那裡恭候他。

貴族一看樂了，有的對他大聲嚷道：「陛下，百姓在等著見他們的國王，但陛下卻給他們看一個乞丐。」有的則很生氣，說：「他給咱們國家丟臉了，不配當我們的主子。」但他一句話也不答，只是往前走，走下那錚亮的斑岩樓梯，穿過一道道青銅門，騎上馬往教堂去，那小侍衛跟著跑在旁邊。

百姓看了大笑，說：「國王的弄臣騎馬跑過來了。」於是便捉弄嘲笑他。

他便勒馬收韁，說道：「錯了，我是國王。」就跟他們講了自己做的三個夢。

有個人從人群中走出來，對他淒然說道：「聖上不知道嗎，沒有富人的奢華就沒有窮人的生計？你們的鋪張給了我們吃食，你們的窮奢極欲讓我們有了麵包。為一個壞主子做事是夠慘的了，但沒有主子要我們做事就更慘了。您想烏鴉會養活我們嗎？這些事您有辦法改變嗎？難道您會對買東西的人說『你要給這個錢買』，又對賣東西的人說『你要按這個價賣』？我不相信。所以還是回您的王宮，穿上您的紫袍華服吧。我們，和我們所受的痛苦，跟您有什麼關係呢？」

「難道富人和窮人不是兄弟嗎？」小國王問。

「沒錯，」那人回答，「聖經中那有錢的兄弟名字叫該隱。」

小國王的眼裡充滿了淚水，他從百姓低聲抱怨的一片喃喃聲中繼續策馬前行，那小侍衛害怕了，就離開了他。

他到了教堂大門口，士兵橫戟一攔，喝道：「你來此地找什麼？除了國王，誰都不能進這個門。」

他一聽，臉都氣紅了，對他們說：「我就是國王。」說著把他們的戰戟揮開，就進去了。

老主教看到他身穿牧羊人的衣服進來，吃驚得從主教座上站起來，迎上前，說道：「孩子，這是國王穿的嗎？我要用什麼王冠給你加冕呢，我要交到你手上的是什麼權杖呢？對於你，這的確應該是個喜樂的日子，而不是個負屈受辱的日子啊。」

「如果喜樂偏要穿哀苦做成的衣服呢？」小國王問道，說著便給主教講了自己做的三個夢。

主教聽了之後，皺起眉頭，說道：「孩子，我老了，生命已經到了隆冬之季，我明白世界之廣，有許許多多的惡人惡事。有兇惡的盜匪從山上下來，擄走小童，賣去非洲。有獅子匍匐路邊等候商旅，伺機撲向駱駝。有野豬將山谷麥地的莊稼連根拱起，狐狸啃咬山上的葡萄藤。有海盜將海邊人家洗劫一空，將漁人的船隻焚燒淨盡，把漁網搶走。在鹽鹼地的沼澤中住著麻瘋病人，房子是蘆葦編的，無人可以走近。城市裡乞丐流落街頭，與狗爭食。這一切你改變得了嗎？你會跟麻瘋病人同床共眠，與乞丐同桌共食嗎？獅子會聽你的話，野豬會服從你的命令嗎？那位造下悲苦的，他不比你有智慧嗎？因此我不讚美你所做的事，反而要你騎馬回宮，讓自己臉帶喜氣，穿上與國王相配的衣裝，我將用金冠給你加冕，我將把珍珠權杖交到你手中。至於你的夢呢，別再去想了。這個世界的重負太沉了，一個人擔不起的；這個世界的愁苦太深了，一顆心受不了的。」

「在這裡你還講這些話？」小國王說著，大步從主教跟前走過，登上聖壇，站在基督像前。

他站在基督像前，他的右手裡和左手裡是亮錚錚的金盤、盛著黃酒的聖餐杯和裝著聖油的瓶子。他在基督像前跪了下來，鑲著珠寶的神龕邊點著亮堂堂的大蠟燭，燃燒的香升起細細的青煙，在穹頂下一圈圈地繚繞著。他低頭禱告，教士穿著筆挺的典禮罩袍，悄悄從聖壇上開溜了。

突然間，外面街上一片喧囂混亂，闖進門來的是那些貴族，頭戴羽纓帽飾，手裡握著出了鞘的劍和亮閃閃的鋼盾。「那個光會做夢的人在哪兒？」他們嚷道，「那個打扮得像乞丐的國王在哪兒？——這小子讓我們國家蒙羞，我們一定要殺了他，他不配來統治我們。」

小國王又低下頭禱告，禱告完畢他站起來，轉過身悲傷地看著這些人。

看哪！穿過彩色的玻璃窗，陽光傾瀉而下照在他身上，條條光線在他身邊織起一襲金絲長袍，比那件隨他心意做的更加華美。那根無生命的木杖開花了，開出的百合比珍珠還要潔白。那乾枯的帶刺野薔薇開花了，開出的薔薇花比紅寶石還要紅。比上等珍珠更白的是那些百合花，花柄是亮銀的。比大紅寶石更紅的是那些薔薇花，花葉是片片金箔打造的。

他站在那裡，身著王服，鑲著珠寶的神龕門突然開了，從光燦燦的聖體水晶匣射出一道奇妙又神祕的光。他身著王服站在那裡，上帝的榮光充滿了整座教堂，聖徒在他們的壁龕中似乎都動了起來。他身著華美的王服站在他們面前，管風琴的音樂轟然響起，號手吹響號角，唱詩隊的孩子也高聲歌唱。

百姓滿心敬畏地跪在地上，貴族也都收劍入鞘，向他致敬，主教的臉色發白，

雙手發抖。「一位比我更大的為您加冕了。」他高呼著跪在他面前。

小國王從高高的聖壇上走下來，穿過人群回宮去。沒有哪個敢看他的臉，因為那是一張天使般的臉。

公主的生日

這天是公主的生日，她剛滿十二歲。這一天，宮中花園裡陽光一片燦爛。

雖然她是位真正的公主，還是西班牙的公主呢，但她每年只有一個生日，就跟窮人家的孩子一個樣，因此對整個國家來講，這自然就成了一件重大的事情：她過生日這天真要有個好天氣。的確，這天天氣還真是好。一株株斑紋鬱金香高高地昂首挺立，猶如長長的一排排士兵，神氣地望著草地另一邊的玫瑰花，說道：「我們現在俏麗得和你們有得比了。」紫色的蝴蝶翅膀上帶著金粉四處翩翩飛舞，逐朵拜訪園中的鮮花，小蜥蜴從牆縫裡爬出來，趴在大太陽底下曬著。石榴熱得都裂開了，露出內裡滴著血的紅心。就連淡黃色的檸檬，累累果實從古舊朽腐的花架上垂下來，沿著陰陰鬱鬱的拱廊在這明媚的陽光中似乎也平添了一層亮色，玉蘭樹舒展開拳著的一球球牙雕般的大白花，讓空氣充滿了濃濃的甜香。

小公主自己和玩伴在平臺上走來走去，繞著石花盆和長滿青苔的雕像玩捉迷藏。平日裡她只可以和與自己身分相同的孩子一起玩，所以她沒辦法，總是一個人玩，但生日這天就不一樣了，國王下令，說任何小朋友，她喜歡誰就請誰，來跟她一起高興高興。這些西班牙小孩身材頎長，四處遊逛溜達時別有一番端莊和雅致，男孩子頭上戴的帽子裝飾著大羽毛，身上披著的短斗篷隨風飄拂，女孩子提著錦緞長裙的下襬，把黑銀雙色的大扇子支在眼睛上遮陽。但所有孩子中最優雅的是公主，衣著最有品味，貼緊當時有些許繁冗的風尚。她的長袍是灰緞的，裙子和大泡泡袖上密密地繡著銀線花，硬胸衣上星星點點的是幾排精美的珍珠，走起路來兩隻綴著粉紅色大玫瑰花飾的小拖鞋在裙襬下偷眼一探一探的。她手上的大紗扇是粉紅和珍珠兩色的。她的頭髮呢，就像圍著她白淨的小臉蛋撐起來的一個淡金色的光環，上面別著一朵白玫瑰。

從皇宮的一處窗戶，那位憂鬱傷心的國王看著他們。國王身後站著他兄弟，阿拉貢王子唐・佩德羅，他可討厭這兄弟了，而他身旁就坐著為他聽懺悔的神父，也是格瑞那達省的大宗教裁判官。國王這時比平日裡更加傷心，他看著公主帶著孩子氣地認真向眼前的那群朝臣鞠躬回禮，或是用扇子掩面偷笑那個老是陪她左右、一臉陰沉的阿爾伯克爾基公爵夫人，不由得想起年輕的王后、公主的母親。沒多久之前——他覺得是不久之前——王后從法蘭西這一歡樂的國度嫁過來，在西班牙宮廷那死氣沉沉的富麗堂皇中凋萎了，生下孩子之後只六個月便與世長辭，沒能趕上看果園裡的杏花盛開兩次，也沒能從如今已是荒草叢生的宮院中央那棵枝丫嶙峋的老無花果樹上再摘一年果實。他對她的愛是如此之深，甚至不肯讓墳墓將他倆拆散，於是便叫一個摩爾人醫師把她的屍身用香料保存，而這摩爾人則因此得以將功折罪，免於一死。本來因為信邪教行巫術的嫌疑，聽說這人一條命已經被宗教裁判所褫奪了。王后的屍身，至今仍然停在宮中黑大理石教堂裡用繡花罩毯蓋著的屍架上，一如將近十二年前那個颳風的三月天僧侶將她抬進來時的模樣。每個月國王都會來一次，身裹一件黑大氅，手提一盞遮著光的燈籠，進來跪在她身邊，口中喚道：「我的王后！我的王后！」有時，大悲大痛之下他還會打破在西班牙事無巨細都受其規限、連國王的哀慟也概莫能外的正式禮節，抓住她戴著珠寶毫無血色的雙手，想用在她化了妝的冰冷的臉上的一陣陣狂吻來將她喚醒。

今天，他似乎又看到了王后，就像當年他在楓丹白露城堡第一次見到她那樣。那時，他自己不過十五歲，而她年紀就更小了。那一次，由羅馬教皇的使節主持，他們倆正式訂婚，在場的有法國國王和全體朝臣。過後他回西班牙王宮時，懷中便揣著一小圈黃頭髮，心裡則惦念著那兩片在他要踏進馬車時俯下來吻他手的稚氣的小嘴唇。在這之後跟著就是完婚，婚禮在布林戈斯匆匆舉行，那是兩國接壤邊境上的一個小鎮，接著是大張旗鼓地隆重回朝入城馬德里，依例在拉·阿多查教堂做了大彌撒，還有一個比平常更莊嚴的火刑處決，有異教徒罪犯幾近三百人，其中許多是英國人，交由世俗的刑吏點火行刑。

的確是，他愛她愛得發瘋，許多人認為，這讓國運衰敗了，因為他的國家那時正和英國交戰，爭奪新世界的美洲帝國。他簡直一刻也不讓她離開自己的視線：為了她，他忘了，或者似乎忘了，所有的國家大事；而且，由於激情加諸於它僕人的那種可怕的盲目，他沒能注意到，自己想方設法要令她高興而不厭其煩地弄出來的禮數，只會加重她所得的那奇怪的病症。之後有一段時間，他喪妻如喪魂地失去了理智。的確，他本來毫無疑問可以正式遜位，歸隱格瑞那達的特拉普派大修道院靜修去，反正他已經是那裡的名譽院長了。但他怕退位後小公主要交到他兄弟手中，此人有多心狠手辣，就是在西班牙也惡名昭彰，而且許多人都懷疑王后的死與他脫不了關係，因為王后造訪他在阿拉貢的城堡時，是此人送了她一雙有毒的手套。即使在他諭令全國上下守喪三年期限滿了之後，他還絕對不許他的大臣提什麼續弦聯姻的事，即便羅馬皇帝本人出面來說，為他侄女，可愛的波西米亞女郡主提親，他都請來人回去稟報他們的主人，說西班牙國王已經與悲傷共結連理，還說雖然她只是個不會生育的新娘，但他愛悲傷勝過愛美麗。這一席回話讓他的王國失去了荷蘭地方的富裕省分，那些省分不久之後在皇帝的鼓動下，起來造他的反，領頭的是新教改革派的一些狂徒。

他的整個婚姻生活、那些熾熱如火的狂喜，及其戛然而止帶來的痛不欲生，今天看著公主在平臺上玩耍時，這一切似乎歷歷如在目前。她一舉手一投足都透著王后當年那種嬌俏的孩子氣：看她頭那任性的一揚、嘴唇那美麗高傲的曲線，還有那迷人的微笑——正宗的法國微笑——都跟她母親一模一樣。不時地，她會抬眼朝窗口這邊望過來，或是伸出小手接受風度翩翩的西班牙紳士的親吻。但是，孩子們的尖聲歡笑他聽著刺耳，明亮無情的陽光嘲弄著他的悲哀，有一股暗香，古怪的香料、藥師保存屍體用的香料的香氣，似乎污染了早晨清新的空氣——或者是自己的幻覺？他用雙手捂住了臉，等公主再往上看時，窗簾已經拉上，國王走了。

她失望地嘸嘸嘴，聳了聳肩。是啊，她過生日，他本該要陪著她的。國家的那些蠢事算得了什麼？或者他去了那間陰森森的教堂，那間蠟燭沒日沒夜都亮著、說什麼也不讓她進去的小教堂？他這有多傻啊，看這一片燦爛的陽光，看個個都這麼喜氣洋洋的！還有，他等下趕不上看人扮牛的鬥牛表演了，人家喇叭都已經吹響了呢，更別說還有木偶戲和別的好玩的東西了。她叔叔和大裁判官就通情達理多了。他們都出來，到平臺上給她說了好聽的道喜話。於是她把漂亮的頭一揚，牽著唐・佩德羅的手，慢慢下了臺階，往花園盡頭搭起的一個長長的紫綢帳篷走去，其他小孩跟在後面，嚴格按照次序，名字最長的走在最前面。

一隊貴族男孩，裝扮成衣服光鮮的鬥牛士，出來迎接她。年輕的新地伯爵、年方十四的一個漂亮非常的男孩子，盡其出身西班牙貴胄的所有優雅風度脫帽致禮，隆而重之地領著她入場，坐上擺在鬥牛場內一個高臺上的一把鎏金小象牙椅。女孩子圍在旁邊坐著，揮著手中的大扇子低聲說著話，唐・佩德羅和大裁判官笑呵呵地站在場子入口。就連那位公爵夫人——「大內女總管」，人家這麼叫她的——一個臉板板的戴有一圈黃皺領的瘦女人，今天看起來也不像平日那麼橫眉豎眼，而好像有一絲冷冷的笑意在她的滿臉皺紋間閃爍著，令她那薄薄的無血色的嘴唇也一動一動的。

鬥牛表演當然好看得不得了，公主心想，比真的鬥牛還好看，那次她父親接待來訪的帕瑪公爵，帶她去南邊的塞維爾看過了一場真鬥牛。一些男孩各自騎上披著華麗馬衣的木馬四處蹦跳，揮舞著長槍，槍上繫有鮮亮的飄帶做裝飾，另外的男孩就徒步而行，對著牛揮動他們猩紅的大氅，等牛攻過來時他們便輕身一跳越過柵欄。而牛自己呢，也像頭真的牛似的，儘管他不過是用柳條編用牛皮包的，有時非要用後腿站起來滿場跑不可，這一點，真的牛可是做夢也想不到啊。他也鬥得非常有模有樣，女孩子看了都興奮得不得了，竟然站到長凳上，揮舞著手中的花邊手帕大喊：「好耶！好耶！」好像和成年人一樣看得頭頭是道似的。一番鏖戰，其間有幾匹木馬被戳了又戳，騎的人也落了馬，但鬥了許久，年輕的新地伯爵終於將牛降服在地，得到公主許可，給他來個致命一擊。只見他把木劍刺進牛脖子，用力之猛，牛頭一下子掉了，探出滿臉笑容的小洛倫先生，駐馬德里的法國大使的兒子。

隨著眾人齊聲鼓掌，場地清理完畢，戰死的木馬由兩名身穿黃黑兩色制服的摩爾人侍役莊嚴肅穆地拖走了，接著穿插一個短短的幕間表演，是一個法國柔軟體操師的鋼絲表演，之後在特地建成的木偶戲小劇院的臺上，一個義大利木偶戲班上演了半古典的悲劇《索芙妮絲芭》。木偶個個演得非常精彩，舉手投足自然極了，戲演完時公主的眼睛都讓淚水模糊了。的確有些女孩子還真哭出聲來，要用糖果來安慰。連大裁判官自己都感動得忍不住對唐・佩德羅說道，他似乎都覺得不忍心看這些東西，雖然不過是用木頭和染色的蠟做成，由幾根線提著機械地動來動去，但居然還會這麼傷心，要慘遭如此不幸。

之後上場的是個非洲變戲法的，提著個扁平的大籃子，上面蓋著塊紅布。他把籃子放在表演場的中央，從頭巾下取出一把奇怪的蘆笛，吹了起來。一會兒，只見布開始動了，隨著笛聲越變越尖，兩條金綠色的蛇探出牠們古怪的楔子狀腦袋，慢慢升起來，跟著音樂擺來擺去，就像水中的草一樣。但是孩子卻讓蛇那斑斑點點的腦袋和一吐一閃的舌頭嚇住了，看到變戲法的從沙中變出一棵小小的橘子樹，開出漂亮的白花，結出一串串真的果子，他們就有興致多了，等看到他拿起拉斯－托雷斯侯爵小女兒的扇子，變成一隻藍色的小鳥，滿帳篷飛著唱著，孩子更是驚喜極了。來自薩拉戈薩省皮拉爾聖母教堂舞蹈班的男孩子表演了莊嚴的小步舞，也很引人入勝。小公主以前從未見過這種典禮上跳的美妙舞蹈，這典禮每年五月間都會在高高的聖母祭壇前舉行，來祭拜聖母。的確也是，自從有個瘋教士，許多人都說他是被英國的伊莉莎白女皇收買了的，企圖給王儲吃一塊下了毒的薄餅之後，西班牙王族中就沒人再進過薩拉戈薩的這座大教堂。所以她只是聽人說有這「聖母舞」，大家就是這麼叫的，如今親眼得見，果然好看。跳舞的男孩子都穿著舊式的白天鵝絨宮廷裝，頭上戴著古怪的三角帽，帽檐垂著銀色流蘇，帽頂上飾著一大簇鴕鳥羽毛，他們在陽光下跳著舞，服裝白得炫目，襯著他們黝黑的臉龐和又長又黑的頭髮，越發燦爛耀眼。他們依照錯綜複雜的隊形跳著，舞步透著莊重與典雅，徐緩的動作精緻優美，鞠躬時豪邁瀟灑，每個人都看得如醉如癡。表演結束時，他們脫下帶羽飾的帽子向公主致敬，她也彬彬有禮地答謝，還說一定要送一支大蠟燭供在皮拉爾教堂聖母的神龕前，感謝她賜給她的快樂。

接著，一隊漂亮的埃及人——那時候都管吉普賽人叫埃及人——步入表演場，盤腿坐成一個圓圈，開始輕輕彈起齊特拉琴來，身子隨著曲調擺動，用幾乎聽不見的聲音哼唱著一支輕柔如夢的歌謠。他們一見到唐·佩德羅，便面露慍色，有幾個還顯得惶恐不安，因為就在幾個星期前，他下令將他們部落中的兩個人以行巫術的罪名絞死在塞維爾的街市上。但美麗的公主又讓他們歡欣喜悅，看著她往後一仰，一對藍色的大眼睛從扇子上面偷偷望過來，他們心中便感到踏實，覺得像她這麼一個可愛的人兒不會對誰心狠手辣的。所以他們非常溫柔地彈著琴，長長尖尖的指甲彈奏時只是輕輕觸著琴弦，剛開始一點一點的，好像要睡著了似的。突然間，爆出一聲尖叫，孩子們嚇了一跳，唐．佩德羅一把握住腰間短劍的瑪瑙劍柄，只見那些人一躍而起，繞著場子瘋狂地轉著圈，敲著手鼓，用他們古怪的喉音很重的語言吟唱著某首激烈的情歌。然後，隨著另一聲信號，他們又都撲倒在地，一動不動地躺著，只剩齊特拉琴單調的彈撥聲在打破寂靜。他們如此這般重複了幾次，就退場不見了一會兒，再上場時用鐵鍊牽來了一頭毛茸茸的棕熊，肩頭上還搭了幾隻小巴巴利猴子。棕熊身姿異常凝重地倒立起來，那些乾瘦的猴子則跟兩個似乎是管牠們的吉普賽男孩玩起各種好玩的把戲，用小小的刀劍互相廝殺、開槍互射，還正經八百地來了個操練，就像國王自己的禁衛軍那樣。說實在話，吉普賽人的表演非常成功。

但是整個上午的演出最有趣的無疑還是小侏儒跳舞。看他跌跌撞撞地上了場，邁著羅圈腿搖搖擺擺地走著，畸形的腦袋左右晃盪，孩子都高興得大喊大叫，公主本人也哈哈大笑起來，弄得那位大內女總管不得不提醒她，說是國王之女在跟她地位相同的人面前哭，這在西班牙有許多前例可援，但即便如此，也從來沒有過哪位皇家血統的公主在出身比她低的人面前如此喜形於色。然而那侏儒還真讓人忍俊不禁，儘管西班牙宮廷素來以對恐怖之物深有雅癖著稱，如此趣致的一個小怪物還真是前所未見。侏儒自己呢，也是初次亮相於大庭廣眾。他是前一天才被人發現的，有兩個貴族看到他滿森林地亂跑，這兩人剛好在環城的一大片軟木樹林中一個偏僻處打獵，便把他抬回來送到宮裡，給公主一個驚喜。侏儒的父親是個窮燒炭翁，巴不得能打發掉這麼個醜不拉幾一點用也沒有的孩子。也許這侏儒最有趣的一點是他壓根不知道自己長相有多怪。的確是，看他好像很是快活，一副興高采烈的樣子。見到孩子笑，他也笑得跟他們一樣開心，一樣盡情。每支舞跳完，他都給他們一個個獻上最滑稽不過的鞠躬禮，對著他們微笑點頭，好像自己真的就是那些孩子中的一員，而不是一個畸形的小東西，不知道大自然怎麼搞的突然一樂，心血來潮就把他給造成這樣來讓人耍笑。至於小公主呢，小侏儒完全被她迷住了，目不轉睛地盯著她看，就好像舞是為她一個人跳似的。演出結束時，公主記起自己曾經看到宮中貴婦是如何把一束束花投向卡法拉利，那是教皇從自己的教堂派來馬德里的義大利著名男高音，希望他美妙的歌聲也許能治好國王的憂鬱，她於是便如法炮製，從頭上取下那朵漂亮的白玫瑰，一半鬧著玩一半是要逗那大內女總管，面帶最甜蜜的微笑將花擲過戲場向小侏儒投去。小侏儒很把這當回事，拿起花緊貼在自己粗糙的嘴唇上，另一隻手按著心口，朝她一條腿跪了下來，笑得合不攏嘴，兩隻亮亮的小眼睛高興得直發光。

這一下，公主顧不上什麼莊重了，小侏儒跑下場許久之後她還在笑個不停，還向她叔父表示，希望這舞能馬上再來一場。然而大內女總管藉口說太陽太大了，於是決定公主殿下最好即刻回宮，宮裡一場盛宴已經為她備好了，包括一個真的生日蛋糕，上面有用彩色的糖做出來的她名字的縮寫字母，還飄著一面可愛的小銀旗。聽到這話，公主便很莊嚴地站起來，下命令要小侏儒在她午睡過後為她再跳一次舞，又向年輕的新地伯爵謝過他今天的殷勤接待之後，便回宮去了，孩子則按剛才進來的次序跟隨而出。

小侏儒聽到要他在公主面前再跳一次舞，而且是她自己明確吩咐下來的，得意極了，跑到花園中，高興得神魂顛倒，荒唐地拿起白玫瑰親個不停，樂不可支地做出一些極為粗俗笨拙的動作。

花兒都氣壞了，這人怎麼敢闖進她們美麗的家？看到他如此可笑地雙臂舉過頭頂在花徑上蹦來蹦去的模樣，她們一肚子的火再也按捺不住了。
「他真是太醜了，不能讓他在我們待的地方玩。」鬱金香嚷道。
「應該灌他喝罌粟汁，叫他睡上一千年。」大紅百合花說道，一朵朵氣得臉紅脖子粗。
「他真是人見人怕！」仙人掌尖聲說道，「怎麼，看他那歪歪扭扭矮墩墩的樣子，大腦袋和兩條腿根本不成比例。真的，一看到他我渾身便像針刺般不舒服，要是他靠上前來，我就用我的刺扎他。」
「他手上還真拿著我最好的一朵花，」白玫瑰樹叫道，「我今晨親自把這花給了公主作為她的一份生日禮物，卻讓他給偷走了。」說著她放開嗓門高聲喝叫起來：「小偷，小偷，小偷！」
就連紅天竺葵，她們平常不擺什麼款的，而且大家也知道她們自己窮親戚都有一大把，看到他也都嫌惡地蜷起身子。聽到紫羅蘭在一旁弱弱地評一句，說侏儒相貌平平當然是絕對沒錯，但這也不是他自己想要的，她們馬上大義凜然地反駁道，這就是他最大的瑕疵，沒有理由因為一個人無可救藥就要去欽敬讚美他。說來也是，紫羅蘭自己當中也有一些，都覺得小侏儒這簡直是拿著醜相在招搖，要是他看起來淒淒慘慘，或者至少是悶悶不樂，而不是這麼興沖沖地到處跳啊蹦啊，擺出這麼一副怪裡怪氣的傻樣子，那就顯得品位高多了。

至於老日晷呢，他可是極有來頭的一個人物，曾經為查理五世皇帝陛下這樣的一國之君報過時，就連他看到小侏儒那模樣都大吃一驚，帶影子的長手指差點忘了報時差不多整整兩分鐘，還忍不住對乳白色的大孔雀說道，誰都知道國王生的是國王，燒炭翁生的是燒炭翁，裝得好像事情不是這樣那就貽笑大方了。大孔雀自己正停在欄杆上曬太陽，聽了這一番言論，表示完全贊同，說真的還尖尖地叫了幾聲「的確是，的確是」，聲音又響又粗，弄得住在清涼的噴水池中的金魚都把頭探出水面，問大塊頭的石雕人魚海神像到底出了什麼事。

但不知為什麼鳥兒就喜歡他。他們常常看到他在樹林中，像個淘氣的小精靈一樣追著風中打轉的落葉四處跳舞，要不就蜷在哪棵老橡樹的枝丫洞裡，把他的堅果分給松鼠一塊吃。他們才不在乎他長得醜不醜呢，一點也不。怎麼樣，就是夜鶯她自己，晚上在橘子林中唱歌唱得那麼好聽，有時連月亮都會俯下身來聽，長的那副樣子畢竟也不耐看。況且，小侏儒對他們好，冬天時天寒地凍的，樹上沒有果子，地面硬得跟鐵板似的，狼群都下山來跑到城門口找吃的，他也從來沒忘了他們，總會把他的小塊黑麵包揉碎給他們，也不管自己早餐吃得有多差有多少，都要分給他們。

所以，鳥兒圍著他飛呀飛的，嘰嘰喳喳地聊著天，飛過他身邊時只用翅膀輕拂一下他的臉。小侏儒太高興了，忍不住把那朵美麗的白玫瑰拿出來給他們看，告訴他們是小公主親手給他的，因為她愛他。

他們一句話也聽不明白他在說什麼，但那一點關係都沒有，因為他們把頭一歪，顯得很聰慧的樣子，那就跟聽懂什麼差不多一樣好了，而且這樣還容易得多。

蜥蜴對他也喜歡得不得了，等他到處跑，跑累了往草地上一躺休息時，他們便在他周身玩啊鬧啊，想盡辦法來讓他高興。「不是每個人都長得像蜥蜴一樣美的，」他們嚷道，「那太苛求了。雖然這麼說聽起來荒謬，但他也並不真的那麼醜，只要，當然了，只要大家把眼睛閉上，不看他不就得了。」蜥蜴生來就極有哲學頭腦，沒事可做或者雨大得出不去時，便常常一小時一小時地坐著不動在想問題。

然而，蜥蜴的作為讓花兒煩透了，還有鳥兒的那副德行呢。「這只是說明了，」她們說，「如此不停地到處跑啊飛啊，是多麼敗壞品味。出身好的人總是一動不動地待在同一個地方，像我們這樣。誰也沒見過我們什麼時候在花徑上跳上跳下過，或者是在草地上追著蜻蜓發瘋地狂奔。要是我們真想換換空氣，就去叫園丁，把我們挪到另一個花壇去。這樣就有氣派了，也中規中矩。可是鳥啊蜥蜴啊就沒有什麼安息寧靜的意識，說真的，鳥連個永久的地址都沒有。他們不過四處流浪罷了，像吉普賽人似的，所以就應該拿他們當流浪人看待。」於是花兒高高地翹起鼻子，儼然一副不可一世的模樣，一會兒又很高興地看到小侏儒從草地上爬起來，穿過平臺往宮裡走去。

「就該讓他待在屋內，直到他壽終正寢，」她們說，「瞧他那羅鍋背和羅圈腿。」說著便吃吃笑起來。

但是這一切，小侏儒一點都不知道。他可喜歡鳥兒和蜥蜴了，覺得花兒是天底下最美妙的東西，自然小公主不算在內，但是她給了他那朵美麗的白玫瑰，她愛他，這就大為不同了。他多希望能跟她一起回林子中去啊！公主會讓他坐在右邊，對著他微笑，他自己也一刻都不會離開她，而是讓她跟自己一塊兒玩，還要教給她各式各樣好玩的把戲。因為雖然他以前從來沒進過王宮，但他知道許多奇妙的東西。他能用燈芯草編出小籠子，讓蚱蜢在裡頭唱歌，還能把細長的竹子做成一支笛，吹起來連林中牧神都愛聽。他聽得懂各種鳥的叫聲，能把燕八哥從樹梢喚下來，或者把蒼鷺從池邊叫過來。他看得出每一種動物的印跡，可以憑地上輕輕的一點腳印找到野兔，靠踏過的落葉追蹤野豬。風跳的所有舞蹈他都明白，無論是秋天裡的紅衣狂舞、麥地上掠過的藍履輕舞、白雪為冠的冬日之舞，還是果園裡百花婆娑的春光之舞。他知道斑鳩在什麼地方做窩，有一次捕鳥人把小斑鳩的爸爸媽媽捉走了，他便親手把一窩小鳥養大，為牠們在一棵劈去樹梢的榆樹裂縫中建了個小小的鳥舍。小斑鳩都很乖，習慣了每天早晨從他手上吃東西。她會喜歡這些小鳥的，還有在深深的蕨叢中竄來竄去的兔子，還有羽毛硬硬嘴黑黑的松鴉，還有蜷起來像團刺球一樣的刺蝟，還有大烏龜，一副大巧若拙的模樣慢吞吞地四處爬著，搖著腦袋，輕輕地一下一下啃著嫩葉。是的，的的確確她一定要來森林中跟他一起玩。他會把自己的小床鋪讓給她，會在窗外直守到天亮，不讓野牛傷著她，不讓餓狼靠近茅屋。天亮時他會輕輕地敲著百葉窗喚醒她，接著他們就一起出去，跳一整天的舞。真的，在森林裡一點也不寂寞。有時，主教會騎著白騾子穿過林子，拿著一本有彩畫的書讀出聲來。有時，那些頭戴綠色天鵝絨帽，身穿黃褐色鹿皮短上衣的馴鷹人路過，手臂上站著戴了頭罩的獵鷹。收葡萄的季節，有踩葡萄釀酒的工人過來，個個兩手兩腳浸染得都成紫色的了，頭上戴著一圈綠油油的常春藤，手上提著還在滴著葡萄汁的皮酒囊。晚上，燒炭人圍坐在很大很大的火盆旁，看著乾木頭在火中慢慢地燒成黑炭，把板栗放在餘燼中烤著，盜賊從藏身的山洞中出來，跟他們一起玩耍作樂。有一次，他還見到很好看的一隊人馬，順著那條長長的塵土飛揚的大路蜿蜒而上，往托萊多去。僧侶走在前頭，唱著好聽的歌，舉著鮮豔的旗幟和金色的十字架，接著，後面是穿著銀盔甲手執火繩槍和長矛的兵士，在兵士當中走著三個赤腳的人，穿著奇怪的黃衣服，衣服上畫滿了漂亮得不得了的圖形，手中舉著點著的蠟燭。真的，樹林中有好多可以看的東西，要是她玩累了，他會去為她找一處青苔又厚又軟的河灘休息，要不就抱著她走，因為他結實得很，雖然他知道自己個子不高。他會給她用野葡萄的紅果子串一副項鍊，差不多會跟她現在衣服上串的白色果子一樣漂亮，要是她戴膩了，可以扔掉，他再給她串別的果子。他會給她找來杯子似的櫟子殼和含滿露珠的銀蓮花，還有小小的螢火蟲，放在她淡金色的頭髮間，像星星那樣一閃一閃的。

可是她在哪兒呢?他問那白玫瑰，白玫瑰不回答他。整個王宮好像都睡著了，就連百葉窗沒關上的地方，也拉上了厚厚的窗簾來擋光。他各處走來走去，想找個可以進去的地方，終於見到有一道小小的便門開著。他悄悄地走進去，發現自己身在一個金碧輝煌的大廳裡，恐怕比起森林來，他想著，要漂亮太多了，四下裡金燦燦的東西要多得多，連地上都是用彩色的大石頭鋪的，一塊塊拼成了一種方方正正的圖案。但小公主不在那裡，只有一些好看的白雕像從綠玉底座上朝下望著他，兩眼悲傷無光，嘴唇奇怪地笑著。

在大廳盡頭掛著一幅繡得很富麗堂皇的黑天鵝絨帷幔，上面像灑粉似的散著一些星星太陽，這花式是國王的最愛，而且繡在了他最喜歡的顏色上。公主是不是藏在那後面？他非得過去看看不可。

於是他躡手躡腳地走過去，把帷幔拉開。沒有，後面只是另一個房間，雖然比剛才那個，他想，更漂亮。牆壁上掛著一幅有很多人物的針織綠壁毯，是幅狩獵圖，那是一些法蘭德斯藝術家花了七年多時間完成的作品。房間一度是人稱「狂人約翰」的臥室。那個瘋國王著迷於狩獵，精神錯亂之下常會騎上那些前蹄揚起的高頭大馬，扳倒大獵犬正在圍攻的牡鹿，吹響他行獵的號角，拔劍刺向那揚蹄飛奔、皮毛淺色的梅花鹿。現在這間屋成了會議室，中央的桌子上擺著大臣的資料夾，上面印著西班牙的金鬱金香，還有哈布斯堡王朝的紋章和徽號。

小侏儒驚詫地朝四下裡望著，有點怕了，不敢再往前走。那些人騎馬飛奔過一片片長長的林間空地，沒發出一點聲音，這奇怪的靜寂讓他覺得他們似乎就像那些他從燒炭人那邊聽來的恐怖鬼魂——會捉小孩的怪物，只在夜間出來打獵，如果碰到一個人，就把他變成一頭母鹿來追殺。但他想起了可愛的公主，又勇敢起來了。他想找到她一個人待在哪兒，跟她說自己也愛她。說不定她就在再往前的那間屋裡。

他跑過柔軟的摩爾地毯，開了那個房間的門。沒有！她也不在這兒。屋裡空得很。那是間謁見室，用來接見外國使臣的，如果國王同意單獨見他們的話，只是後來這樣的接見不常有了。許多年前這同一間房，英國的公使曾經在此安排他們的女王跟皇帝長子的婚事，那時的女王還是屬於歐洲天主教的君主之一。屋裡張掛的帷帳是鍍了金的西班牙科爾多瓦皮革，黑白相間的天花板上垂下一個沉甸甸的鍍金枝形吊燈，層層疊疊的點得下三百支蠟燭。有一塊大金布做成的華蓋，上面是用細粒珍珠繡的獅子和卡斯提爾塔樓，華蓋下立著的正是國王的寶座，用一塊華麗的黑天鵝絨罩著，罩上星星點點地綴著銀色鬱金香，配上精緻的銀和珍珠的流蘇。寶座往下第二級放著公主的跪凳，墊子是銀線布的，再往下，華蓋之外，擺著給羅馬教皇的使節坐的椅子。只有教皇的使節有權在任何公開的典禮上當著國王的面坐著，他那纏繞著深紅色帽纓的主教帽就放在面前的一張紫色小凳上。正對寶座的牆上，掛了一幅真人大小的查理五世獵裝像，身邊是一隻大獒犬，而一幅菲利浦二世接受荷蘭各省拜謁的畫像則占據了另一面牆的中心位置。兩個窗戶之間是個黑檀櫥子，鑲嵌著一塊塊象牙板，上面雕刻著德國畫家霍爾拜因〈死亡之舞〉畫作中的人物——有人說，那是大師親手雕的。

但是小侏儒才不管眼前這一片富麗堂皇呢。就是把華蓋上的全部珍珠拿來跟他換他手中的玫瑰，他也不幹。拿國王的寶座換他玫瑰的一片白花瓣都不行。他要的是在公主去帳篷之前見她一面，請求她等他舞跳完了就跟他一起離開。在這裡，在這王宮裡，空氣憋悶，可是在森林中，風是自由地吹的，陽光的金手浮動流轉，撥開顫抖的樹葉。那裡也有花，在林中，也許沒有御花園裡的花這麼美豔，但不管怎樣，那裡的花香更甜。早春時，風信子浪花般的一片紫，流淌在清幽的河谷中和綠草如茵的山丘上，一小叢一小叢黃色的報春花依偎簇擁著瘿瘤嶙峋的橡樹根，還有鮮豔的白屈菜花、藍色的仙桃草花、淡紫色和金黃色的蝴蝶花。榛樹長出的新枝上有灰色的軟毛，毛地黃扛著一串串蜜蜂常來光顧，有斑紋的花鐘，不勝重負地低著頭。栗樹花開，一簇簇尖尖的像白色的星星，山楂花呢，一團團的又美得像蒼白的月亮。是的，只要他找得到她，那她一定會來的！她一定會跟他一起來這美好的樹林，他會整天為她跳舞，讓她高興。想到這裡，一絲微笑令他眼睛發亮，他就走進了隔壁房間。

所有房間就數這間最亮最美了。牆壁上蒙著粉紅色的義大利盧卡花緞，有鳥的圖案，星星點點穿插著很漂亮的銀色花朵，家具是大塊大塊的銀子做的，圈著一綹綹盤花結彩，還有旋轉的小愛神像。兩個大壁爐前都立著大幅屏風，上面繡著鸚鵡和孔雀。地板呢，是海綠色的彩紋瑪瑙，望過去似乎伸延到無垠的遠方。房間裡並不是只他一個人。在門口的暗影處，在房間最遠的那一頭，他看到有個小小的人影，那人也在看著他。他的心咯噔亂跳，不禁高興地叫了一聲，便走前來站到陽光中。他往前走，那人也往前走，他這下看得清清楚楚了。

公主啊！是個妖怪，他見過的最醜最怪的妖怪！形狀不倫不類，長得跟誰都不一樣，羅鍋背、羅圈腿，晃啊晃的偌大一個腦袋，外加鬃毛似的奓起一頭黑髮。小侏儒皺起眉頭，妖怪也皺起眉頭。他笑，牠也跟著笑，還學著他把兩手一攤。他開玩笑地朝牠躬身敬個禮，牠也恭敬地俯身回禮。他向牠走過去，牠也朝他迎過來，每一步都學著他，他停牠也停。他樂得大叫，跑上前，伸出一隻手，那妖怪的手也伸出來碰到他的手，那手冷得像冰似的。他怕了，把手挪開，妖怪的手緊跟著也挪開去了。他想推一下往前走，可是有什麼又平又硬的東西把他攔住了。那妖怪的臉現在都快挨上了他的臉，一副驚恐萬狀的樣子。他把頭髮從眼睛上撩開，牠也學他一撩。他打牠，牠也一下對一下地打回來。他蹙額嫌惡牠，牠也惡形惡狀地瞪回來。他後退，牠也朝後退。

這到底是什麼？他尋思了一會兒，朝房間其他地方掃視了一眼。奇怪，不管什麼，好像都在這清水一樣看不見的牆上一模一樣地多了一份。沒錯，一幅畫對一幅畫，一張椅對一張椅。睡在門邊壁龕裡的牧神有一個孿生兄弟也在睡覺，站在陽光裡的那尊銀色的愛神維納斯伸出雙臂，也對著一個跟她一樣美的維納斯。

是回聲之神嗎？他有一次在山谷中向她呼喊，她一字不變地回答他。她是不是也能模仿眼睛看到的，就像模仿嘴巴說出的那樣？她是不是能仿造一個世界，就跟真的世界一個樣？是不是世上東西的影子也有顏色，有生命，也會動？那牠是不是——？

他大驚，從胸口取出那朵漂亮的玫瑰，轉身吻著。那妖怪自己也有一朵玫瑰，一瓣瓣跟他的一模一樣！牠也吻著花，吻得一模一樣，也把花貼在牠心口，那姿勢挺嚇人的。

他終於明白真相了，絕望地慘叫一聲，倒在地上無聲地飲泣著。是他自己奇形怪狀羅鍋背，又醜又怪看了令人噁心。他自己就是那妖怪，那些小孩一個個在笑的就是他，那小公主，他以為她愛他——同樣也是在取笑他的醜模樣，拿他的羅圈腿取樂。為什麼他們不把他留在森林中，那裡沒有鏡子來告訴他自己是多麼不堪入目？為什麼他父親不把他殺了，反而把他賣了令他蒙羞受辱？熱淚順著他的臉頰流下來，他把那朵白玫瑰撕成碎片。趴在地上的那個妖怪也把花撕了，把蒼白的花瓣朝空中亂丟。牠在地上爬著，他抬眼看牠，那妖怪也望過來，一臉的痛苦。他爬開來，不敢再看那怪物，還用手捂住了雙眼。他在地上爬著，像頭受傷的動物，爬到暗角落裡，躺在那裡呻吟著。

這時小公主本人帶著一班玩伴，從開著的落地窗進來了，大家見到小小的醜侏儒躺在那裡雙手握拳捶著地板，樣子極為古怪極為誇張，樂得大聲笑了起來，圍過來看著他。

「他跳的舞挺好玩的，」公主說，「但他演的戲更好玩。說真的，簡直跟木偶一樣棒，只是，當然了，沒木偶自然。」說著她搖起大扇子叫好。

但是小侏儒一眼也不朝上看，抽泣聲越來越弱，突然間他莫名其妙地喘了一口

氣，抓住一邊胸口。接著，他又往後一倒，躺在那裡一動不動。

「妙極了，」公主頓了一下，說，「但現在你得為我跳舞。」

「是啊，」小孩子個個叫道，「你還不快起來跳舞，你聰明得像巴巴利猴子，但比猴子好笑多了。」

但是小侏儒一點動靜也沒有。

公主跺著腳，叫她叔父過來。她叔父正和宮務大臣在外面平臺上散步，看一些剛從墨西哥送來的速件，那地方最近才剛成立了宗教裁判庭。「我那好玩的小侏儒在鬧脾氣，」她嚷道，「您快來叫醒他，叫他為我跳舞。」

兩人相視一笑，不快不慢地進來了，唐·佩德羅彎下身，用他那繡花手套拍打侏儒的臉。「你必須跳舞，」他說，「小妖怪。你必須跳舞。西班牙和東印度的公主想看你跳舞玩哪。」

但是小侏儒一點動靜也沒有。

「要去叫掌鞭人了。」唐·佩德羅悻悻地說了一句，回到平臺上去。但是宮務大臣一臉的認真，在小侏儒身旁蹲下來，把手放在他心窩上。過了一會兒他聳聳肩，站起來，對公主深鞠一躬，說道：

「我美麗的公主啊，您那好玩的小侏儒再也跳不了舞了。真可惜，看他長得那麼醜，說不定國王看了都會笑呢。」

「但他為什麼不再跳舞了呢？」公主一邊問，一邊笑起來。

「因為他的心碎了。」宮務大臣回答。

公主聽了眉頭一蹙，她那玫瑰花瓣般楚楚動人的嘴唇一撇，很俊俏地露出一副不屑的神情。「從今往後，那些來陪我玩的都不能有心。」她大叫道，說著便跑到外面的花園中去了。

漁夫和靈魂

每天晚上，年輕的漁夫都出海去，把網撒進海裡。

風從陸上吹來的時候，他什麼魚也打不到，頂多打到一點點罷了，因為這樣的風是張著黑翅膀的陰風，大海騰起巨浪來迎接它。但要是風往岸上吹時，魚就從深海游來，投進他的網裡，他便把打到的魚拿到市場上去賣。

每天晚上他都出海去，有一天晚上，漁網變得非常沉，他差點都拉不上船。他笑了，自言自語道：「我一定是把能游的魚全抓到了，要不就是撞上什麼傻海怪，到時好讓眾人開開眼界，要不就是什麼嚇人的東西，讓偉大的女王見了歡喜。」說著，他拚盡全力拉著漁網的粗繩子，雙臂如同青銅瓶繞著藍色瓷釉條紋，鼓起了長長的青筋。他再拉那細繩子，一圈扁扁的軟木浮子便越收越近，終於，網浮到了水面。

可是網裡一條魚也沒有，也沒有海怪或者什麼嚇人的東西，只有一條小小的美人魚，在網裡睡得正香。

她頭髮溼溼的宛如一簇金羊毛，每一根都像盛在玻璃杯中的金線。她身體白得像象牙，尾巴閃著銀光透著珍珠一般的顏色。像銀和珍珠的是她的尾巴，上面纏繞著碧綠的海草，像海貝的是她的耳朵，而她的嘴唇呢，又像海中的紅珊瑚。涼涼的海浪拍打著她涼涼的雙乳，眼皮上掛著的鹽花一閃一閃的。

她是如此美麗，年輕的漁夫一看，驚為天人，伸出手來把網拉近，俯身過去將她摟在懷中。但他的手一碰，她便叫了一聲，如受驚的海鷗，醒來了，她紫水晶般的眼睛驚恐萬狀地看著他，掙扎著想逃開。但是漁夫把她抱得很緊，不讓她走。

等她明白自己怎麼也掙不開了，便哭起來，說：「求你放了我，因為我是一個國王的獨生女，我父親上了年紀，孤身一人。」

但是年輕的漁夫回答道：「我不放你走，除非你答應我，不管什麼時候我叫你，你都會過來為我唱歌，因為魚喜歡聽海中的族類唱的歌，這樣我的網就會打滿了魚。」

「你真的會放我走嗎，如果我答應了你？」美人魚大聲問。

「我真的會放你走。」年輕的漁夫說。於是美人魚如他所願答應了，並以海中的族類的咒語發了誓。漁夫於是張開雙臂，她便沉入水中，有種莫名的恐懼讓她渾身發抖。

每天晚上，年輕的漁夫都出海去，叫美人魚過來，她便浮上水面為他唱歌。海豚一群群圍著她游啊游啊，海鷗盤旋著在她頭上飛啊飛啊。

她唱了一首很美的歌。她唱海中的族類趕著他們的牧群一個岩穴一個岩穴地巡游，肩上馱著幼仔；她唱半人半魚的海神，他們長著長長的綠鬍鬚，胸膛毛茸茸的，每逢國王路過便把螺號吹響；她唱海中的王宮，全是用琥珀建的，屋頂是晶瑩剔透的翡翠，地面是閃閃發亮的珍珠；她唱海中的花園，在那裡整天都有一扇扇玲瓏精緻的珊瑚在蕩漾，四周魚兒游來竄去就像銀色的小鳥，海葵偎依著岩石，石竹花在海邊一條條沙丘上萌發。她還唱從北邊大海游來的大鯨魚，鰭上還掛著尖尖的冰凌；還唱女海妖，她們說唱的故事太好聽了，過往的客商不得不用蠟把耳朵堵上，怕聽到她們的歌聲後跳進水裡淹死了；還唱桅杆高高的沉船，凍硬了的水手緊抱著索具，馬鮫魚在開著的舷窗艙口游進游出；還唱小小的藤壺，個個都是大旅行家，緊緊附在船的龍骨上在世界上轉了一圈又一圈；還唱住在海崖邊的墨魚，伸出長長的黑色臂膀，能隨自己心意將黑夜喚來。她還唱到了鸚鵡螺，她有自己的一條小船，是用貓眼石雕的，轉向靠的是一面絲綢般的帆；唱到快樂的人魚，彈著豎琴，能把大海怪催眠入睡；唱到小孩子，他們抓住滑溜溜的海豚，笑呵呵地騎在背上；唱到美人魚，她們躺在白色的浪花中，朝水手伸出雙臂；唱到海獅，長牙彎彎的，還有海馬，鬃毛在海浪中飄舞。

隨著她的歌聲，所有的金槍魚都從海裡游過來，年輕的漁夫便撒出一張張網把牠們捕獲，漏網的就用魚叉逮住。等他的船裝滿了，那美人魚便會對他微微一笑，沉入海中。

可是她怎麼也不肯靠近他，讓他能碰到自己。漁夫常常叫她、求她，但她就是不肯，要是他想去抓她，她便一下子潛入水中，像條海豚似的，那一天漁夫就別想再見到她了。一天天過去，她的歌聲，漁夫越聽越覺得好聽，好聽得都忘了他的漁網和機心，也不管自己打魚的行當了。一條條金槍魚，魚鰭鮮紅，突著金色的眼睛，從旁邊成群成群地游過，但他一點都不管，魚叉也閒著擱在身邊，一個個柳條筐空空如也。他耷拉著嘴唇，如醉如癡地瞇著兩眼，呆坐在船上，聽著、聽著，直到海霧悄悄將他圍住，空中遊蕩的月亮為他古銅色的四肢灑上一層銀光。

有天傍晚他喚她前來，對她說：「小美人魚啊，小美人魚，我愛你。讓我做你的新郎吧，我愛你。」

但美人魚搖搖頭。「你有個人類的靈魂，」她答道，「只有你把靈魂送走，我才能愛你。」

年輕的漁夫便自語道：「靈魂對我有什麼用？看不到，摸不著，而且我也不認識。我當然可以將它送走，那我就太高興了。」他嘴裡發出一聲快樂的呼喊，從彩漆的船上站起身來，朝美人魚張開雙臂。「我要把我的靈魂送走，」他嚷道，「那你就會是我的新娘，我會是你的新郎，在海底下我們將住在一起，你所唱過的一切都要帶我去看，你所要的我都會去做，我們倆永不分離。」

小美人魚一聽歡喜得笑了，把臉埋在手心裡。

「但我怎麼把靈魂送走呢？」年輕的漁夫大聲問，「告訴我該怎麼做，瞧，我一定辦到。」

「哎呀！這我可不知道，」小美人魚說，「海中的族類沒有靈魂的。」她說著哀怨地看著他，沉入海中。

第二天一大早，沒等太陽從山頭升出一拶高，年輕的漁夫便來到神父家門口，叩了三下門。

神父家的見習修士從門洞裡望出來，看到來人是誰後，便拉開門閂，對他說了一聲「進來」。

年輕的漁夫進了門來，一下跪在地板上清香的燈芯草墊上，對著正在讀聖經的神父哭訴道：「神父啊，我愛上了一個海中的族類，可是我的靈魂讓我不能如願。告訴我怎麼才能把靈魂送走，因為說真的我不需要它。這靈魂對我有什麼用？看也看不到，摸也摸不著，我也不認識它。」

神父聽了捶著胸脯，回答道：「哎呀呀，你這是瘋了，要不就是誤吃了什麼毒草。要知道人最高貴的就是靈魂，是上帝給我們的，我們應該高貴地將靈魂用得其所。沒有什麼比人的靈魂更貴重了，俗世間的東西沒有一樣可以跟它相比。它值得上普天下所有的黃金，比世上國王的紅寶石都要貴重。所以，我的孩子，這事你就別再想了，因為這是個罪過，不可以饒恕的罪過。至於說海中的族類吧，他們已經墮落，誰跟他們交往誰也就墮落了。他們跟曠野中的野獸一樣，不辨善惡，主並非為他們而死。」

看到神父如此嚴詞厲色，年輕的漁夫兩眼充滿淚水，從地上站起身來，對神父說：「神父啊，牧神住在林中，過得很快活，人魚坐在礁石上，手中彈著他們紅金做的豎琴。就讓我像他們那樣吧，我求您了，因為他們的日子過得就像花一般。我的靈魂嘛，它給了我什麼好處呢，要是這靈魂梗在我和我的愛人之間？」

「肉體之愛是邪惡的，」神父大聲說道，皺起了眉頭，「而邪惡與罪惡乃上帝讓它們在他的世界上流竄的異教之物。讓林中的牧神受詛咒吧，讓海裡的歌者受詛咒吧！我在夜間聽見過他們，他們還想引誘我放下念珠不去禱告。他們在外頭敲著窗，還笑呢。他們朝我耳朵裡悄聲說著他們那些讓人心驚肉跳的樂事。他們以種種誘惑引誘我，我要禱告時他們嘲笑我。他們墮落了，我告訴你，他們墮落了。對於他們，沒有什麼天堂地獄，也不會讓他們上天堂或者下地獄去讚頌上帝之名。」

「神父，」年輕的漁夫嚷道，「您不知道您在說什麼。我曾經在網裡打到一位國王的女兒。她比晨星更美，比月亮更白。為了她的肉體我願捨棄我的靈魂，為了她的愛我願放棄天國。我求您了，您就告訴我吧，好讓我回去時心中有平安。」

「你走！你走！」神父嚷道，「你愛的人是墮落的，你會和她一起墮落的。」

他不給漁夫祝福，反而把他趕出門去。

於是年輕的漁夫來到市場上，他步履緩慢，低著頭，一副很傷心的樣子。

小販看到他來，便開始交頭接耳，有一個迎了上前，叫著他的名字，問他：「你有什麼要賣？」

「我要把靈魂賣給你，」他答道，「求你把它買去吧，我煩透了它。這靈魂對我有什麼用？看也看不到，摸也摸不著，我也不認識它。」

但是小販都笑他，說：「一個人的靈魂我們拿來有什麼用？半塊碎銀幣都不值。把你的身子賣給我們當奴隸，我們就給你穿海紫色的衣裳，再戴上個戒指，讓你去給偉大的女王當個弄臣。但就是別說什麼靈魂不靈魂的，我們才不拿它當回事呢，一點也派不上什麼用場。」

年輕的漁夫心中暗想：「這東西還真奇怪透了！神父說靈魂值得上普天下所有的黃金，小販又說它連半塊銀幣都不值。」他於是出了市場，走到海邊，開始思忖這下該怎麼辦。

正午時分，他想起有一個夥伴，是採海馬齒的，跟他說起過有個年輕的女巫，住在海灣角頭一個洞穴裡，巫術非常了得。他於是撒腿跑起來，急著要把靈魂弄掉，一溜煙沿著沙灘跑著，背後揚起了一道沙塵。那年輕的女巫根據手心發癢的感覺知道他要來了，便笑著散開一頭紅髮，就這麼披散著紅頭髮站在洞口，手裡拿著一串正開著花的野毒芹。

「你缺什麼？你缺什麼？」看著他上氣不接下氣地跑上陡坡，對著她彎下身來，女巫大聲問道。「風向不對時還想魚進網嗎？我有一把小蘆笛，我一吹，烏魚就游進海灣。但這有個價，小帥哥，這有個價。你缺什麼？你缺什麼？來一場風暴把船打翻，讓一箱箱金銀財寶沖到岸上？我手上的風暴比風神還多，我伺候的那位比風神還強大，用一個篩子加一桶水我就能把大船一條條送到海底。但我有個價，小帥哥，我有個價。你缺什麼？你缺什麼？我知道山谷裡有一朵花，誰也不知道，除了我。花葉子是紫色的，花心有顆星，花汁白得跟牛奶似的。你拿這花碰一下王后那硬邦邦的嘴唇，她就會跟著你跑遍天涯海角。從國王的床上她會爬起身，天涯海角地跟著你跑。但這有個價，小帥哥，這有個價。你缺什麼？你缺什麼？我能把癩蛤蟆放在臼子裡搗成肉泥，再用隻死人的手將肉泥攪和。你有什麼仇人，趁他睡覺時灑過去，他會變作一條黑色的毒蛇，他親媽媽便會出手殺了他。用個輪子我能把月亮從天上拉下來，用塊水晶我能讓你看見死神。你缺什麼？你缺什麼？告訴我你求什麼，我就給你，你要付我個價，小帥哥，你要付我個價。」

「我求的不過是小事一樁，」年輕的漁夫說，「可是一說，就讓神父大為光火，趕了我出來。只不過是小事一樁，市場的小販就拿我尋開心，怎麼說都不肯幫忙。所以我只好找您來了，雖然他們個個都說您是壞人，但不管您要的什麼價，我都付給您。」

「那你求的是什麼呢？」女巫問道，走近前來。

「我要把我的靈魂送走。」年輕的漁夫說。

女巫一聽，臉色發白，渾身哆嗦，把臉藏進藍色的大氅裡。「小帥哥啊，小帥哥，」她嘟噥著，「這事太可怕了。」

他把棕色的鬈髮一甩，笑了。「靈魂對我一點也算不了什麼，」他答道，「看也看不到，摸也摸不著，我也不認識它。」

「我要是告訴了你該怎麼辦，那你會給我什麼？」女巫美麗的眼睛朝下望著他。

「五個金幣，」他說，「還有我的漁網，我住的草房，我出海用的彩漆船。只要告訴我怎麼把靈魂弄掉，我所有的東西全給您。」

她嘲弄地看著他笑，用那枝野毒芹打他。「我能把秋天的葉子變成金子，」她回答，「要是願意，還可以把淡淡的月光織成銀子。我伺候的那位比這世界上所有的國王都富有，他們的領土也歸他。」

「那麼我該給您什麼呢，」他大聲問，「如果您不要金也不要銀？」

女巫用她又細又白的手撫摸著漁夫的頭髮。「要你跟我跳舞，小帥哥。」她喃喃地說道，一邊說一邊朝他微笑。

「就這個？」年輕的漁夫詫異地嚷道，站了起來。

「就這個。」她答道，又朝他笑了笑。

「那麼太陽下山時找個祕密的地方我們一起跳舞吧，」他說，「跳過舞，您得把我想知道的事告訴我。」

她搖著頭。「要等月亮圓，要等月亮圓。」她嘟噥著，朝四下裡張望，側耳靜聽。有一隻藍色的鳥從窩裡尖叫著騰空而起，繞著沙丘飛，三隻有斑點的鳥窸窸窣窣地穿過灰色的荒草，互相叫喚著。除此之外沒有別的聲響，只聽見峭壁下浪濤在沖刷著光滑的鵝卵石。她於是伸出手來，把漁夫拉近身邊，乾乾的嘴唇湊近他耳朵。

「今晚你必須到山頂上，」她悄聲說道，「今天是安息日，他會在那兒的。」

年輕的漁夫吃了一驚，看著她，她露出白白的牙齒笑了。「您說的他是誰呢？」

漁夫問。

「這你別管，」女巫答道，「今晚你去就是，站在千金榆樹下，等我來。要是有條黑狗朝你跑過來，用根柳樹條打，牠就跑開了。要是有隻貓頭鷹跟你說話，別搭理牠。等月圓了，我自會來到你跟前，咱們就在草地上跳舞。」

「但您肯不肯向我發誓，到時會告訴我怎麼把我的靈魂送走？」他追問。

她移步走到陽光中，紅髮隨風揚起陣陣漣漪。「我以山羊的四蹄起誓。」她以此作答。

「女巫中就您最好了，」年輕的漁夫大聲說道，「我今晚一定會跟您在山頂上跳舞的。本來我還真以為您會向我要金要銀的。但既然這是您要的價，我也就恭敬不如從命了，這實在是小事一樁。」說著他脫下帽子，深鞠一躬，向她致意，轉身跑回鎮上，一副歡天喜地的樣子。

女巫目送著他離去，等他走得看不見了便回身進入洞中，從一個雪松木雕的盒子中取出一面鏡子，支在一個架子上，在鏡前點起炭火燒著馬鞭草，透過繚繞的青煙望著鏡子。過了一會兒她雙手攥拳，氣沖沖地喃喃自語：「他本該歸我，我有哪樣不如她？」

那天晚上，月亮升起來時，年輕的漁夫上到山頂，站到了千金榆樹下。大海像一面錚亮的金屬圓盾躺在他腳下，一艘艘漁船影影綽綽地在小海灣中浮動。一隻貓頭鷹，兩個眼睛黃澄澄像硫黃似的，呼叫著他的名字，但他不去搭理牠。一條黑狗奔過來，朝他汪汪大叫。他用根柳樹條一打，牠就嗚嗚嗚地哼叫著跑開了。

夜半時分，女巫來了，像一隻隻蝙蝠般從空中翩翩而至。「呸！」她們一落地便大叫，「此處有生人！」說著四處嗅起來，互相說著什麼，打著手勢。最後來了那個年輕的女巫，紅頭髮在風中飄飄如流水。她身穿一襲金線裝，上面繡著孔雀眼，頭戴一頂小小的綠絨帽。

「他在哪兒？他在哪兒？」那群女巫一見到她便尖叫著問，但她只是笑，跑到千金榆那裡，拉起漁夫的手，領著他走到月光中，跳起舞來。

他們一圈一圈地轉著，年輕的女巫跳得那麼高，漁夫都瞧得見她紅舞鞋的後跟。接著，穿過這些跳舞的，是一匹馬飛奔而來的馬蹄聲，可是看不見馬，漁夫覺得害怕了。

「快一點。」那女巫嚷道，用雙臂摟住漁夫的脖子，呼出的氣息熱騰騰地撲在他臉上。「再快點，再快點！」她嚷道，漁夫覺得大地都在他腳下旋轉起來了，頭也暈了，一陣巨大的恐懼攫住他的心，彷彿有什麼邪惡的東西在盯著他看。最後他終於覺察到在一處岩石的暗影裡有個人，早先並不在那兒。

那人是個男的，穿著一套黑天鵝絨衣服，樣式是西班牙的。他的臉白得出奇，但雙唇又像一朵傲然綻放的紅花。他似乎很累，身子往後靠著，百無聊賴地把玩著腰間短劍的劍柄。他身邊草地上擱著一頂裝有羽飾的帽子，還有一對騎馬戴的長手套，鑲著金邊，用細珍珠縫出一種古怪的圖案，肩上披著黑貂皮裡子的短斗篷，細細白白的手上戴滿了戒指，兩隻眼皮沉沉地垂著。

年輕的漁夫直勾勾地盯著他看，就像中了邪似的。兩人終於對上眼，不管舞到什麼地方他都覺得那人的目光在緊跟著他。他聽見年輕的女巫在笑，便摟住她的腰肢，帶著她瘋狂地旋轉了一圈又一圈。

突然，林中一陣狗吠，跳舞的全停了，兩個兩個地走過去，跪下來，親吻那人的手。大家這麼做時，他那傲然的嘴角漾起一絲微笑，宛如鳥翼點水，水面泛起的笑靨。但這笑靨透著鄙夷。他雙眼一直盯著年輕的漁夫看。

「來！咱們也去崇拜一下。」年輕的女巫一邊悄聲說著，一邊領著他走上前，有股對她有求必應的強烈欲望揪住了他，他便跟著她去了。可是當他走近前時，也不知道自己怎麼搞的，就在胸前畫了個十字，口中呼喚了一聲聖名。

這一下女巫個個像老鷹般尖叫起來，都飛走了，那張一直盯著他看的白臉也痛苦得扭歪了。那人朝一個小樹林走去，打了一聲呼哨。一匹戴著銀轡頭的小馬應聲跑了過來。他躍上馬鞍，回轉頭淒慘地看了一眼年輕的漁夫。

紅髮女巫也想飛走，但叫漁夫一把抓住她兩隻手腕，緊緊捏著不放。

「放開我，」她大叫，「讓我走。因為你叫了不該叫的名字，做了不該看到的手勢。」

「不，」漁夫回答，「我不放你走，你得先把祕密告訴我。」

「什麼祕密？」女巫問，像隻野貓似的要掙脫開，緊咬著唾沫點點的嘴唇。

「你懂得。」他回答。

女巫那草一樣綠的眼睛叫淚水模糊了，對漁夫說：「問我什麼都行，就是別提這個！」

他笑了，把她拽得更緊。

看見自己再怎麼也掙脫不了，她悄悄對漁夫說：「我和大海的女兒比實在是一點也不差，跟那些住在藍色水波中的人一樣標緻。」說著擺出一副獻媚的樣子，把臉湊近漁夫的臉。

但他一把推開她，皺起眉頭，對她說：「要是你對我發了誓又不守諾言，我就殺了你這誆人的女巫。」

她一聽，臉色灰得就像紫荊樹上的一朵花，渾身發抖。「那就這麼辦吧，」她喃喃說道，「是你的靈魂又不是我的。你高興拿它怎樣就怎樣吧。」說著，她從腰帶上解下一把柄是綠毒蛇皮的小刀，給了漁夫。

「我拿這個有什麼用？」他不解地問她。

她沉默了好一會兒，滿臉驚恐。接著她把額上的頭髮往後一掠，怪笑著對他說：「人們所說的身影其實不是身體的影子，而是靈魂的身子。站到海邊上，背對著月亮，把你的影子從你腳邊割開，那就是你靈魂的身子，叫你的靈魂離開你，它就離開了。」

年輕的漁夫打了個哆嗦。「真的嗎？」他低聲問道。

「是真的，我真不想告訴你啊。」她嚷道，說著摟住他的雙膝哭了起來。

他推開她，留她一個人待在荒草叢中，自己走到山邊，把刀別在腰間，下了山去。

他裡面的靈魂這時向他呼叫著，說：「瞧！我跟你一起都這麼些年了，一直是你的僕人。別把我送走吧，我壞了你什麼事？」

年輕的漁夫一聽笑了。「你沒壞我什麼事，可是我不需要你，」他回答，「天地這麼大，有天堂，有地獄，中間還有半明不暗朦朦朧朧的那所房子。你愛去哪兒就去哪兒，就是別在這裡煩我，因為我的愛人在召喚我。」

靈魂便苦苦哀求，但他就是不聽，從一塊山岩跳到另一塊山岩，腿不晃腳不滑的，像頭野山羊。終於他到了平沙一片的大海邊。

他古銅色的四肢配著一身結實的肌肉，就像一尊希臘人的雕像，立於沙灘上背對著月亮，海邊湧浪吐沫，伸出一雙雙潔白的手臂朝他招搖，浪花中隱隱約約站出一些人影向他致敬。在他面前躺著他的影子，他靈魂的身子，在他身後一輪明月掛在色如蜂蜜的空中。

靈魂對他說：「如果你非得把我從你身上趕走，就別讓我走時不帶著一顆心。世界是殘酷的，讓我帶上你的心走吧。」

他頭一歪，微微一笑。「那我怎麼去愛我的愛人呢，要是我把心給了你？」他大聲說道。

「別這樣，行行好吧，」靈魂說，「把你的心給我，這世界太殘酷了，我害怕。」

「我的心是我愛人的，」他回答，「你就別再糾纏了，快走吧。」

「難道我就不該愛嗎？」靈魂問。

「你快走，我用不著你。」年輕的漁夫大聲叫道，取出那把柄是綠毒蛇皮的小刀，把影子從他腳四邊割開，那影子就站了起來，面對著他，看著他，竟跟他自己一模一樣。

他躡手躡腳往後退著，一把將刀別回腰間，一股敬畏之情傳遍全身。「你快走吧，」他喃喃地說著，「別再讓我看到你的臉。」

「不，你我一定後會有期。」靈魂答道。它聲音低沉，像從管中吹出似的，說時簡直不見嘴唇動。

「怎麼後會有期的？」年輕的漁夫大叫，「你該不會跟著我到大海深處去吧？」

「一年一度，我會來到這地方叫你，」靈魂說，「你也許用得著我。」

「我怎麼會用得著你？」年輕的漁夫嚷道，「但隨你的便吧。」說著，他一頭扎進水中，半人魚的海神便吹起螺號，小美人魚也浮上來迎接他，雙臂摟著他的脖子親吻他的嘴唇。

靈魂孤零零地站在海灘上看著他們。等他們沉入海中後，它一路哭著穿過沼澤地走了。

一年過後，靈魂來到海邊，叫喚著年輕的漁夫，他便從海中浮出來，說：「你幹嘛叫我？」

靈魂回答道：「靠近點，這樣我好跟你說話，因為我看到了奇妙的東西。」

他就近前來，斜臥在淺水中，手支著頭聽它講。

靈魂對他說：「離開你之後，我便一路向東走去。來自東方的一切都充滿智慧。我走了六天，第七天早晨到了一處山下，那裡屬於韃靼人的地盤。我在一棵檉柳的樹蔭下坐下來避開毒日頭。地是乾的，熱得燙人。平原上人來來往往，像許多蒼蠅在擦亮的銅盤上爬著。

「中午時分從平平的地面上升起一團紅色的塵土。那些韃靼人一看，便張弓搭箭，跳上他們的小馬駒衝了過去。婦女尖叫著逃進大篷車裡，躲在毛簾子背後。

「黃昏時韃靼人回來，可是人少了五個，就是回來的也有不少負傷掛彩。他們給車套上馬，急匆匆地離開了。三條胡狼從洞中出來，望著他們離去，之後便仰頭張鼻在空中嗅了一陣，朝相反的方向顛顛顛跑開了。

「月亮出來時我看到平原上燃起一堆篝火，就走了過去。一班商人正圍著篝火坐在氈墊上。他們的駱駝就繫在身後的木樁上，伺候他們的黑奴正在沙地上搭皮帳篷，用仙人掌圈起高高的圍牆。

「我走近他們時，商人中的首領站起身拔出刀來，問我是幹什麼的。

「我說我在自己國家是個王子，正從韃靼人那邊逃出來，那些人要把我抓去當奴隸。那首領聽了微微一笑，叫我看長長的竹竿上掛著的五個人頭。

「接著他問我誰是上帝的先知，我回答是默罕默德。

「他一聽到這假先知的名字，便鞠了一躬，握住我的手叫我坐在他身旁。一個黑奴用木盆為我端來了一些馬奶，還有一塊烤羊肉。

「天一亮，我們便動身上路。我騎著一頭紅毛駱駝跟在首領旁邊，有個開路的手執長槍跑在我們前頭。武裝護衛走在兩邊，騾子馱著貨品在後面跟著。整個商隊有四十頭駱駝，騾子的數目有這兩倍。

「我們從韃靼人的地界進到詛咒月亮的人的國度，看到白岩石上有半獅半鷹的怪獸在看守他們的黃金，洞穴中睡著滿身鱗甲的龍。走過那些山時我們都屏住呼吸，怕雪崩下來把我們埋了，每個人眼睛上都紮條紗巾。我們穿過山谷時，有小矮人躲在樹洞裡用箭射我們，夜晚就聽到野人的擊鼓聲。過猴塔時我們在猴子面前擺了水果，牠們就不來傷害我們。過蛇塔時我們用銅碗給蛇喝熱牛奶，牠們就放我們過去了。一路上我們有三次來到奧克蘇斯河邊，用吹滿氣的大皮囊綁在木筏上渡河。河馬怒沖沖地逼過來，要把我們撞死。駱駝看到河馬嚇得直哆嗦。

「每過一個城，那裡的頭領都要收一筆稅，但就是不讓我們入他們的城門。他們從城牆上扔麵包給我們，還有蜜烤的玉米餅和精麵粉做的棗子餡餅。每一百籃東西我們要用一顆琥珀珠子跟他們換。

「住在鄉村裡的人看我們來了，便往井裡投毒後自己跑到山頂上。一路上跟我們打過仗的有馬加代人，這些人生下來時是老人，一年年越活越年輕，到死的時候就成了小孩子；有拉克托人，他們說自己是老虎的孩子，渾身上下塗成黃一條黑一條的；有奧蘭托人，他們人死了就埋在樹頂上，活著就住在黑黑的洞裡，生怕太陽，他們的神，把他們殺了；有克里米尼安人，他們崇拜一條鱷魚，給那鱷魚戴綠玻璃耳環，餵牛油和鮮雞；有阿加中拜人，他們長著一張狗臉；有西班人，他們腳像馬蹄，跑起來比馬還快。我們這一班人，有三分之一戰死了，有三分之一餓死了。剩下的那些悄悄地在怪我，說是我給他們帶來了厄運。我就從石頭下抓來一條有角的毒蛇讓牠咬我。他們看到我讓蛇咬了還安然無恙，就怕了。

「第四個月我們到了伊勒爾城。到城外小樹林時正是夜晚，天氣悶熱，因為那時月亮正行在天蠍座處。我們從樹上摘下熟的石榴，打開來喝甜甜的石榴汁。然後就躺在氈墊上等天亮。

「天亮時我們起身去敲城門。那門是紅銅造的，上面雕著海龍和有翼的飛龍。衛兵從城垛上望下來，問我們是幹什麼的。商隊的翻譯回答說我們是從敘利亞來的生意人，帶著好多商品。他們要了我們幾個人作人質，告訴我們正午時分會開門放行，叫我們等時間到。

「到了正午他們就開了城門，我們進得城來，見到民眾從家中蜂擁而出，來看我們，一個通告人用只螺號滿城呼叫著傳消息。我們站在市場上，黑奴解下一捆捆花布，打開一個個雕花的楓木箱。等他們打點停當，商販便擺出各種千奇百怪的貨品，有埃及來的蠟麻布、衣索比亞的印花麻布，有黎巴嫩蘇爾港的紫海綿、賽達的藍帷幔，還有涼冰冰的琥珀杯、精美的玻璃器皿和珍奇的陶器。一處房頂上有一班婦女在看著我們，當中有一個戴了副鍍金的皮面具。

「第一天是僧侶過來跟我們交易，第二天是貴族，第三天來的是手藝人和奴隸。

這是他們跟來這城裡的商販做生意的規矩。

「我們在這城裡待了一個月，到了月缺時，我覺得膩了，便在城中穿街走巷地閒逛起來，走到了本城神祇的花園，看到僧侶穿著黃袍默默地在綠樹間走動，在一處用黑色大理石鋪成的地上有一座玫瑰紅的屋子，裡頭住著這位神。門以金粉油漆，上面亮閃閃的突出來一些金鑄的公牛和孔雀。屋頂是海青色的琉璃瓦，飛簷上掛著小鈴鐺，白鴿子飛過時，翅膀碰著鈴鐺，響起一下下的叮噹聲。

「神廟前是一汪清水池，鋪著有紋理的縞瑪瑙。我在池邊躺了下來，伸出白白的手指去碰那些大樹葉。有個僧侶過來了，站到我身後。他腳上穿著涼鞋，一隻是軟蛇皮編的，另一隻是鳥的羽毛編的，頭上戴著頂黑氈僧帽，裝飾著一些銀色的月牙。他袍子上繡著七道黃色，捲曲的頭髮上沾著些銻粉。

「過了一小會兒，他開口跟我說話，問我來這裡幹什麼。

「我告訴他我想見他們的神。

「『神正在打獵。』那僧侶說，一對細細的丹鳳眼奇怪地望著我。

「『告訴我在哪座森林，我要跟他一起策騎跑馬。』我回答。

「他用長長尖尖的指甲梳理了一下衣服上的穗子。『神在睡覺。』他喃喃說道。

「『告訴我在哪張床上，我要去守衛他。』我回答。

「『神在開宴會。』他大聲說。

「『如果酒甜我就與他同飲，如果酒苦，我也會與他同飲。』我以此作答。

「他驚異地低下頭，握住我一隻手，把我拉了起來，領我進了廟。

「在第一間房裡我看到有一尊偶像坐在碧玉寶座上，寶座四周鑲著大粒的東方珍珠。那座像是用黑檀木雕成的，身材跟真人一般大小，前額上有塊紅寶石，濃濃的油從頭髮一直滴到大腿，雙腳猩紅，沾滿了一頭剛宰的山羊羔的血，腰束一根銅帶，上面嵌有七顆綠寶石。

「我就問那僧侶：『這就是神嗎？』他回答我說：『這就是神。』

「『引我去見神，』我大喊，『要不我就殺了你。』我碰了下他的手，那手馬上就癟了。

「那僧侶就哀求我，說：『求主人治好他僕人吧，我這就引他去見神。』

「於是我往他那隻手吹一口氣，手便好了。他渾身顫抖，領我進了第二間房，我看見那裡有一尊偶像，站在一朵玉蓮花上，蓮花四周掛著大塊大塊的祖母綠。那座像是象牙雕的，身材有兩個人的大，前額上有塊橄欖石，兩個乳房抹著沒藥和肉桂，一隻手握著一把彎彎的玉權杖，另一隻手拿著一片圓水晶，腳上穿著黃銅靴子，粗粗的脖子上是一圈冰長石。

「我就問那僧侶：『這就是神嗎？』他回答我說：『這就是神。』

「『引我去見神，』我大喊，『要不我就殺了你。』我碰了下他的眼睛，兩顆眼睛馬上就瞎了。

「那僧侶就哀求我，說：『求主人治好他僕人吧，我這就引他去見神。』

「於是我往他眼睛上吹一口氣，兩眼便看得見了。他又渾身顫抖，領我進了第三間房。怎麼回事，房裡沒供偶像，也沒有什麼畫啊像啊，只有一面圓圓的金屬鏡放在一個石砌祭壇上。

「我就問那僧侶：『神在哪兒？』

「他回答道：『沒有神，只有你見到的這面鏡子，這是智慧之鏡。這鏡照出天地萬物，唯獨那個看鏡之人的臉沒照出。它不照看鏡之人，所以那人就可以有智慧。這裡還有許多別的鏡子，但那些鏡子是意見之鏡。只有這面是智慧之鏡。有這面鏡子的人天下事就無所不曉，什麼也瞞不過他們。沒有這面鏡子的人就沒有智慧。故此它就是神，我們崇拜的神。』我便朝鏡中一看，果然就像他告訴我的那樣。

「於是我幹了件奇怪的事，到底幹的什麼事無關緊要，因為我把這智慧之鏡藏在了一個離這地方只有一天路程的山谷裡。只求你還是讓我再進到你的身體裡做你的僕人吧，那你就比天下所有的聰明人更聰明，這智慧就是你的了。讓我進入你的身體，天下就沒有人比你更有智慧了。」但是年輕的漁夫笑了。「愛比智慧更好，」他大聲說道，「況且那小美人魚愛我。」

「不，沒有比智慧更好的了。」靈魂說。

「愛更好。」年輕的漁夫答道，說著便一頭扎進海裡，靈魂一路哭著穿過沼澤地走了。

這樣又過了一年，靈魂再來到海邊，呼喚年輕的漁夫，漁夫從海裡冒出來，問道：「你幹嘛叫我？」

靈魂回答道：「靠近點，這樣我好跟你說話，因為我看到了奇妙的東西。」

他就近前來，斜臥在淺水中，手支著頭聽它講。

靈魂對他說：「離開你之後，我便一路向南走去。來自南方的一切都挺寶貴的。我沿著去埃斯特城的大路走了六天，那些塵土飛揚的紅色大路是朝聖者經常走的。我就這麼走著，第七天早晨我舉目一看，呵，那城就在我腳下，因為它就在一道山谷裡。

「那城有九個城門，每個城門前都立著一匹青銅馬，要是山裡的阿拉伯貝都因人跑下來，那些馬就叫起來。城牆是紫銅包的，上面的瞭望塔屋頂是黃銅的。每個瞭望塔裡都有個手執長弓的弓箭手。日出時他用箭敲鑼，日落時他吹響號角。

「我想進城，衛兵攔住我，問我是什麼人。我回答說是個回教的雲遊僧，正往麥加去，那裡有一幅綠色的帳幕，上面是天使用銀線繡成的《可蘭經》。他們聽了滿心驚歎，央求我入城來。

「城裡簡直就是個市集。你真該和我一起去。窄窄的街道上滿是五顏六色的紙燈籠，像大蝴蝶般在空中飄舞。風吹過屋頂，那些燈籠上下飄揚，像彩色的肥皂泡似的。商販在他們貨攤前的絲織毯上席地而坐。他們的鬍鬚又黑又直，頭巾上綴滿了小金片，長長的一串串琥珀珠和雕花桃核在他們涼涼的手指間滑來滑去。他們有的在賣楓子香和甘松香，還有產自印度洋島嶼上五花八門的香水、濃濃的紅玫瑰油、沒藥和鐵釘狀的丁香。要是有哪個人停下腳跟他們說話，他們便一撮一撮地往一個炭火盆裡撒乳香，讓周圍的空氣充滿甜香。我見過有個敘利亞人雙手握著根像蘆葦一樣的細棍子，上頭冒著一縷縷青煙，那燒著的香氣聞著就像春天裡的紅杏花似的。

有的賣銀手鐲，上面鑲滿了乳藍色的土耳其玉，還有銅腳鐲，上面串著小珍珠，另外還有套著金座的虎爪、豹爪，祖母綠穿成的耳環、翡翠鏤成的戒指。從茶館裡傳出吉他聲，抽鴉片的人一張張白皙的臉笑嘻嘻地朝外望著行人。

「說實在話你應該跟我一起去。那些賣酒的，肩上扛著黑色的大皮酒囊，推推搡搡地擠過人群，他們大多賣的是希拉葡萄酒，這種酒甜得跟蜜似的。他們賣酒用的是小小的金屬杯，上面還放了幾片玫瑰花瓣。市集上還站著賣水果的，賣的水果什麼都有：有熟無花果，紫色的果肉帶著擦傷的痕跡；有蜜瓜，香可比麝香、黃可比黃玉；還有香櫞、蒲桃、一串串的白葡萄、紅金色的圓橘子、長圓形綠金色的檸檬。有一次我看到一頭大象走過，象鼻上抹著朱砂和薑黃，兩隻耳朵上套著紅絲線織成的網。那大象在一個水果攤前停下來，吃起攤上的橘子來，那人看了只是笑。你簡直想不到這地方的人有多奇怪。他們高興時便到賣鳥的那邊，買上一隻關在籠裡的鳥來放飛，好讓自己更加高興，他們傷心時便用荊棘鞭打自己，好讓悲傷不會減退。

「有天傍晚我遇見一些黑人，抬著一頂很重的轎子穿過集市。那轎子是用鍍金的竹子做的，轎杆漆成朱紅色，鑲著黃銅孔雀。轎窗上垂著薄薄的紗簾，上面繡著些甲蟲翅膀和細粒珍珠，走過我面前時有個臉色白皙的切爾克斯女人從轎裡望出來，對我微微一笑。我跟在後面，那些黑人便蹙起了眉頭，加快腳步。我才不管呢，只覺得有股按捺不住的好奇心催著我。

「他們最後在一所四方形的白色房子前停了下來。那房子一個窗都沒有，只有個小門，小得像墓門。他們放下轎子，用一把銅錘在門上敲了三下。一個身穿綠皮長袍的亞美尼亞人從門洞裡望出來，看到是他們，便開了門，往地上鋪了一張地毯，那女人就從轎裡走出來。她走進門時，轉過頭來又朝我微微一笑。我從來沒見過這麼白的一個人。

「月亮上來時，我回到剛才那地方，找那房子，可是房子不見了。看到這情形，我便知道那女人是誰，為什麼會對我笑了。

「你真該跟我一道去的。在他們歡慶新月那天，年輕的皇帝會從宮裡出來，去清真寺祈禱。他的頭髮和鬍鬚用玫瑰花瓣染過，兩頰撲了一層細細的金粉。腳掌和手心都用番紅花染成黃色。

「日出時他從宮中去，穿著一身銀袍，日落時他又回宮去，穿著一身金袍。百姓個個五體投地跪在地上，臉都藏起來，但我不這麼做。我站在一個賣棗子的水果攤旁邊等著。皇帝看見我時，他那畫過的眉毛一揚，停了下來。我站著並不動，也不向他施禮。其他人看我如此大膽都很訝異，勸我逃出城外。我不聽他們的，反而走過去跟那些賣奇奇怪怪各種神像的販子坐在一起，這些人因為他們幹的行當很遭人嫌。我跟他們說了我剛才怎樣怎樣，他們一聽，個個都給我一尊神像，求我走開。

「那天晚上，我正躺在茶館裡的一張墊子上，那茶館開在石榴街，只見皇帝的衛士進來了把我帶到宮裡。我進宮時，每走過一道門，他們就在我身後把那門關上，用鏈子鎖上。到裡面是一個大院子，四周圍著一圈拱廊。牆是雪花石膏的，牆身隨處可見嵌著藍色綠色的花瓷磚。柱子是綠色大理石的，地上鋪著的是一種桃花紋的大理石，我還從未見過這種大理石呢。

「我走過院子時有兩個戴面紗的女人從陽臺上望下來，對著我罵。衛士急急地往前走，手上長矛在光亮的地上碰得叮噹響。他們打開一扇精緻的象牙門，我看到眼前是個有七級平臺帶噴泉的花園，園裡種著鬱金香、月光花，還有銀點斑斑的蘆薈。噴泉如一根細細的水晶棒似的懸在暮色中。一棵棵柏樹就像燃燒過的火把。有一棵柏樹上一隻夜鶯在唱著。

「花園盡頭有一座小亭子。我們走近時有兩個太監出來迎接。兩人肥嘟嘟，走起路來渾身顫巍巍的，用兩隻黃眼皮的眼睛好奇地望著我。其中一人把衛士長拉到一邊，小聲跟他耳語著什麼。另一個煞有介事地從一個淡紫色的橢圓形琺瑯盒子中取出香口丸，放在嘴裡嚼個不停。

「過了一會兒，衛士長解散了衛隊，他們就回到宮裡去了，太監慢吞吞地跟在後面，順路從樹上摘些甜桑椹。有一次年紀大的那個太監轉過頭來，朝我笑笑，一副不懷好意的樣子。

「接著衛士長示意叫我往亭子的入口處走去。我就走過去，手不顫腿不抖的，拉開垂著的厚簾，走了進去。

「年輕的皇帝正躺在一張上了色的獅皮躺椅上，手腕上歇著一頭白隼，身後站著一個戴銅包頭的努比亞人，裸著上半身，兩隻穿洞的耳朵上掛著重重的耳環。躺椅邊的一張桌子上擺著把威風凜凜的大彎刀。

「皇帝看到我時皺起了眉頭，問我：『你叫什麼名字？不知道我是這城裡的皇帝嗎？』但我不回答。

「他手指一下大彎刀，那努比亞人就一把抓起刀來，衝上前朝我狠命砍下來。刀鋒颼的一聲劃過我身體，但我毫髮無損。那人一個踉蹌摔了個狗吃屎。等他站起身來時，已經嚇得上下牙直打顫，躲到了躺椅後。

「皇帝一下跳了起來，從兵器架上取下一把長矛，向我投來。我伸手接住，折成兩截。他又朝我放箭，但我雙手一舉，那箭就停在半空。他於是從一條白色的皮帶上拔出一把短劍，刺進那努比亞人的咽喉，生怕這奴隸把自己威風掃地的事傳出去。那人像條被踩的蛇一樣扭動著身子，嘴裡噴出一團紅色的泡沫。

「那人一斷氣，皇帝就轉向我，等他用一條鑲花邊的紫綢小絲帕把額頭亮晶晶的汗珠子揩乾後，便對我說：『你是個我傷害不得的先知嗎？還是個我傷害不了的先知之子？我求你今晚就離開我的城市，因為有你在，我就不是一城之主了。』

「我就回答他：『你分我一半財寶我就走。把你的財寶給我一半，我就離開這裡。』

「他抓起我的手，領我出來到了花園中。衛士長看到我，一臉愕然，太監看到我，雙腿直打顫，嚇得都跪倒在地。

「宮裡有個房間，有八面牆，是用斑岩砌成的，銅片鑲的天花板上掛著一些燈。皇帝伸手碰了一面牆，那牆就開了，我們穿過去進了一條走廊。沿著走廊點著許多火炬，兩邊的壁龕裡擺著大酒缸，缸裡滿滿當當的裝著銀幣。我們到了走廊中央時，皇帝口中念了一句平日不會講的話，一道裝有祕密彈簧的花崗岩石門就彈開了，他一把摀住臉，怕眼睛給晃花了。

「你簡直不敢相信天底下有這等美妙的去處。巨大的玳瑁殼個個裝滿了珍珠，碩大的月亮石鑿空了，裡頭堆滿了紅寶石。金塊存在象皮箱裡，金粉就裝在皮革製的瓶子中。還有貓眼石和藍寶石，貓眼石盛在水晶杯中，藍寶石盛在翡翠杯中。圓圓的祖母綠整整齊齊地擺在一個個薄薄的象牙盤裡。一個角落裡有些絲綢袋子，有的裝滿了綠松石，有的裝滿了綠玉石。一個個象牙角杯中堆著紫晶石，黃銅角杯中堆著玉髓石和黃玉髓。房間的柱子是杉木的，上面掛著一串串黃色的山貓石。一塊塊扁平的橢圓形盾牌上放著葡萄酒色和綠草色相間的紅玉。我告訴你的不過是當時眼目所見的十分之一罷了。

「等皇帝放開摀著臉的手時，他對我說：『這是我的藏寶屋，這裡的東西一半歸你，正如我答應你的。我會配給你駱駝和趕駱駝的人，他們會聽你調遣，把你那份財寶運到世界上任何一個你高興去的地方。這事今晚就得辦妥，因為我不想讓太陽、我的父親，看到在我的城中還有一個我殺不死的人。』

「但我回答他說：『這裡的金子是你的，銀子也是你的，珍貴的珠寶和值錢的東西都歸你。我呢，不需要這些。但我也不會從你這裡什麼都不拿，我只要你手指上戴的那個小小的戒指。』

「皇帝一聽皺起了眉頭。『這不過是個鉛做的戒指，』他大叫，『一點價值也沒有。你還是拿了你那一半財寶走人，離開我的城市吧。』

「『不，』我答道，『我什麼都不拿只要那只鉛戒指，我知道那裡面寫著什麼，幹什麼用。』

「皇帝渾身發抖，哀求我說：『把所有的財寶全拿走，離開我的城市吧。我那一半也歸你。』

「於是我幹了件奇怪的事，到底幹的什麼事無關緊要，因為我把這只財寶魔戒藏在了一個離這地方只有一天路程的山洞裡。從這地方去只要一天，正等著你來取呢。誰有了這戒指就比天下所有的國王更富有。所以你來吧，拿走吧，世界上的財富就歸你了。」

但是年輕的漁夫笑了。「愛比財富更好，」他大聲說道，「況且那小美人魚愛我。」

「不，沒有比財富更好的了。」靈魂說。

「愛更好。」年輕的漁夫答道，說著便一頭扎進海裡，靈魂一路哭著穿過沼澤地走了。

這樣第三年又過去了，靈魂來到海邊，呼喚年輕的漁夫，漁夫從海裡冒出來，問道：「你幹嘛叫我？」

靈魂回答道：「靠近點，這樣我好跟你說話，因為我看到了奇妙的東西。」

他就近前來，斜臥在淺水中，手支著頭聽它講。

靈魂對他說：「在我知道的一座城裡，有一家小客店，就開在一條河旁邊。我跟水手坐在那裡，他們喝兩種不同顏色的葡萄酒，吃大麥做的麵包，還有包著月桂葉就著醋的小鹹魚。我們坐著逗趣玩樂，進來了一個老頭，肩上搭著一條皮氈子，手裡拿著一把琴，上面有兩個琥珀角。他把氈子往地上一鋪，用一枚弦撥彈響琴弦，這時跑進一個姑娘，戴著面紗，開始在我們面前跳起舞來。她一片輕紗遮面，雙腳卻是裸的。那赤裸著的雙腳，在地氈上翩翩舞動，像一對小白鴿。真是令人歎為觀止啊。她跳舞的城市離這地方只有一天的路程。」

這一回年輕的漁夫聽到他靈魂的話後，想起小美人魚沒有腳跳不了舞，心中頓時湧起一股巨大的欲望，對自己說：「就一天的路程，我趕得及回到我愛人身邊。」

說著他笑了，從淺水裡站起身，往岸上走來。

他到岸邊踏上乾地後又笑了，向他的靈魂張開雙臂。靈魂歡喜地大叫一聲，跑過來迎接他，進到他身體中，年輕的漁夫便看見面前沙灘上伸出那道身體的影子，也就是他靈魂的身體。

他靈魂對他說：「咱們別耽擱了，趕緊過去，因為海神會嫉妒的，他們手下還有妖怪呢。」

於是他們腳不停步，整個晚上趁著月色趕路，整個白天頂著日頭趕路，傍晚時分到了一座城。

年輕的漁夫就問靈魂：「這是你跟我說的她跳舞的那座城嗎？」

靈魂回答：「不是這座，是另外一座。不管怎樣，咱們先進去再說。」

於是他們進了城，穿街過巷地走著，路過珠寶街時年輕的漁夫看到一個好看的銀盃擺在一個貨攤上。他靈魂對他說：「拿走那銀盃，藏起來。」

他便拿了那杯子用長袍掖著藏起來，兩個趕緊跑出城外。

出城後他們走了有兩三英里路，年輕的漁夫皺起眉頭，把杯子扔掉，對靈魂說：「你幹嘛要我拿這杯子藏起來，這可是幹壞事啊？」

但是靈魂回答他說：「息怒，息怒。」

第二天傍晚他們到了一座城，年輕的漁夫就問靈魂：「這是你跟我說的她跳舞的那座城嗎？」

靈魂回答：「不是這座，是另外一座。不管怎樣，咱們先進去再說。」

於是他們進了城，穿街過巷地走著，路過草鞋街時年輕的漁夫看到一個小孩站在一個水缸邊。他靈魂對他說：「上去打他一頓。」他便去打那孩子，把他打哭了，兩個趕緊跑出城外。

出城後他們走了有兩三英里路，年輕的漁夫火了，對靈魂說：「你幹嘛要我打那孩子，這可是幹壞事啊？」

但是靈魂回答他說：「息怒，息怒。」

第三天傍晚他們到了一座城，年輕的漁夫就問靈魂：「這是你跟我說的她跳舞的那座城嗎？」

靈魂回答：「可能是，所以咱們進去看看吧。」

於是他們進了城，穿街過巷地走著，但是年輕的漁夫怎麼也找不著那條河，或者河邊的那家小客店。城裡的人都奇怪地望著他，他怕了，對靈魂說：「咱們離開這兒吧，那個跳舞的白腳丫姑娘並不在這城裡。」

但是靈魂回答：「不行，咱們歇歇吧，夜都黑了，路上會有強盜呢。」

於是他在市場上坐下來歇息。一會兒走過一個戴頭巾的小販，身披一件韃靼人的布斗篷，手握一根有節的蘆葦稈，一頭吊著盞牛角穿洞做成的燈籠。那小販對他說：「你為什麼在市場上坐著，沒看到貨攤都收了，貨物也都打包了？」

年輕的漁夫回答他：「我在這城裡找不到客店，也沒親人好投宿。」

「我們不都是親人嗎？」小販說，「不都是同一個上帝造的？那就跟我來吧，我家有間客房。」

於是年輕的漁夫站起身來，跟著那小販到他家。他們穿過一個石榴園進了屋，小販用個銅盤端來玫瑰水讓他洗手，拿來熟透的蜜瓜給他解渴，在他面前擺上一碗米飯和一塊烤小羊肉作他的晚餐。

等他吃完飯，小販領他去客房，叫他安心好好睡。年輕的漁夫謝過他，吻了他戴在手上的戒指，一頭躺在了染色山羊毛織的毯子上，蓋上一條黑羔羊毛被子，便睡著了。

拂曉前三個小時，天還黑著呢，靈魂把他叫醒，對他說：「起來，去到小販的房間裡，就是摸到他睡房中，殺了他，把他的金子拿走，我們用得著的。」

年輕的漁夫便起身，偷偷往小販的房間爬去，小販的腳邊放著把彎刀，身邊的盤子裡有九包金子。他伸手去拿彎刀，這一碰，小販被弄醒了，一躍而起，抓起刀來，對年輕的漁夫大叫：「你是這麼恩將仇報的嗎？我對你好你卻要流我血來報答嗎？」

靈魂對他說：「揍他。」漁夫便打起小販來，直把他打暈過去了便抓起那九包金子，急匆匆穿過石榴花園逃走，臉朝著啟明星方向跑了。

兩個跑出城有兩三英里後，那年輕的漁夫捶胸頓足地對靈魂說：「你怎麼叫我殺那商人，拿他金子？你真是個惡棍。」

但是靈魂回答他說：「息怒，息怒。」

「不，」年輕的漁夫大叫，「這怒我息不了，因為所有你叫我做的事我都討厭。你我也討厭，告訴我，為什麼要我幹這些勾當？」

於是靈魂便回答他：「你那時把我送到這世界上，心卻不給我，所以我就學會了所有這一切，也喜歡上了這些東西。」

「你這說的什麼話？」年輕的漁夫喃喃說道。

「你知道，」靈魂回答，「你知道得一清二楚。難道你忘了你不把心給我嗎？我不信。所以啊，別自尋煩惱，也別跟我過不去，息怒為好，天底下沒有什麼傷心事你丟不開，也沒有什麼開心事你碰不到。」

年輕的漁夫聽到這些話，禁不住渾身發抖，對靈魂說：「不，你真歹毒，搞得我把愛人都忘了，又用各種引誘勾引我，使我的腳踏在了罪惡的路上。」

靈魂回答說：「你終究沒忘了送我到這世界上時不把心給我。來吧，咱們到另一個城市去，好好玩玩，咱們有九包金子呢。」

但是年輕的漁夫拿起那九包金子，摔在地上，用腳猛踩。

「不，」他大嚷，「我要跟你一刀兩斷，什麼地方都不跟你去，我過去怎麼送你走的，我今天照樣送你走，你對我一點好處也沒有。」他說著轉過身背對著月亮，用那把柄是綠毒蛇皮的小刀，使勁要把身體的影子從腳邊割開，那是他靈魂的身子。

但是他的靈魂一動不動地黏著他，也不理睬他的命令，反而對他說：「那女巫教給你的魔法不再靈驗了，我離不了你，你也趕不走我。一個人一輩子可以把靈魂送走一次，但要是把靈魂又收回來了，那就必須永遠守著它。他這既是惡有惡報，也是善有善報。」

年輕的漁夫一聽臉都青了，雙手握拳大叫：「這女巫騙人，沒把這個告訴我。」

「不，」靈魂回答說，「她這是忠於她所崇拜的那位，她永遠是那位的僕人。」

等到年輕的漁夫明白他再也無法擺脫自己的靈魂，明白這是一個邪惡的靈魂，而且將永遠與他朝夕相處時，他癱倒在地，失聲痛哭。

天亮了，年輕的漁夫起身來對靈魂說：「我要把雙手綁起來，這樣就不會你說什麼我就幹什麼，我也要把嘴關起來，這樣就不會你要我說什麼我就說什麼，我還要回到我所愛之人住的地方。我就是要回到海裡去，回到那個她常常唱歌的小海灣去，我要呼喚她，告訴她我做過的惡事，還有你對我做過的惡事。」

靈魂又勾引他，說：「誰是你的愛人，你非得回去找她？天底下比她漂亮的女子多的是。有薩馬里斯的舞女，她們跳起舞來如百鳥翻飛百獸騰躍。她們的腳用鳳仙花染成紅色，手中揮著小小的銅鈴。她們一邊跳舞一邊歡笑，笑聲如潺潺流水般清澈。跟我來吧，我帶你去看。你幹嘛對犯罪行惡這麼憂心忡忡呢？天底下好吃的東西難道不是為好吃的人做的？難道吃香喝辣就有毒了嗎？別庸人自擾了，還是跟我再下一城吧。這裡不遠就有座城，裡頭有個種滿了鬱金香的花園。在這個漂亮的園子中住著白孔雀和藍胸孔雀。牠們向著太陽開屏時，那尾巴要麼白得就像象牙盤，要麼藍得就像藍釉鎏金盤。餵孔雀的那個女人會跳舞逗牠們開心，有時用手跳，有時用腳跳。她的眼睛上了銻色粉，她的鼻孔模樣像燕子的翅膀。一個鼻孔中有個鉤子，上面掛著一朵花，是一粒珍珠雕成的。她一邊跳舞一邊笑，腳踝上套著的一對銀腳鐲叮叮咚咚響，像銀鈴似的。所以啊，別再自討苦吃了，跟我去這座城吧。」

但是年輕的漁夫不回答，只是用沉默的封條封住嘴巴，用一條繩子緊緊綁住雙手，掉頭向著他來的那個地方走去，向著那個他的愛人常常唱歌的小海灣走去。靈魂一路上千方百計地引誘他，他一概不作答，它想方設法要他做的壞事，他也一件都不做。他心中的愛，力量原是如此強大。

等他到了那海邊，便把綁住雙手的繩子鬆開，把封住嘴唇的封條揭開，呼喚起小美人魚。可是她沒有應他的呼喚前來，儘管他一整天不停地呼叫著，苦苦地哀求著。

靈魂便嘲笑他，說：「你看你，辛辛苦苦愛一場，卻落得這等光景。你這就像人口渴了卻提個破罐在接水。你付出自己的一切，卻得不到一點回報。還是跟我走吧，我知道歡樂谷在哪裡，那裡都有些什麼。」

但是年輕的漁夫不回答，只是在一處岩縫裡用樹枝為自己建了間屋子，一住就住了一年。每天清晨他都呼喚著小美人魚，日頭當午又再次朝著大海呼喚，長夜無人時還一聲聲叨念著她的名字。可是小美人魚再也沒有浮出海面來會他，尋遍海中各處也不見她的蹤影，哪怕他一個個洞穴地探，一片片碧水淺灘地找，哪怕他在潮汐漲落中一次次地追尋，在海底深處的井坑裡一遍遍地翻找。

就算靈魂再怎麼一天到晚用邪惡來引誘他，怎麼在他耳邊悄悄地說些不堪的情事，都無法讓他就範。他心中的愛，力量原是如此強大。

一年過去了，靈魂在他裡面暗自尋思：「我用了邪惡來引誘我的主人，但他的愛比我更強大。那我就用善來引誘吧，說不定他就跟我來了。」

於是靈魂就對年輕的漁夫說：「我給你說過了世間的歡樂之事，你聽不進去。那我現在就給你講講人世上的悲苦，也許你就聽得進去了。天下至理，就是痛苦乃人世主宰，苦網恢恢，不疏不漏。天下之大，缺衣者有之，無食者有之。同是孤寡之人，有的錦衣玉食，有的衣不蔽體。困於沼澤地中的痲瘋病人蹀躞徘徊，以伴為敵。大道上，乞丐往來，行囊空空。大城小鎮中，穿街走巷巡遊著饑荒，挨家挨戶坐著瘟疫。來吧，咱們一道前行，去看看這一切吧，去了結這一切吧。何必待在這裡呼叫你的愛人，沒看到她並不應聲前來相會嗎？愛又是什麼，值得你如此以身相許？」

但是年輕的漁夫一聲不答，他心中的愛，力量原是如此強大。每天清晨他都呼喚著小美人魚，日頭當午又再次朝著大海呼喚，長夜無人時還一聲聲叨念著她的名字。可是小美人魚再也沒有浮出海面來會他，尋遍海中各處也不見她的蹤影，哪怕他上下求索，探遍了海中的溝壑、浪底的幽谷，遊遍了夜色中泛紫、曙光中蕩青的片片海域。

第二年又過去了，靈魂趁夜裡年輕的漁夫一人枯坐草屋中，對他說：「嘍！到如今我用過邪惡來引誘你，用過善良來引誘你，但你的愛比我強大。這樣吧，我不引誘你了，不過求你讓我進入你的心，那我就跟你合二為一，就像從前那樣。」

「你當然可以進來了，」年輕的漁夫說道，「那些日子裡你沒有心，在世界上漂泊，一定吃了不少苦。」

「哎呀！」靈魂哭喊道，「我找不到地方進去啊，愛把你這顆心裹得結結實實的。」

「我還真願意幫你一把呢。」年輕的漁夫說。

就在他說這話的時候，海中轟然傳來一聲哀號，就像海中的族類有誰死了，人們聽見他們的哀鳴聲那樣。年輕的漁夫應聲跳了起來，離開他的草屋，奔向海邊。只見驚濤拍岸，大海中黑沉沉的浪潮托著一包什麼，比銀子還要潔白，匆匆往岸邊湧來。那包東西白得像浪花，在浪中上下顛簸著猶如一朵花。浪頭從浪濤上接過它，浪花又從浪頭上接過它，最後海岸收納了它。這時候，躺在他腳邊的，年輕的漁夫看到了，是小美人魚的身體。死了，就在他腳邊躺著。

他哭著，撕心裂肺地哭著，撲倒在她身邊，吻著嘴唇那冰冷的一抹鮮紅，摩挲著頭髮那溼漉漉的一波金黃。他撲倒在她身邊，在沙灘上，哭得像一個喜極而泣渾身顫抖的人。他張開黝黑的雙臂，把她摟在胸前。冷冷的是那兩片嘴唇，但他深深地吻著。鹹鹹的是那蜜般的秀髮，但他品嘗著，懷著苦澀的歡喜品嘗著。他吻著那緊閉的眼瞼，那盛在眼窩中的怒濤餘漬還沒有他的眼淚鹹。

對著死者他懺悔。對著那海貝樣的耳廓他傾注著往事的苦酒。他把她小小的雙手挽在自己的脖子上，用手指觸摸著她細如葦稈的喉管，一點一點地，他的歡喜越變越苦，他的痛苦又充滿著奇怪的歡樂。

大海的黑浪逼過來了，白色的飛沫聲聲悲鳴，猶如痲瘋病人的哀嚎。飛沫伸出白色的爪子抓著海岸。從海王的宮殿中又傳來了痛悼的號啕，遠遠的大海那邊半人魚的海神聲嘶力竭地吹著他們的螺號。

「趕快跑，」靈魂說，「海水淹上來了，你再不跑，就沒命了。快跑，我害怕，看到你的心因為愛得如此之深，又關上不讓我進了。跑到安全的地方吧。你該不會不給我一顆心，又把我送到另一個世界中去吧？」

但是年輕的漁夫沒聽他靈魂的，一個勁兒呼喚著小美人魚，口中說著：「愛，比智慧更好，比財富更寶貴，比人間少女的腳更美麗，烈火無法摧毀，大水無法淹沒。我黎明時喚你，但你就是不來。月亮都聽到我叫你的名字，但你就是不理我。邪惡勾引我離開了你，我四處遊蕩害的是我自己。但無論如何，你的愛與我同在，你的愛永遠強大，無可戰勝，儘管我的眼目曾注視過邪惡，注視過良善。現在，你死了，我當然要與你同死。」

靈魂求他離開，但他就是不走，他的愛，是如此強大。海水越逼越近，騰起海浪要把他蓋住。他知道自己死期已近，便發瘋似的吻著美人魚冰冷的嘴唇，他的心從裡面碎了。當他的心讓滿滿的愛撐破之際，靈魂找到了一個入口就進去了，與他合而為一，就像從前那樣。大海用浪濤把年輕的漁夫蓋住了。

清晨時分，神父出來為大海祝福，因為大海一直躁動不安。和他一起，還來了僧侶和樂師、手持蠟燭的人、搖著香爐的人，後面還跟著一大群其他人。

神父來到海邊時，看到年輕的漁夫漂在浪頭上，淹死了，懷中緊緊抱著的是小美人魚的屍身。他往後一退，皺起眉頭，在胸前劃了個十字，哭出聲來，說道：「我不會祝福這海，也不會祝福海中的任何東西。受詛咒的是那些海中的族類，受詛咒的是所有和他們交往的人。至於這個為了愛而拋棄上帝的人，就讓他同他那被上帝判死的情婦一起躺在這裡吧，把他和他情婦的屍身搬起來吧，把他們埋在漂洗場的角落裡，別給他們上什麼記號，什麼標牌也別立，這樣誰都不知道他們葬身何處，因為他們在生受詛咒，死後仍然受詛咒。」

眾人遵命而行，在芳草不見一痕的漂洗場角落裡，挖了一個深坑，把死者放進去。

第三年過去了，在一個神聖的祭日裡，神父來到教堂中，在那裡他可以向眾人展示主為他們在十字架上所受的累累傷痕，給他們講上帝的憤怒。

他穿好法衣，走了進來，對著神壇俯首行禮，這時他看到神壇上擺滿了奇怪的鮮花，他從未見過的。那些花看起來很怪，有一種莫名其妙的美，美得令他心裡忐忑不安。那些花他鼻孔聞著是甜蜜的，令他喜上心頭，卻又不知喜從何來。

他打開了聖龕，在裡面的聖體臺上焚了香，向眾人展示了美好的聖餅，又把聖餅在重重帷幔後藏好，他開始向眾人講話，想給他們講上帝的憤怒。但是那些白花美得讓他心亂，香得讓他的鼻孔覺得甜蜜，於是話到嘴邊又變了，他不說上帝的憤怒，卻說起了稱為愛的那位上帝。為什麼會臨場改題呢，他也不知道。

神父講完之後，眾人都哭了，他回到聖器室，自己也熱淚盈眶。幾個執事進來，開始為他褪去法衣，替他脫下白麻布長袍和腰帶、左臂上的飾帶和披在身上的聖帶，而他呢，就站在那兒，如在夢中。

執事為他更衣完畢，他望著他們，問道：「聖壇上擺的都是些什麼花？哪裡來的？」

他們答道：「是什麼花我們也說不出，不過都是從漂洗場的角落那裡來的。」神父一聽，身上一陣哆嗦，回到自己住處，禱告起來。

清晨時分，天剛拂曉，他出來了，跟僧侶和樂師、手持蠟燭的人、搖著香爐的人，還有一大群其他人，到了海邊，為大海祝福，為海裡所有的生靈祝福。林中的牧神他也祝福了，還有林地上跳舞的小動物，還有躲在樹葉後兩眼賊亮往外偷看的那些傢伙。上帝創造的世界上所有的生物他都祝福了，眾人心中充滿歡樂與驚歎。但漂洗場的角落再也沒有長出什麼花來，那地方還是跟從前沒有兩樣，一片荒蕪。從前常常光顧這小海灣的海中的族類也不再回來，他們往別處大海去了。

小星童

從前，有兩個窮苦的樵夫，他們正穿過一個很大的松樹林回家去。那是冬天，又是個非常冷的夜裡。積雪厚厚地鋪在地上、掛在樹上，他們走過時，兩邊樹上不斷有小樹枝凍斷了掉下來。兩人一路走著，到了瀑布跟前，看到她懸在空中一動不動，因為讓冰之王給吻過了。

天太冷了，就連飛禽走獸都不知道該如何是好。

「嗷——！」狼從灌木叢中一瘸一拐地跑出來，夾著尾巴，號叫道：「這天氣，真糟糕得沒話說了。政府怎麼也不來管管？」

「嘰喳！嘰喳！」綠色朱頂雀叫著，「老地球死了，他們給她穿上白壽衣擺出來讓人瞻仰呢。」

「是地球要出嫁了，這不穿著嫁衣嘛？」斑鳩交頭接耳低語著。他們粉紅色的小腳丫凍壞了，但還是覺得自己有責任以浪漫的眼光來看待眼下的情景。

「胡說八道！」狼吼了一聲，「我告訴你，這全是政府的錯，你們要不信，我就把你們吃了。」狼的心可實在了，爭起來從來都不愁沒道理說。

「嗯，要我說呢，」啄木鳥說道，他是個天生的哲學家，「解釋這解釋那的，跟我連個原子理論的關係都沒有。一個事物，假若是這樣，那就是這樣，目前呢，就是天冷得受不了。」

真是冷得受不了。小松鼠住在高高的杉樹上，不停地鼻對鼻互相擦著取暖，兔子躲在洞裡蜷成一團，連朝外瞄一眼都不敢。喜歡這冰天雪地的看來只有大貓頭鷹了。他們的羽毛叫霜凍得硬邦邦的，但他們並不介意，骨碌碌地轉著兩顆大黃眼睛，隔著樹林呼朋喚友：「特威！特武！特威！特武！真個好天氣啊！」

兩個樵夫一腳高一腳低地往前趕路，一個勁兒地朝手指上呵熱氣，穿著釘有鐵釘的大靴子在凍硬了的雪塊上踏步前行。有一次，他們陷進一個深深的雪坑，爬出來時已是一身白，白得像滾滾磨石旁的磨坊師傅。有一次，他們在沼澤泥水結成的又硬又滑的冰面上跌了一跤，柴火散了，只好撿起來再捆好。有一次，他們以為自己迷路了，嚇得要死，因為他們知道誰要是在大雪的懷裡睡，那她就對他們不客氣了。但他們相信旅行之神聖馬丁是好人，看顧著天下遊子，於是從原路退回，小心地走著，終於到了森林旁邊，一看，遠遠的坡下山谷中，閃爍著他們村子的燈光。

兩人欣喜若狂，慶幸自己脫了險境，笑了起來，大地在他們眼裡似乎都成了一朵銀花，月亮成了一朵金花。

然而，笑過之後，他們又不禁悲從中來，因為想起自己家貧如洗，於是其中一個對另一個說：「還高什麼興？瞧人家，命是富人的貴，咱們這種人算什麼？還不如就這麼在林中凍死，要不就讓什麼野獸撲過來把我們咬死算了。」

「說得是，」他的同伴答道，「有人撐死，有人餓死。不公平已經把世界分割打包了，也沒有什麼分得公平，除了憂愁。」

正在他們互相大吐苦水的時候，出了這麼件怪事。從天上掉下一顆非常明亮非常美麗的星星。那星星從天邊一路落下，從其他星星旁滑過，兩人看著覺得很是稀奇，見到它似乎掉在了不到一箭之遙的一個小羊圈旁的一叢柳樹後。

「哇！誰要是找到了就可以得到一缸金子。」他們大叫，跑了起來，急巴巴地要去找那金子。

兩人中一個跑得比較快，趕過了另一個，硬擠著穿過那柳樹叢，從另一邊出來，呵！果真有個金燦燦的東西躺在白雪地上。他急忙衝過去，彎下腰把雙手放在上面。那是個金絲斗篷，奇妙地繡著許多星星，捲了一層又一層。他向同伴大聲呼喊，說是找到了從天上掉下來的寶物。他的同伴一過來，兩人就坐在雪地上，解開那一層層捲著的斗篷，好把裡頭的金塊拿出來分。可是，哎呀呀！哪來什麼金子銀子，說實在的裡頭什麼寶物都沒有，只有一個小孩，在睡覺呢。

於是一個樵夫對另一個說：「看咱們，好夢結出了苦果，沒財沒運的，一個男人帶著一個孩子，有什麼好？把孩子留在這兒吧，趕路要緊，就你我兩個窮光蛋，家中還有自己的小孩，掰不出什麼麵包來多餵一張嘴的。」

但他的同伴回答說：「不行，那是作孽啊，天寒地凍的把一個小孩留在這裡等死。我雖然和你一樣窮，家口也不少，又缺吃少穿的，但我還是要把他帶回家，我妻子會照顧他的。」

說著，他非常輕柔地把小孩抱起來，將斗篷捂緊怕他著涼，往山下的村莊走去。看到他這麼傻，心腸這麼軟，他的同伴都愣住了。

兩人回到村裡，他同伴對他說：「你得了個孩子，那斗篷就該歸我，山中拾遺，見者一份嘛。」

但他答道：「不行，這斗篷不是我的也不是你的，只歸這孩子。」說著他便與同伴道別，來到自家屋前，伸手敲門。

他妻子開了門，看到丈夫安全歸家，張開雙臂摟住他脖子親著，卸下他背上的柴火捆，掃掉他靴上的碎雪，叫他進屋來。

但她丈夫對她說：「我在森林裡撿到一樣東西，帶回來了讓你給看著。」說這話時他站在門口一動不動。

「什麼東西？」她大聲問，「給我看，咱屋裡空空的，缺的東西可多了。」樵夫便掀開斗篷，給她看裡頭睡著的小孩。

「哎呀呀，我的大好人啊，」她嘟噥著，「難道咱們自己的孩子還不夠嗎，你非要弄一個誰家不要的孩子來火爐邊占位子？誰知道他會不會給咱家帶來厄運？還有，我們拿什麼養他呢？」她發脾氣了。

「錯了，這可是個小星童來著。」她丈夫回答，說著便告訴她撿到這孩子的天機奇遇。

但她還是一肚子氣，一個勁兒地數落他，怒沖沖地說著、嚷著：「放著自家的孩子沒飯吃，還要去養個別人家的？我們這一家子誰來照顧了？誰來養了？」

「錯了，上帝連鳥雀都會照顧的，都會餵養的。」她丈夫回答。

「沒看到冬天裡鳥雀餓死了嗎？」她問道，「眼下不就是冬天嗎？」她男人聽了一言不發，只是站在門口一動不動。

門開著，林中的一陣冷風直刮進來，她打了個寒噤，渾身發抖，對她丈夫說：「還不把門關上？冷風這麼吹進來，我冷死了。」

「一戶人家，鐵石心腸，吹進來的風能不冷嗎？」他答道。那婦人聽了一言不發，往火爐邊靠得更近了。

過了一會兒她轉過臉來看著她丈夫，眼中噙滿了淚水。她丈夫快步上前，把小孩放進她懷裡，她俯身親著孩子，把他放在他們自己最小的孩子正睡著的那張小床上。第二天，樵夫拿了那件珍奇莫名的金斗篷放進一個大櫃子中，他妻子也把孩子脖子上掛的一串琥珀珠取下，一同放進櫃子。

就這樣，小星童和樵夫家的孩子一起養大了，他們吃在一起、玩在一起。一年年，小星童越長越俊秀，全村人看了都滿心驚奇，因為其他人都長得黑皮黑髮的，他卻長得又細又白，跟象牙似的，滿頭金髮，捲得像一圈圈黃水仙。他的嘴唇也像紅色的花瓣，眼睛呢，就像長在一灣清水邊的紫羅蘭。整個身子宛如一片從不見刀鐮的田野上的水仙花。

但是，他的美貌卻讓他變壞。因為他變得驕傲了，殘忍了，自私了。樵夫的孩子、村中別的孩子，他全看不起，說他們身世卑微，唯他自己高貴，出生自一顆星星，把自己當成他們的主子，喚他們為奴僕。他沒有一點憐憫之心，無論是對窮人還是盲人，還是其他身有殘疾病痛的可憐人。這些人他一見就扔石頭，趕他們上大路，要他們到別處去乞討。於是乎，除了歹徒慣犯，行乞的誰都不會第二次再到這村。的確是，他這個人一心迷上了美，對老弱者、對沒有天賜姿色者，總是譏諷揶揄相加。對他自己，則是鍾愛不已。夏日裡，風不起波不動時，他會躺在神父果園中的水井旁，往裡頭瞧著，激賞自己的臉蛋，看到自己如此一副美貌，不禁高興得哈哈大笑。

時不時，樵夫和他妻子會責備他，說：「我們當初對待你，可不像你現在對待落難無助的人這樣啊。你為什麼對那些可憐人這麼狠心呢？」

時不時，老神父會叫他過去，想教他怎麼去愛天下蒼生，會對他說：「蒼蠅是你的兄弟，別害牠。野地林中遊逛的飛鳥有牠們的自由，別抓來玩。上帝造下蛇蜥和鼴鼠，在天地中各有自己的位置。你是誰，怎麼能給上帝的世界帶來痛苦？就連田野中的牛都讚美祂呢。」

但是他們的話，小星童一句都不聽，反而皺眉撇嘴的，回來找他的那群哥兒們，當孩子王去了。那些孩子都聽他的，因為他長得帥，跑得快，還會跳舞、吹笛玩音樂。不管小星童帶他們去哪兒，他們都跟他，不管小星童叫他們幹什麼，他們都照做。看到他用蘆葦尖去刺鼴鼠呆愣愣的雙眼，他們大笑，看到他朝痲瘋病人扔石頭，他們也大笑。不管什麼事，全由他說了算，於是這些孩子也變得心硬如鐵，跟他一樣。

有一天，村裡來了個窮苦的女叫花子。她身上的衣服破爛不堪，一路走來，雙腳讓粗硬的路面蹭得直流血，那模樣真是慘不忍睹。她累壞了，在一棵栗子樹下坐下來歇口氣。

小星童看到她，便對他那群人說：「看！那邊來了個臭叫花子，坐在那棵好看的綠樹下。來，咱們去把她趕走，那副樣子又醜又難看的。」

說著他跑上去，朝她扔石頭，作弄她。那女乞丐看著他，眼中透著驚恐，但還是沒把目光移開。樵夫正在附近的草料場裡劈木頭，看到小星童幹的好事，跑上前呵斥道：「你心腸真硬啊，一點都沒有憐憫心，這可憐的女人得罪了你什麼，你要這麼待她？」

小星童氣得滿臉通紅，跺著腳說：「你算老幾，敢來說三道四？我不是你的兒子，不會聽你的。」

「你還真說對了，」樵夫回答，「我在森林中見到你時，可是對你起了惻隱之心的。」

那婦人聽了這話，大叫一聲，暈倒過去。樵夫趕緊把她抱回自己家，由妻子來照料，等她從昏迷中清醒過來，夫妻倆便把吃的喝的擺在她面前，叫她放寬心。可是她不吃也不喝，只是問樵夫：「你不是說那孩子是從森林中撿來的嗎？是不是有十年了？」

樵夫答道：「沒錯，是在森林裡撿他的，至今有十年了。」

「撿來時他身上有什麼記號嗎？」她大聲問，「他脖子上沒有掛著一串琥珀嗎？他身上沒有裹著一件金絲斗篷，上面繡著星星嗎？」

「沒錯，」樵夫回答，「跟你講的一模一樣。」說著他把斗篷和琥珀串從所放的櫃子裡拿出來給她看。

看到這兩樣東西，她高興得哭了，說道：「他是我的小兒子，我在森林裡丟的。請你趕快去把他叫來，為了找他，我整個世界都走遍了。」

於是樵夫和他妻子便出來叫小星童，對他說：「快進屋去，你會見到你母親，她在等你呢。」

他一聽就跑進去，滿心驚訝又滿心歡喜。可是一看到等在屋裡的人，他便輕蔑地一笑，說：「怎麼，哪兒是我母親？我什麼人也沒看到，除了這個臭要飯的女人。」

那女人回答他說：「我就是你母親。」

「你瘋了，敢說這話，」小星童氣得大叫，「我才不是你的兒子，你不過是個要飯的，長得又醜，身上衣服又破。滾出去，別再讓我看到你這張醜八怪的臉。」

「不，你真是我的小兒子，我在森林裡生下了你。」她哭著說，跪了下來，朝他伸出雙臂。「強盜從我身邊偷走了你，把你丟在林中等死，」她喃喃說道，「但我一見到你就認出來了，也認出了當時的記號，金絲斗篷和琥珀串。所以求你跟我來吧，整個世界我都走遍了就為了找你。跟我來吧，我的孩子，我需要你的愛啊。」

但是小星童一動也不動，心中的門全對她關上了。屋子裡一點聲音都沒有，除了那婦人痛苦的啜泣。

他終於開口對那婦人說話，聲音硬邦邦冷冰冰的。「如果當真不假你是我母親，」他說，「那你最好離開別再來，別來丟我的臉。你知道我一直以為自己是個星星的孩子，不是一個叫花子的兒子，但你卻來告訴我說我就是。所以還是走吧，別再讓我見到你。」

「哎呀！我的兒啊，」她哭著說，「那我走前你就不親我一下嗎？媽找你找得好苦啊。」

「不，」小星童說，「看著你都嫌髒，親你我還不如去親毒蛇，親癩蛤蟆呢。」

於是那婦人站起身來離開，走進了森林中，一路上傷心地哭著。小星童看她走了，心裡很高興，又跑回去找他那幫孩子，可以一塊兒玩了。

可是那些孩子看到他過來，就取笑他，說：「啊哈，你跟癩蛤蟆一樣髒，跟毒蛇一樣噁心。滾吧，我們可不想跟你一起玩。」說著便把他趕出了花園。

小星童一聽，皺起了眉頭，自言自語道：「他們這說的是什麼意思？我要去水井邊瞧瞧，井會說我有多漂亮的。」

於是他到了井邊，朝裡一看。不得了了！他那張臉就像蛤蟆臉似的，身子一層層的鱗片，像條毒蛇。他一頭撲在草地上，哭了起來，對自己說：「我這真是惡有惡報啊。我不認親母，趕她走，還對她惡狠狠地擺嘴臉。所以啊，我要去找她，哪怕走遍全世界，找不到她我就不甘休。」

這時樵夫的小女兒過來了，把一隻手放在他肩膀上，說：「你不漂亮了又怎樣？留下來跟我們待在一起吧，我不會笑你的。」

小星童就對她說：「不行，我對我母親這麼壞，罪有應得有了這報應。所以我得走，走遍世界去找她，她會饒恕我的。」

說著他便跑進森林，呼喚他母親，要她回到他身邊，但是沒有一聲回應。一整天他呼喚著母親，太陽下山時他躺下來睡在一張樹葉鋪成的床上，小鳥和其他動物都躲開了，因為大家都記起了他有多狠心，他就這麼孤零零的，只有癩蛤蟆在盯著他看，只有毒蛇慢慢從他身邊爬過。

早晨他起身，從樹上摘來一些苦漿果吃了，便又上路，在大森林中邊走邊傷心地哭著，不管見到什麼，都要問一下是不是碰巧看到他母親了。

他問鼴鼠：「你有本事鑽到地底下，那告訴我，我母親在不在那兒？」

鼴鼠回答說：「你把我眼睛刺瞎了。我看不見怎麼知道？」

他問朱頂雀：「你連高高的樹頂都飛得過去，整個世界你都看得見，那告訴我，你見到我母親了嗎？」

朱頂雀回答說：「你為了好玩把我的翅膀都剪斷了。我怎麼飛得起來？」

見到孤零零住在杉樹上的小松鼠，他問：「我母親在哪兒呢？」

小松鼠回答：「你殺死了我母親，還要再殺死你母親嗎？」

小星童哭著低下了頭，祈求上帝所造的萬物寬恕他，又繼續在森林中往前走，想找著那要飯的婦人。第三天，他穿過了森林，下山往平原走去。

他路過村莊時，孩子都譏笑他，朝他扔石頭，鄉里人甚至連牛棚都不讓他睡，看他那一身髒，怕睡了會讓倉庫裡的麥子發霉，他們的雇工出來把他趕走了，誰也不可憐他。他也聽不到一點有關那個要飯的婦人、他母親的消息，儘管三年來他滿世界漂泊尋找，常常覺得她好像就在他前面的路上走，便叫她、追她，追得雙腳被堅硬的路石蹭破了直流血。但就是追不上。而那些住在路邊的人一口咬定說他們沒見過她，也沒見過跟她模樣差不多的人，看著他傷心，個個還嘿嘿直樂呢。

三年裡他滿世界漂泊，這個世界沒給他愛，沒給他關懷，也沒給他慈悲，但這個世界正是他當初不可一世時給自己造下的啊。

一天晚上，他來到一座城牆很堅固的城門口，那城在一條河旁邊。他雖然身乏腳痛，但還是想進城去。可是守城的士兵把槍戟一橫，對他厲聲喝道：「你進城幹什麼？」

「我找我母親，」他回答，「求你們讓我過去吧，她也許就在城裡。」

但他們取笑他，有一個還搖晃著黑鬍鬚，放下盾牌大聲說道：「老實跟你說吧，你母親見到你不會高興的，看你那樣子，比爛泥地裡跳的蛤蟆、爬的毒蛇還難看。滾吧，滾吧。你母親不住在這城裡。」

還有一個，手裡拿著面黃旗，對他說：「你母親是誰，你為什麼在找她？」

他回答：「我母親是個乞丐，跟我一樣，我對她很不好，求你們讓我過去，她也許就寬恕了我，要是她在這城裡的話。」但他們就是不肯，還用長矛戳他。

就在他哭著轉過身時，來了一個披著金花鎧甲，頭盔上趴著一頭雙翼雄獅的人，問士兵想進城的是什麼人。他們告訴他：「是個乞丐，乞丐生的乞丐，我們把他趕走了。」

「別趕，」那人笑著大聲說，「我們可以把那醜傢伙賣去當奴隸，賣的錢會值一碗甜酒的價格。」

一個惡形惡相的老頭路過，叫道：「我出這個價買他。」於是，錢人交訖，那人就拉著小星童的手把他帶進城。

兩人走了好幾條街，來到一個小門前，門上牆頭是一片石榴樹蔭。老頭用一個刻花玉戒指碰了碰門，那門就開了，他們走下五級黃銅臺階，進了一個園子，裡頭開滿黑色的罌粟花，擺滿了綠色的瓦罐。老頭接著從頭巾裡拉下一條花綢巾，蒙住小星童的眼睛，在後面趕著他往前走。等綢巾從他眼睛上取下時，小星童發現自己在一處地牢中，頭上點著一盞牛角燈。

老頭在他面前擺了一些發霉的麵包，放在一個木盤裡，對他說聲「吃吧」，拿來一杯半鹹不淡的水，說聲「喝吧」。等他吃了喝了，老頭就走出去，把門鎖上，用根鐵鍊拴上。

第二天老頭進到地牢來，這人是利比亞本事最大的魔法師，師從居於尼羅河邊墓群中的一個法師，他看到星童便皺起眉頭，說道：「離這座非伊斯蘭的邪教之城不遠，有一處樹林，林中有三塊金子。一塊是白金，一塊是黃金，第三塊是紅金。今天你得去把白金給我拿來，要是拿不來，我要抽你一百鞭。趕快去，太陽下山時我會在園子門口等你。看清楚，是白金，不然你就遭殃了，因為你是我的奴隸，我用一碗甜酒的價格買來的。」他說著把星童的眼睛用花綢巾蒙上，領他穿過屋子，經過罌粟園，走上那五步銅臺階。用戒指開了那小門之後，把他放到街上去。

小星童便走出城門，來到魔法師說的那個樹林。

這樹林，從外頭看挺漂亮的，似乎是一片鳥語花香，小星童高高興興地走進林中。可是林子美對他一點也沒用，不管他往哪邊走，荊棘啊尖刺啊便從地下躥上來，把他困住，蕁麻惡狠狠地刺他，刺薊拿著刀扎他，弄得他苦不堪言。魔法師說的那塊白金怎麼也找不著，儘管他從早上找到正午，從正午找到日落。日落時他轉頭回去，哭得很傷心，因為他知道等著他的是什麼命運。

但是等他快走出林子時，聽到樹叢中傳來一聲叫喚，像是有誰在慘叫。他一下子忘了自己的憂傷，跑回去看，發現那樹叢中有一隻小兔子，被哪個獵人設下的捕獵器逮住了。

小星童可憐牠，把牠放了，對牠說：「我自己不過是個奴隸罷了，但我可以給你自由。」

小兔子回答他，說道：「你這真是給了我自由，那我該怎麼報答你呢？」

小星童對牠說：「我在找一塊白金，可是到處都找不著，如果我沒給主人帶回這塊白金，他會打我的。」

「跟我來，」小兔子說，「我帶你去，我知道那白金藏在哪兒，藏起來做什麼用。」

於是小星童就跟小兔子去了。啊哈！在一棵大橡樹的樹縫中他看到了要找的那塊白金，大喜過望，一把抓在手裡，對小兔子說：「我幫你的，你已加倍還我了，我對你好，但你是百倍地回報我。」

「不是的，」小兔子回答，「這只是你如何待我，我便如何待你罷了。」說著牠一溜煙跑了，小星童便向城裡走去。

城門口坐著個人，是個麻瘋病人，臉上遮著塊灰麻布頭巾，從麻布的眼洞裡看到他兩眼閃閃的像燒紅的煤塊。他看到小星童過來了，就敲著木碗，搖響手中的銅鈴，叫著星童，說：「給我一個錢幣吧，要不我會餓死的。他們把我趕出城，誰都不可憐我。」

「哎呀呀！」小星童大聲說，「我口袋裡也只有一個錢幣，我不把這錢帶回去給我主人他會打我的，因為我是他的奴隸。」

但是麻瘋病人苦苦哀求他，最後小星童動了惻隱之心，把那塊白金給了他。

等小星童到了那魔法師的家門口，魔法師開門帶他進來，問他：「那塊白金有沒有？」小星童回答：「沒有。」魔法師一聽撲了上來，打他，在他面前擺了一個空木盤，對他說聲「吃吧」，拿來一個空杯子，說聲「喝吧」。接著又把他投到地牢裡。

第二天，魔法師來了，對他說：「今天你要是沒給我拿回來那塊黃金，那你這奴隸就當定了，還要吃我三百鞭子。」

於是小星童來到樹林，一整天都在找那塊黃金，卻怎麼也找不著。太陽下山時他坐下來，哭了。哭著哭著，見到那隻他從捕獵器上救下的小兔子過來了。

小兔子問他：「為什麼哭呢？你在樹林中找什麼呢？」

小星童回答：「我在找一塊藏在這裡的黃金，要是找不到，我的主人會打我，讓我一直當奴隸的。」

「跟我來。」小兔子叫道。只見牠穿過樹林來到一個水塘邊。那黃金就在水塘底下。

「我該怎麼謝你呢？」小星童說，「天啊，你這是第二次救了我。」

「不，是你先可憐我的。」小兔子說著，一溜煙跑了。

小星童拿了那塊黃金，放進口袋，急匆匆地回城裡去。

可是那個麻瘋病人看見他來了，便跑上前去跪在地下哭道：「給我一塊錢幣吧，要不我會餓死的。」

小星童對他說：「我口袋裡就只有一塊黃金，我不把這黃金帶回去給我主人他會打我，讓我一直當奴隸的。」

但是那麻瘋病人苦苦哀求，小星童還是動了惻隱之心，把那塊黃金給了他。

等他到了那魔法師的家門口，魔法師開門帶他進來，問他：「那黃金有沒有？」小星童回答：「沒有。」魔法師一聽撲了上來，打他，給他上了鎖鏈，把他又投到地牢裡。

第二天，魔法師來了，對他說：「今天你要是給我拿回那塊紅金，我就放你自由，但你要是沒拿回來，看我不殺了你！」

於是小星童來到樹林，一整天都在找那塊紅金，但怎麼也找不著。黃昏時他坐下來，哭了。哭著哭著，見到那隻小兔子過來了。

小兔子告訴他：「你找的那塊紅金就在你身後的山洞裡。快別哭了，應該高興才是。」

「我該怎麼報答你呢？」小星童說，「天啊，你這是第三次救了我。」

「不，是你先可憐我的。」小兔子說著，一溜煙跑了。

於是小星童進了山洞，在洞盡頭的角落裡找到了那塊紅金，把它放在口袋裡，急匆匆地回城裡去。那痲瘋病人看見他來了，站到了路中央，對他哭喊道：「給我那塊紅金幣吧，要不我非死不可。」小星童又動了惻隱之心，把紅金給了他，說道：「你比我更需要這金幣。」然而他的心卻是沉重的，因為他知道等著他的是什麼厄運。

可是看哪！他走過城門的那一刻，衛士都向他鞠躬致意，口中說道：「多美啊，我們的國君！」一群百姓跟隨著他，歡呼著：「天下無人，可以媲美！」小星童哭了，對自己說：「他們在取笑我，看我受罪，他們在尋開心。」人聚得太多了，他迷了路，最後不知不覺來到一個大廣場，那裡有座國王的宮殿。

宮殿門開了，僧侶和大官跑上前來迎接他，向他躬身施禮，說道：「您是我們一直在恭候的君主，我們國王的兒子。」

小星童回答他們說：「我才不是國王的兒子，只不過是個窮要飯女人的孩子。你們怎麼還說我美？我知道自己有多難看。」

這時，那個披著金花鎧甲，頭盔上趴著一頭雙翼雄獅的人舉起一面盾牌，高呼：「我主怎能說自己不美？」

於是小星童看到，啊！他的臉平復如初，他的美貌回復如初，他看到自己眼裡閃著以前沒見過的神采。

僧侶和高官跪下來，對他說道：「古老的預言說了，就今天，會有人來，要統治這個國家。所以，請我們的君主戴上這王冠，接受這權杖，以他的公正和仁慈做我們的國王吧。」

但是小星童對他們說：「我不配，因為我一不認生我的母親，二至今還沒能找到她，得到她的寬恕而心安。所以，放我走吧，我必須再在這世界上流浪，不該長待這裡，就算你們把王冠和權杖給我也留不住的。」他一邊說著，一邊別開臉望向通往城門的那條街。啊哈，在士兵周圍推推擠擠的人群中他看到了那個要飯的女人，他的母親，她身旁站著那個原來坐在路邊的麻瘋病人。

一聲歡呼脫口而出，他跑過去，跪倒在地，親吻著母親腳上的傷口，用自己的眼淚滋潤她的傷腳。他俯伏在地，哽咽著，肝腸寸斷，對母親說道：「母親，孩兒春風得意時不認您。現在我潦倒卑微，求您接受我吧。母親，孩兒曾以仇恨對您。現在求您給我愛吧。母親，孩兒曾拒您千里之外。現在求您收下我吧。」但那個要飯的婦人一言不答。

他又伸手抓住那麻瘋病人蒼白的雙腳，對他說：「我三次以仁慈待你，現在請你叫我母親跟我說一次話吧。」但那麻瘋病人一言不答。

他又抽泣著說：「母親啊，孩兒吃過的苦太大了，都快受不了了。求您饒恕我吧，讓我回到森林中去。」那要飯的婦人把一隻手放在他頭上，對他說聲「起來」，那麻瘋病人也把一隻手放在他頭上，對他說聲「起來」。

於是他站起身來，看著他們。啊，原來他們一個是國王一個是王后！

王后對他說：「這是你父親，你救過他。」

國王說：「這是你母親，你用眼淚為她洗過腳。」

說著他們俯身摟著他的脖子吻他，帶他進了王宮，給他穿上好衣服，把王冠戴在他頭上，把權杖交在他手裡，這座臨河的城邑便由他治理，他於是成了這個王國的君主。他以莫大的公義與仁慈對待所有的人，趕走了那個惡人魔法師，給樵夫和他的妻子送去好多貴重的禮物，給他們的孩子很高的名分。他也不讓任何人虐待飛禽走獸，而是以仁與愛、以樂善好施教化國人，給食不果腹的人麵包、給衣不蔽體的人衣服。舉國上下，一片祥和豐足。

可是，他在位時間並不長。他受的苦太多了，試煉他的火太慘酷了，短短三年，他便撒手人寰。繼位的是個殘暴的君王。

短篇小說

亞瑟·薩維爾勛爵的罪行

——一項關於責任的研究

I

這是溫德米爾夫人在復活節前舉辦的最後一次招待會，她的府邸本廷克冠蓋雲集，比平常辦的招待會更熱鬧。六位內閣大臣從下議院議長的招待會趕過來，滿身的勳章綬帶，漂亮的女士個個身著自己最好看的衣服出席，在藏畫室盡頭站著德國卡爾斯魯厄的索菲亞公主，一派濃濃的韃靼人模樣，黑眼睛一丁點兒大，身上戴著精美的翡翠，嘴裡說著蹩腳的法語，聲音很大，不管跟她講什麼她聽了都縱聲大笑。活脫脫一幅眾生相：光彩照人的貴族夫人跟暴戾的激進分子相談甚歡，眾人景仰的牧師與大名鼎鼎的質疑基督者衣裾廝磨，一幫主教大人，寸步不離地跟著一位肥碩的歌劇女主角一間房一間房地轉，樓梯上站著幾位皇家藝術研究院院士，個個藝術家的扮相，據說有一陣子，晚餐室都讓天才擠得水洩不通。說真的，這是溫德米爾夫人辦得最風光的一次晚會，連那位公主都待到快十一點半才走呢。

她一走，溫德米爾夫人馬上回到藏畫室，見到有位政治經濟學家名人正給一位憤憤不平的匈牙利藝術鑒賞家鄭重其事地解釋音樂的科學理論，便和派斯利公爵夫人聊起來。她是個美人胚子，脖子跟象牙似的，一對大眼睛勿忘我花般的藍，再配上一頭濃密的金髮，是真正的純金色，不是現今那種盜用了金子美名的秸稈色。這金色，宛如交織於陽光中、蘊含在稀世琥珀裡，讓她的臉平添一種聖人的品相，又不乏罪人的媚豔。她是個心理學研究不可多得的奇特個案，年輕時就悟出一個重要的處世之道，沒有什麼能比不穩重更顯得天真無邪。憑一輪輪孟浪之舉，其中有一半無傷大雅，她便獲得了名媛所有的好處。不止一次換丈夫，的確，照《德布雷特貴族譜》記載，她名下有過三次婚姻。但因為從不換情人，世人早也就不再提她的醜聞了。她今年四十歲，沒有孩子，但尋歡作樂的激情不同尋常，這是她得以保持年輕的祕密。

突然她熱切地四下張望起來，用她清脆的女低音問道：「我的手相師在哪兒？」

「你的什麼，格列蒂絲？」公爵夫人嚷道，不禁哆嗦了一下。

「我的手相師，公爵夫人，我現在可不能沒了他。」

「親愛的格列蒂絲！你總這麼出人意表。」公爵夫人咕噥道，一邊尋思著手相師到底是什麼貨色，別弄了半天是個割雞眼的。

「他每週定時兩次來看我的手，」溫德米爾夫人接著說，「非常有意思。」

「天哪！」公爵夫人暗自嘀咕，「到頭來還不就是雞眼師一個。真噁心。敢情是個外國人，那就不會太糟糕了。」

「我一定要把他介紹給你。」

「介紹給我？」公爵夫人嚷道，「你是說他人在這兒？」說著便四下裡找一把小玳瑁扇和一條殘破不堪的紗巾，好說走就走。

「當然在這兒啦。他要不在，我還想著開什麼宴會。他說我的手很純，有靈性，還說拇指要是再短那麼一丁點兒，我就鐵定會是個悲觀主義者，去修道院了。」

「喔，是這麼回事！」公爵夫人說道，大大鬆了口氣，「算命的，是嗎？」

「好命壞命都算，」溫德米爾夫人答道，「什麼都給你算出來。明年，比方說，我命裡就有大災，陸上海上都躲不開，所以我打算住到氣球上，每天晚上就用個籃子吊晚餐上來。這全都是從我的小指頭上看出來的，要不就是從手掌上，我忘了是哪個。」

「但這可真是跟老天爺對賭啊，格列蒂絲。」

「我親愛的公爵夫人，說真的，到了這種時候，還是得冒點險。我覺得我們大家每個月都要看一次手相，才明白什麼事情做不得。當然了，大家還是照做不誤，但有人提醒，感覺還是挺好的。現在，要是沒人馬上去把普傑斯先生找來，我就得自己去了。」

「讓我去吧，溫德米爾夫人。」一個高個子的帥氣年輕人說道，他就站在旁邊，聽她們談話，饒有興致地微笑著。

「多謝了，亞瑟勛爵。但我怕你不認得他。」

「如果他真像您說的是那樣一個奇人，溫德米爾夫人，我不會有眼不識的。告訴我他長什麼樣子，我這就給您找來。」

「嗯，他可一點也不像個手相師。我是說他並不神祕兮兮，或者故弄玄虛什麼的，看起來也不浪漫。矮胖壯實，長著一顆滑稽的禿頭，戴著一副大金邊眼鏡，樣子一半像家庭醫生一半像鄉下律師。真不好意思這麼說，但不能怪我。人就是這麼說不準。我的鋼琴師個個和詩人沒兩樣，我的詩人又個個都像鋼琴師。記得上一季我請了個可怕至極的陰謀家來吃飯，這人炸死的人可多了，身上總穿著鎧甲，袖子裡老揣著一把匕首。但你知道嗎？他來了，那樣子就像個慈祥的老教士，笑話講了一晚上。當然了，他非常風趣，就這樣，但我太失望了。我問他鎧甲是怎麼回事，他只是笑，說在英格蘭穿簡直太冷了。啊哈，普傑斯先生來了！喏，普傑斯先生，我想讓你看看派斯利公爵夫人的手相。公爵夫人，你要把手套脫下。不，不是左手，是另一隻手。」

「親愛的格列蒂絲，我真覺得這不太好。」公爵夫人說著，一邊勉為其難地解開手上汙漬斑斑的白手套。

「有趣的事就好不了，」溫德米爾夫人回應道，「世道如此啊。但我必須介紹一下，公爵夫人，這位是普傑斯先生，我最喜歡的手相師。普傑斯先生，這位是派斯利公爵夫人，要是你說她的月丘比我大，我就再也不信你了。」

「我肯定，格列蒂絲，我掌上可沒有這東西。」公爵夫人一本正經地說。

「夫人閣下所言極是，」普傑斯先生說著，瞄了一眼那隻手指短拙的小胖手，

「月丘是不發達，但生命線呢，就非常之好。請把手腕曲一曲。謝謝。三條非常清晰的手腕線！您會長壽的，公爵夫人，而且非常福泰安康。事業嘛，極為普通，智慧線也不誇張，心臟線……」

「嗐，儘管講，普傑斯先生。」溫德米爾夫人嚷道。

「沒什麼會更讓我高興的了，」普傑斯先生說著，鞠了個躬，「要是公爵夫人什麼時候真放開過自己。可是很抱歉，我看到的是堅貞不移的情愛，外加很強的責任感。」

「請接著講啊，普傑斯先生。」公爵夫人說，一副美滋滋的樣子。

「節儉可是夫人的一大美德。」普傑斯先生往下說，溫德米爾夫人聽了，禁不住一陣陣大笑。

「節儉是個好東西，」公爵夫人得意地說道，「我嫁給派斯利時他有十一個城堡，卻沒有一處可以住人的房子。」

「現在呢，他有十二處房子，卻一個城堡也沒有。」溫德米爾夫人嚷道。

「嗯，我親愛的，」公爵夫人說，「我喜歡……」

「舒適，」普傑斯先生接口說，「還加上現代的改良設施，每間臥室都要鋪設熱水。夫人您真是太對了。文明社會唯一能提供給我們的只有舒適。」

「你把公爵夫人的性格算得這麼準，普傑斯先生，現在你該替華蘿拉夫人算算了。」女主人微笑地點了下頭，應聲從沙發後尷尬地走過來一個高䠷的女子，沙色的蘇格蘭頭髮，肩胛骨高高的，伸出一隻又長又瘦的手，指頭跟竹片一樣。

「啊，鋼琴師！我看得出來，」普傑斯先生說，「很棒的一個鋼琴師，但也許很難算是個音樂家。生性非常矜持內向、非常誠實，也很喜歡動物。」

「太對了！」公爵夫人大叫起來，轉身對著溫德米爾夫人，「絕對正確！華蘿拉在麥克羅斯基那邊養了二十四條牧羊犬，要是她父親允許的話，會把我們的三層排屋搞成動物園的。」

「嗯，每個週四晚上我在我家都在弄這個，」溫德米爾夫人笑著大聲說道，「只是我更喜歡獅子，不是牧羊犬。」

「這就是您的錯了，溫德米爾夫人。」普傑斯先生說著，誇張地鞠了一個躬。

「假如一個女人無法讓自己的錯誤顯得迷人，那她只是個女性罷了，」一句話回了過來，「但你得替我們多看幾個手相，過來，湯瑪斯爵士，把手給普傑斯先生看看。」一個慈眉善目身穿白馬甲的老先生站了出來，伸出一隻粗壯的大手，無名指特別長。

「天生喜歡冒險，出過四次遠航，還要再出一次。失事三次。不，只有兩次，但您下一次有海難之險。很堅定的保守派，非常守時，很喜歡搜集奇珍異寶。十六歲和十八歲之間曾有大病。大概三十歲時獲得一大筆遺產。非常討厭貓和激進分子。」

「真是奇了！」湯瑪斯爵士驚呼道，「你真該也看看我太太的手相。」

「第二任太太，」普傑斯先生不動聲色地補了一句，手裡還托著湯瑪斯爵士的手，「你的第二任太太。我不勝榮幸。」可是馬福爾夫人，一個面帶愁容、頭髮棕色、睫毛憂鬱的女人，卻堅決不讓自己的過往和未來公之於眾。不管溫德米爾夫人再怎麼好說歹說，科洛夫先生、俄國大使，怎樣都不肯把手套取下來。事實上，不少人似乎都怕面對這位古怪的小個子男人，迎對他面具一樣的笑容、金邊眼鏡和眼鏡背後一雙明亮銳利的小眼珠。等他為可憐的福莫爾夫人看了手相，當著在場所有人的面說出她對音樂興趣缺缺，對樂師卻喜愛有加，這時大家一致認為手相術是門異常危險的科學，不應提倡，除非在私底下的時候。

但亞瑟·薩維爾勛爵與眾不同，他對福莫爾夫人的不幸往事一無所知，興趣盎然地跟著看普傑斯先生，一股巨大的好奇心油然而生，想讓他看看自己的手相，但又不好意思自薦，於是走到溫德米爾夫人坐著的房那邊，臉上帶著迷人的紅暈，問她要是請普傑斯先生給自己看手相會不會造次。

「他當然不會介意了，」溫德米爾夫人說道，「他來就是為了這個。我所有的獅子，亞瑟勛爵，都是上得了臺表演的，我什麼時候叫他們跳圈他們就跳。但我先得警告你一聲，我什麼都會說給西比爾聽的。她明天跟我一起午餐，說帽子的事，假如普傑斯先生發現你脾氣不好，或者有痛風傾向，或者在貝斯瓦特區有個太太什麼的，我一定全說給她聽。」

亞瑟勛爵笑了，搖了搖頭。「我不怕，」他回答說，「西比爾瞭解我，就像我瞭解她一樣。」

「啊！很遺憾聽到你這麼說。婚姻的基礎正正在於相互間的誤解。不，我這可絕不是調侃，只是談個人經驗罷了，而這經驗還真就那麼回事。普傑斯先生，亞瑟．薩維爾勛爵可想讓你看手相了。別說他跟全倫敦最漂亮的一個女孩子訂了婚，那事在《晨報》上登出都有一個月了。」

「親愛的溫德米爾夫人，」傑德巴羅侯爵夫人嚷道，「你真要讓普傑斯先生多待在這裡一陣子。他剛剛說我應該登臺表演，我還真有興趣呢。」

「如果他跟你說了這個，傑德巴羅夫人，那我可得把他帶走。馬上過來，普傑斯先生，給亞瑟勛爵看個手相。」

「嗯，」傑德巴羅夫人撇了撇嘴從沙發上站起來，「要是不讓我上臺，那至少也得讓我在臺下當個觀眾吧。」

「當然囉，我們都會是觀眾的，」溫德米爾夫人答道，「喏，普傑斯先生，一定要給我們說些好的。亞瑟勛爵是我最喜歡的一個人。」

可是普傑斯先生看到亞瑟勛爵的手時，臉莫名其妙地白了，什麼都不說，全身似乎哆嗦了一下，一對大濃眉不由自主地抽搐著，樣子又怪又嚇人——他只有碰到解不了的怪相時才這樣。接著，黃色的前額爆出豆子般大的汗珠，像有毒的露珠似的，胖胖的手指變得冰冷潮溼。

這副不安的模樣亞瑟勛爵不是沒看到，他平生第一次自己感到害怕，一念之間就想衝出房去，但還是忍住了。與其惶惶不可終日地老是提心吊膽，還不如聽一下有何大災大難，不管是什麼。

「我等著聽呢，普傑斯先生。」他說。

「大家都等著呢。」溫德米爾夫人叫道。可是任憑她在一邊急切不耐煩，手相師就是不吭聲。

「我想亞瑟是要登臺演戲了，」傑德巴羅夫人說道，「但讓你剛才這麼一罵，普傑斯先生就不敢說了。」

突然間，普傑斯先生放下亞瑟勛爵的右手，抓起他的左手，身子彎得低低的仔細看起來，連眼鏡的金邊好像都快碰到手掌了。一時間他的臉嚇得像一副白面具，但很快他就恢復鎮定，抬眼看著溫德米爾夫人，擠出笑容說道：「很棒的一雙帥哥的手啊。」

「當然了！」溫德米爾夫人應道，「但他會不會是很棒的丈夫？這才是我想知道的。」

「帥哥個個都是。」普傑斯先生說。

「我覺得做丈夫不能太帥氣，」傑德巴羅夫人若有所思地輕聲說了一句，「很危險的。」

「我親愛的孩子，他們再帥也不會太帥的，」溫德米爾夫人嚷道。「但我要聽的是細節。只有細節才有趣。亞瑟勛爵命中有什麼事？」

「嗯，不出幾個月時間，亞瑟勛爵會出海遠行——」

「沒錯，度蜜月，當然是！」

「會有個親戚過世。」

「不是他姊姊吧？」傑德巴羅夫人問，話音裡透著可憐。

「當然不是他姊姊，」普傑斯先生答道，手不屑地揮了揮，「一個遠親罷了。」

「呵，我真失望，」溫德米爾夫人說，「明天沒東西可以告訴西比爾了。現在還有誰在管什麼遠親不遠親的，這都過時多少年了。但我想她最好身上還是帶塊黑絲綢，教堂就是這樣的，你知道。現在，大家進餐吧。他們肯定什麼都吃光了，但我們可以找到些熱湯喝。我的法國廚子弗蘭索瓦過去有一段時間湯做得可好了，但現在讓政治搞得魂不守舍的，我再也拿不準他了。我真希望他國家的那位布朗熱將軍不要再對英國說三道四了。公爵夫人，你一定累了？」

「一點也不累，親愛的格列蒂絲，」公爵夫人答道，搖搖擺擺地向門口走去，「今晚過得愉快極了，那位雞眼師，我是說手相師，太有意思了。華蘿拉，我的玳瑁扇放哪兒了？喔，謝謝您，湯瑪斯爵士，多謝了。還有我的紗巾呢，華蘿拉？喔，謝謝您，湯瑪斯爵士，好人一個，毋庸置疑。」這位可敬的活寶終於下得樓來，半路上沒把她的香水瓶摔落超過兩次。

亞瑟．薩維爾勛爵則一直站在壁爐旁，還是一副惶惶不可終日的樣子，大難臨頭之感讓他覺得噁心。就連他姊姊挽著普利戴爾勛爵的手從他身邊翩然而過時，他也只哀哀地朝她笑了笑，他姊姊穿著粉紅色的錦緞戴著珠鍊，很好看。連溫德米爾夫人叫他跟自己走，他也幾乎沒聽到。想起西比爾．莫頓，一想到他倆的事或許會碰到什麼不測風雲，他的眼睛就讓淚水模糊了。

看他那副樣子，人家會說這是復仇女神尼米西斯偷了智慧女神帕拉斯的盾，讓他看了蛇髮女妖的頭。他似乎變成了石頭，滿臉愁容像大理石。他這個年輕人出身於富貴人家，生活優渥，無憂無慮，整天開開心心的不知天高地厚，現在是生平第一次意識到命運那不可測的險惡，什麼又是冥冥中的劫數。

這一切簡直太邪門，太邪惡了！是不是他手上寫著什麼，那些字他自己看不懂，另一個人卻能破解，寫著什麼罪孽可怕的祕密，什麼罪行血紅的印記？到底是不是真的在劫難逃？難道我們真的和棋子沒有兩樣，任由一個看不見的力量擺弄？和陶胎沒有兩樣，人家愛怎麼捏就怎麼捏，榮辱全由別人說了算？他的理智不肯就範，但又覺得有個什麼悲劇正懸在自己頭上，他是突然間被叫來肩負一個不堪忍受的重擔。演員就真幸運，可以自己選演悲劇，或者演喜劇，可以挑要麼受苦，要麼作樂，要麼笑要麼哭。但人世間就是另一回事了。男男女女大都被迫要演一個自己不配的角色。我們的配角蓋登思代恩為我們演主角哈姆雷特，而我們的哈姆雷特們卻得像《亨利四世》中的哈爾王子那樣插科打諢。世界是個戲臺，但戲班子的人沒選好。

突然間普傑斯先生走進房來，看到亞瑟勛爵，他嚇了一跳，粗糙的胖臉變得青裡透黃。兩人對望著，一時無語。

「公爵夫人忘了一隻手套在這兒，亞瑟勛爵，她要我來替她取，」普傑斯先生終於開口了，「啊，看到在沙發上了！晚安。」

「普傑斯先生，我要問你一件事，你必須實話實說地回答我。」

「再找個時間吧，亞瑟勛爵，公爵夫人正急著呢，我得趕緊走。」

「你不能走。公爵夫人不急的。」

「不能讓那些夫人等啊，亞瑟勛爵，」普傑斯先生說道，幽幽地微笑著，「女人家動不動就生氣。」

亞瑟勛爵噘起他那宛如精雕而成的雙唇，露出一副惱怒的不屑神情。可憐的公爵夫人此刻對他來說是微不足道。只見他跨過房間走到普傑斯先生這邊，伸出手來。

「告訴我你剛才看到了什麼，」他說，「告訴我實話。我必須知道。我不是小孩。」

普傑斯先生的眼睛在金邊眼鏡後眨個不停，不安地兩隻腳換著站，手指神經質地摩挲著閃閃的錶鍊。

「您怎麼會想到我在您手相中看到了什麼沒跟您說，亞瑟勛爵？」

「我知道你看到東西了，告訴我是什麼。我付你錢。我給你張一百鎊的支票。」

綠眼睛閃了一會兒，又黯淡下來了。

「金幣嗎？」普傑斯先生終於說話了，聲音很低。

「當然了。我明天給你送過去。你的俱樂部是哪家？」

「我沒有俱樂部。是說目前一時還沒有。我的地址是——但我還是給您名片吧。」普傑斯先生說著從馬甲袋裡掏出一張厚紙片，深深鞠了一躬，呈過來，亞瑟勛爵一看，讀了出來：

薩第穆斯．R．普傑斯先生

專業手相師

「我的營業時間是十點到四點，」普傑斯先生機械式地低聲說，「全家看相有優惠。」

「快點。」亞瑟勛爵嚷道，臉色煞白，手伸著。

普傑斯先生緊張地四下看了看，把厚重的門簾拉上。

「要花點時間，亞瑟勛爵，您還是坐下吧。」

「快點好不好?先生。」亞瑟勛爵又叫了一聲，腳在光亮的地板上生氣地跺著。

普傑斯先生微笑著，從胸前口袋裡抽出一面放大鏡，用手帕小心地擦了擦。

「準備就緒。」他說。

II

十分鐘後，亞瑟·薩維爾勛爵臉嚇得煞白，眼神悲痛欲絕，衝出本廷克，從大大的條紋遮雨篷底下站著的一班身著皮衣的男僕中硬擠過去，好像什麼都沒看到什麼都沒聽到似的。天冷得不得了，廣場四周的煤氣燈在刺骨的夜風中搖曳閃爍，但他的手卻熱得發燙，額頭火燒火燎的。他跌跌撞撞地往前走著，簡直像個醉漢。一個警察覺得奇怪，盯著他走過去，有個乞丐從門洞裡蹭出來本想討點什麼，可是嚇了一跳，看到了一個比自己更淒慘的人。他在一盞街燈前停了一下，凝視著自己的雙手，心裡想著看到了上面沾的血跡，不禁嘴唇顫抖，微弱地叫了一聲。

謀殺！手相師看到的是：謀殺！這幽幽寒夜似乎都知道了。冷風凜冽，在他耳畔呼號著這個聲音，長街蕭瑟，每個角落裡都充斥著這個暗影。謀殺，在棟棟樓房頂上朝著他獰笑。

他先是來到了海德公園，似乎迷上了那裡陰沉沉的樹林。他軟趴趴地倚在欄杆上，把頭靠在溼溼的金屬杆上冰著，聽著樹林間瑟瑟簌簌的靜寂。「謀殺！謀殺！」他不斷念叨著，好像念著念著，這個詞聽起來就不會那麼恐怖了。聽到自己的聲音，他渾身顫慄，但幾乎又希望回音之神能聽到，把沉睡的城市從夢中喚醒。他感到一股瘋狂的欲望，想隨便叫住哪個路人，將一切和盤托出。

接著他漫無目的地穿過牛津街，走進旁邊邋遢的窄巷中。兩個女人，濃妝豔抹的，見他走過去，對著他擠眉弄眼。從一處暗黑的院子裡傳出打罵聲，緊接著是淒厲的尖叫聲，他看到蜷縮在一道潮溼的門前臺階上，有幾個因貧窮衰老而佝僂扭曲的身影。一股莫名的憐憫湧上心頭：這些罪孽與苦難的孩子是否命定無翻身之日，正如自己那樣?他們，是否也像自己，不過是一齣驚天大恐怖劇中的小傀儡罷了?

然而，不是苦難的神祕，而是苦難的荒唐，讓他耿耿於懷：絕對的枉然，只見怪誕而不見意義。一切似乎是那樣的不知所謂!那樣的漫無條理!他很訝異，時下淺薄的樂觀與生活的真實會如此格格不入。他畢竟還非常年輕。

過了一會兒，他發現自己到了馬里波恩教堂門前。寂靜的街道像一條錚亮的長銀帶，上面點綴著搖曳的影子，黑魆魆的猶如一片阿拉伯風格的圖紋。路邊閃爍的煤氣街燈逶迤綿延，伸向遠方。在一所有圍牆的小房子外，孤零零地停著一部帶篷馬車，車夫在裡頭睡得正香。他匆匆向波特蘭街的方向走去，不時環顧四周，好像怕被人盯梢了似的。在里奇街轉角處站著兩個人，正在看公告板上的一張小布告。他莫名其妙地感到好奇，就走了過去。就近一看，大黑字印著的「謀殺」映入眼簾。他打了個哆嗦，臉刷的一下紅透了。那是張懸賞廣告，要抓一個中等身材的男人，年約三四十歲之間，頭戴小禮帽，身穿黑上衣格子褲，右邊臉頰有道傷疤。他看了一遍又一遍，心想這個倒楣鬼會不會被逮到，他臉上的傷疤又是怎麼回事。說不定哪一天，自己的名字也會這麼貼得滿倫敦都是。哪一天，說不定，一筆賞金也會懸在自己頭上。

這個念頭閃過，嚇得他一陣噁心，急忙轉身走開，沒入夜色中。

走到哪兒了他也不太清楚，只模糊記得像無頭蒼蠅似的穿過迷宮般的一排排破房子，在陰沉沉縱橫交錯的街巷迷了路，等到天大亮時才發現自己終於走到皮卡迪利圓環。他慢慢地往貝爾格雷夫廣場方向走回家，看到街上過來許多運貨的大馬車，正往高雲花園果菜市場去。車夫身穿白套衫，粗粗的鬈髮，臉龐曬得黑裡透紅，趕著車大步前行，手揮轡鞭，不時吆喝著互相招呼。一匹巨大的青驄馬領著一隊鈴喧蹄疾的馬車，馬背上坐著個胖嘟嘟的男孩，破帽上插著一束櫻草花，小手緊緊拽著馬鬃在笑。車上蔬菜一大垛一大垛像累累碧玉輝映著晨光，像累累碧玉，背襯一朵朵神奇玫瑰漫天綻放的粉紅色花瓣。亞瑟勛爵覺得自己莫名其妙地受到觸動，也說不出到底是什麼緣故。曙色的曼妙中有種東西讓他心中有種說不出的悽愴，他想到所有那些破曉時雲蒸霞蔚、入夜時風雨交加的日子。眼前這些鄉下人也一樣，聲音粗啞豪爽，行事大大咧咧，倫敦在他們看來是多麼不一樣啊！一個沒有暗夜罪孽、沒有白晝霧靄的倫敦，一座慘白如鬼域的市鎮，一處荒塚遍地的廢城！他尋思著這些人會怎麼看倫敦：這座城的光榮與恥辱、它光怪陸離的暴烈狂歡、它可怕的饑餓、它朝暮之間所造就所糟蹋的一切，這些人知道嗎？大概這只是個他們帶著自己勞動果實來賣的市場罷了，最多逗留幾個鐘頭，離去時大街小巷依然靜寂，千家萬戶依然酣睡。看他們走過去他覺得愉快。儘管樣貌粗野，上了釘的鞋子厚重，步履笨拙，他們卻帶來一些世外桃源的淳樸。他感到他們居於自然天地間，天地教給了他們平和之心。他羨慕他們的無知無識。

等他走到貝爾格雷夫廣場，天已經透出一片微藍，鳥也開始在園子裡鳴叫了。

III

亞瑟勛爵一覺醒來，是十二點了，正午的陽光透過房間裡象牙色的絲簾照進來。他起身望出窗外，偌大的城市上空罩著一層迷濛的熱氣，房頂看著就像一排排暗啞的銀器。底下廣場上綠意閃爍，一些小孩在當中跑來跑去，宛如白蝴蝶翩翩飛舞，路邊人行道上熙熙攘攘的是去公園的人。他覺得生活從來沒有這麼美好，邪惡離他從來沒有這麼遙遠。

男僕用托盤端來一杯巧克力。他喝完了，伸手拉開一道厚重的桃色長絨門簾，進了浴室。光線穿過透明的薄瑪瑙片柔和地輕瀉而下，大理石浴缸裡的水泛著光，像塊月亮石似的。他迫不及待地跳進去，讓涼涼的漣漪盪上喉嚨和頭髮，然後直接把頭沒入水中，好像這樣就能把某種恥辱的記憶所留下的汙漬洗去似的。他出來時心情已差不多回復平靜。當時當下，美輪美奐的物質環境占據了他整個身心，的確是，秉性精妙的人常常都這樣，因為感官如火，既能毀滅也能淨化。

用過早餐，他仰面趺坐在一張沙發床上，點起一支香菸。壁爐臺上，裝在精巧的古舊織錦相框中的是一幀西比爾・莫頓的大照片，正是他們在諾爾夫人的舞會上初次見面時的模樣。線條優美的小腦袋稍稍傾向一邊，好像她那纖細的、蘆葦般的頸項承受不了如此一份美的重負，雙唇微張，似乎為甜美的音樂而設，少女的溫婉純真從做夢也似的雙眼流露無遺，懷著驚奇望過來。她身穿柔軟的緊身縐紗裙，手裡拿著樹葉形大扇子，宛如有人在塔那戈拉附近的橄欖樹林裡尋到的一尊精緻的希臘少女小雕像。看她那身姿表情，還真有點希臘況味呢。但她可不是嬌小型的。她只是勻稱得簡直無可挑剔——放眼如今，那麼多女人要麼大而無當要麼小不起眼，這樣的女孩堪稱仙女。

亞瑟勛爵看著她的照片，心中充滿著一種因愛而起的痛惜。他覺得，自己如與她成婚，而頭上又懸著這個謀殺的厄運，那樣的出賣堪比猶大，那樣的罪孽連義大利惡貫滿盈的波吉亞家族都難望其項背。他們會有什麼幸福可言呢？天曉得什麼時候就要召他去應驗寫在他手上的那道可怕的預言。他們的日子會怎麼過呢？要知道命運的天平上仍然擱著這駭人的災厄。婚事必須推遲，無論如何。這一點他已是鐵了心。他深深愛著這姑娘，兩人坐一起時哪怕只是碰到她的手指，他整個人就開心極了，但他同樣清楚自己的責任所在，完全明白在還沒幹下那宗謀殺之前，自己是無權結婚的。這事一做，他就可以跟西比爾．莫頓一起站到聖壇前，將自己的生命交託給她而心中坦蕩蕩，無愧無懼。這事一做，他就可以將她擁入懷中，心裡明白她將永遠不會因自己而慚愧，而羞恥低頭。但這事必須先做，而且越早越好，對他們兩人都好。

有他這身分地位的男人，很多都會選擇逢場作戲的花花之路，而非攀登險峻的責任高峰，但亞瑟勛爵這人講誠信，追求的是道義而非享樂。他的愛不單只是男女激情，況且西比爾對他而言象徵著所有的美好與高貴。一時間，他對要他做的事自然而然地感到反感，但這反感很快就過去了。他的心告訴他，這不是罪，而是犧牲；

他的理性提醒他，除此之外別無他法。他非得做出選擇不可，要麼為自己要麼為他人而活，儘管加諸於他的無疑是項可怕的任務，但他知道自己不能讓自私戰勝愛情。或遲或早，我們都要面對同樣的選擇——我們每個人，都得回答同樣的問題。亞瑟勛爵的情況是這問題來得早了——他的天性還沒被中年的算計和玩世不恭所敗壞，他的本心還沒被時下唯我獨尊的淺薄時尚所吞噬，他義無反顧要負起這個責任。對於他，同樣幸運的是他不是個光有空想沒有行動的虛浮之人。要不然，他就會猶疑，就像哈姆雷特，讓個人職志消磨在舉棋不定中。但他根本上就是個講求實際的人。生活對於他就意味著行動，而非思想。他有萬物之中最稀缺的東西：常理直覺。

昨晚上的驚恐煩亂這時候已煙消雲散，他簡直覺得羞愧，當時怎麼會那樣魂不附體地滿城亂竄，心如刀絞。當時的痛苦太真切了，回想起來都覺得不真實。他不明白自己怎麼會那麼傻，既是無可避免又何必氣急敗壞。唯一讓他費神的問題似乎是，找誰下手。因為他清楚，謀殺這種事，就像異端宗教一樣，除了有個祭師還要有祭品。他不是天才，於是就沒有天敵。而且這也不是個報私仇洩私恨的時候，要他履行的使命可是件莊嚴的、玩忽不得的大事。於是他拿來一張信箋列出親戚朋友的名字，斟酌再三，覺得克萊姆迪納．波昌普夫人比較合適。老太太人很好，住在科參街，還是他自己的遠房表親。他向來喜歡克萊姆太太，大家都這麼叫她來著。況且他本人已經非常富有了，一成年就繼承了拉格比勛爵的全部財產，所以也就不可能庸俗地要從老太太的死撈什麼錢財。說實在的，他越想越覺得這老太太像是最佳人選，心想任何拖延都對西比爾不公平，便決定馬上著手部署。

頭一件，當然了，是了卻手相師的事。他在靠近窗口的一張半古董名牌小書桌前坐下來，按一百鎊金幣的比值寫下一張一百零五鎊的支票，抬頭為薩第穆斯．普傑斯先生，用信封裝了，叫男僕送去西月街。接著便打電話叫馬房備車，穿衣準備出門。走出房間前，他回頭瞭望西比爾．莫頓的照片，心中發誓，無論如何都不能讓她知道自己為了她幹下什麼事，要永遠把這份自我犧牲的祕密藏在心底。

在去白金漢俱樂部的路上，他經過一家花店，讓店家給西比爾送去個漂亮的水仙花籃，白花瓣一片片玲瓏剔透。一到俱樂部，他便直奔圖書室，搖鈴喚來侍者端上一杯檸檬蘇打，拿來一本毒物學的書。他打定主意，處理這種棘手的事情，下毒最好。其他辦法如訴諸暴力在他看來是下流至極，何況他非常在意的是用什麼手段既可殺了克萊姆迪納夫人又不會惹出大新聞，他才不想讓自己在溫德米爾夫人的招待會上讓人八卦，或者成為低俗小報的主角。他還得考慮西比爾的父母，兩個人都很老派，如果出個什麼醜聞之類的東西，老人家可能就要反對婚事了，儘管他有把握，要是將這件事的來龍去脈說給他們聽，他們定會是第一個讚賞自己這番苦心的人。於是乎，他理所當然地決定下毒最好，既安全，又穩當，還神鬼不知，也不至於鬧得場面慘不忍睹，跟大部分英國男人一樣，他對這樣的場面是避之唯恐不及。

可是，對於各種毒藥的藥理，他一無所知，而且侍者在圖書室裡除了《拉夫指南》和《貝利月刊》，好像也找不到什麼。他親自到書架上找，竟然還看到有一本裝幀得很漂亮的《藥典》，另外還有厄斯金的《毒理學》，編者是馬修．里德爵士，皇家內科醫師學會會長、白金漢俱樂部最早的會員之一，因為被錯當成另一個人而獲選入會的，而這陰差陽錯讓理事會大為光火，真身出現時大家就一致通過不准他入會了。亞瑟勛爵看著那兩本書，被裡面的拉丁術語弄得一頭霧水，正在後悔當初在牛津沒多花心思在拉丁語古典學上時，發現厄斯金《毒理學》第二卷裡有一處說明烏頭鹼的各種特性，用英語說得很明白。這似乎正是他要的毒藥。藥效快——簡直是即刻斃命——絲毫無痛苦，如果以膠囊吞服——馬修爵士推薦的服用法——那味道就一點也不難下嚥。他於是就做了筆記，在襯衫袖口上記下致命的藥量，把兩本書放回原處，晃到聖詹姆斯大街，拐進皮斯托和漢姆貝兩位大藥劑師的藥店裡。

皮斯托先生看到貴族顧客總是親自接待，聽到他要買的藥不禁大吃一驚，恭恭敬敬地嘟噥著說這需要醫生證明什麼的。但是一聽到亞瑟勛爵解釋說他必須用這藥來除掉一隻挪威獒犬，因為這犬出現了狂犬病的早期症狀，已經兩次把車夫的腿給咬了，他便接口說自己對這個理由完全滿意，還恭維亞瑟勛爵毒理知識淵博，當即按方出藥。

亞瑟勛爵把膠囊放進他在邦德街一家店櫥窗裡，看到、買下的一個漂亮的小糖果盒裡，扔掉皮斯托和漢姆貝藥店給的那個醜藥盒，馬上驅車往克萊姆迪納夫人的家奔去。

「哎呀，你這小壞蛋先生，」看到他進門來，老太太用法語招呼道，「怎麼這麼久都沒來看我？」

「我親愛的克萊姆夫人，真是一刻也分不開身啊。」亞瑟勛爵回答道，臉上堆著笑。

「你是說整天和西比爾·莫頓小姐泡在一起四處買好衣服，說些沒營養的事情？我真不明白，就結個婚嘛，為什麼大家都這麼大張旗鼓地折騰。我那時候做夢都想不到誰會當眾卿卿我我地招搖，私下裡也不會的。」

「我向您保證有二十四小時沒見到西比爾了，克萊姆夫人。就我所知，她把時間全給了她的女帽商了。」

「當然了。所以你才來看我這麼一個醜老太婆。我真不懂你們男人怎麼就不知道接受教訓呢。哎喲喲，曾幾何時，我本人也風光無限過，如今呢，成了個風溼病纏身的可憐蟲，假撐門面，脾氣又壞。要是沒有親愛的珍森夫人為我送來她找得到的最爛的法國小說，我這日子該怎麼打發啊。醫生一點用也沒有，除了收診金。連我的心口痛都治不好。」

「我給您帶了治這病的藥來了，克萊姆夫人，」亞瑟勛爵很認真地說道，「這東西非常好，美國人發明的。」

「我不喜歡美國人的什麼發明，亞瑟。我真是不喜歡。我近來看了些美國小說，胡說八道一大半。」

「哦，但這東西可不是胡說，克萊姆夫人！我保證藥到病除。您一定要答應試試。」亞瑟勛爵說著，從口袋裡掏出那個小盒子，遞了過去。

「嘿，亞瑟，盒子還挺好看的哩。真的是送我的禮物嗎？你太好了。這就是那特效藥嗎？看起來像糖果。我這就吃。」

「天哪！克萊姆夫人，」亞瑟勛爵大叫著，拽住她的手，「千萬別這樣啊。這種藥是以毒攻毒，如果心口不痛就吃，那麻煩可大了。等病發作了再吃。效果肯定會讓您嘖嘖稱奇。」

「我現在就要吃，」克萊姆迪納夫人說著，拿起那透明的小膠囊對著光看，裡頭的烏頭鹼液漂著泡泡，「肯定很好喝。說真的，雖然我討厭醫生，但喜歡吃藥。那好吧，就留著下次發作再吃。」

「下次是什麼時候呢？」亞瑟勛爵急切地問，「會很快嗎？」

「希望不要一個星期。我昨天早上就難受得不得了。但誰也說不準。」

「可以肯定不用等到月底吧，克萊姆夫人？」

「恐怕不用。但亞瑟啊，你今天真會關心人！西比爾真讓你長進不少呢。現在你得趕緊走，我今晚要跟一些無聊的傢伙一起用餐，他們不八卦的，我知道要是現在不睡一下，吃飯的時候就睜不開眼了。再見，亞瑟，代我向西比爾問個好，還有，非常感謝你送來的美國藥。」

「您該不會忘了吃藥吧，克萊姆夫人，是不是？」亞瑟勛爵一邊說著，一邊站起身。

「當然不會了，你這傻孩子。你真有心，這麼惦著我。如果我還需要，就寫信跟你說。」

亞瑟勛爵滿心歡喜地離去，覺得壓在心頭的一塊大石落了地。

晚上他跟西比爾・莫頓見面，告訴她自己怎麼突然間遇到一件非常棘手的事，無論出於榮譽還是責任，他都得挺身應對。他對她說，婚事必須延後，因為不把這件可怕的事情了結，他就身不由己。他懇求她相信自己，對將來千萬別懷疑。一切都會好的，只是需要點耐心。

兩人見面就在公園巷莫頓先生家的溫室裡，亞瑟勛爵如常在那裡用晚餐。西比爾好像從來沒有這麼高興過，這讓亞瑟勛爵一時間差點都想打退堂鼓算了，寫信給克萊姆迪納夫人把那東西要回來，婚呢照結不誤，就當世界上沒有普傑斯先生這個人。但他好的本性很快就占了上風，即便西比爾哭著撲進他懷中，他也不為所動。她的美，不但撩撥著他的感官，也觸動了他的良心。他覺得，為了多幾個月的歡愉而毀了這麼一個美好的生命，是不對的。

他和西比爾一起待到差不多半夜，安慰她，也讓她安慰自己，第二天一大早便動身去威尼斯。走前寫了封慷慨激昂、語氣堅定的信給莫頓先生，說明為什麼婚事得延期。

IV

在威尼斯他碰見兄長蘇比頓勛爵，剛巧從希臘的科孚島乘自家遊艇過來。兩個年輕人一起快快活活地過了半個月。上午要不在麗都島騎馬，要不就乘著他們長長的黑色貢多拉船在碧綠的運河中穿行，下午通常就在遊艇上招待客人，晚上則在聖馬可廣場邊的花神咖啡館用餐，也在廣場上抽了不知多少香菸。但不知什麼緣故，亞瑟勛爵並不開心。每天都仔細研讀《泰晤士報》的訃告欄，等著看克萊姆迪納夫人的死訊，但每天都大失所望。他開始擔心是不是她出了什麼意外，常常後悔當初怎麼不趁她急著試藥效時，就讓她把那烏頭鹼喝了。西比爾次次來信也是這樣，雖然愛意滿滿，溫柔纏綿，充滿信任，但就常常語調哀戚，讓他有時都覺得兩人已再無相見之日。

兩個星期後蘇比頓勛爵玩膩了威尼斯，決定沿海岸去拉溫納，因為他聽說那裡的松樹林有打野雞的絕妙去處。亞瑟勛爵最初絕對不想跟去，但他太喜歡蘇比頓了，最終架不住他勸，說自己要是一個人在達涅利飯店待下去會悶死的。第十五天清早，東北風強勁，海面浪也不小，兩人起航南下。野雞打得十分痛快，逍遙自在的戶外生活讓亞瑟勛爵又變得神采奕奕，但到了第二十二天，他焦躁起來，不知道克萊姆迪納夫人到底怎樣了，於是不管蘇比頓再怎麼說他怪他，決意乘火車回到威尼斯。

就在他從貢多拉船步上飯店的臺階時，飯店老闆迎上前來，手裡拿著一疊電報。亞瑟勛爵一把從他手裡抓過電報，撕開封套。大功告成。克萊姆迪納夫人在第十七天晚上很有點突然地死了！

他第一下就想到了西比爾，給她發去一份電報說自己馬上回倫敦，接著就命男僕收拾行裝，趕當晚的郵遞火車把行李先運走，給他的貢多拉船夫們送去約莫五倍的船資，直奔自己的起居室，腳步輕盈，心花怒放。

進了房，他看到有三封信在等著他。一封是西比爾本人來的，滿紙同情和安慰。一封是他母親的，還有一封是克萊姆迪納夫人的律師寄來的。看來當天晚上老太太是和公爵夫人一起進的晚餐，席間談笑風生逗得個個都很開心，卻有點早就離席回家，說是心口痛。第二天早上，人家發現她死在床上，看樣子死前沒什麼痛苦，就馬上叫人去請馬修·里德爵士來，但當然了，已回天乏術，克萊姆迪納夫人將在第二十二日下葬於波查普・夏科德墓地。去世前幾天她立了遺囑，給亞瑟勛爵留了她在科參街的小房子，還有全部家具、個人物品和圖畫，但不包括她收藏的袖珍肖像，那是給她妹妹瑪格列特・拉福德夫人的，以及她的紫晶項鍊，那由西比爾・莫頓分得。房子價值不大，但她的律師曼斯費爾德先生還是急得不得了，要亞瑟勛爵盡早趕緊回來，因為有好多帳單要付，而克萊姆迪納夫人從來就沒有好好地記什麼帳。

亞瑟勛爵大受感動，克萊姆迪納夫人還能這麼記掛著自己，心想那個普傑斯先生真是罪不可赦。但是，他對西比爾的愛蓋過了一切，意識到自己的責任已經完成，這讓他覺得心情舒坦。等他到查令十字火車站時，整個人又變得喜氣洋洋了。

莫頓一家很親切地接待了他，西比爾要他許了諾再也不讓兩個人的事節外生枝，成婚的日子定在六月七日。他似乎又過上了光明美好的日子，往日所有的歡樂又回來了。

但是有一天，他正在檢視科參街的房子，由克萊姆迪納夫人的律師和西比爾本人陪同，把一包包泛黃的信燒掉，清出一抽屜一抽屜的零碎垃圾，突然間，那年輕姑娘高興得喊了一聲。

「你看到什麼啦，西比爾？」亞瑟勛爵問，停下手望過去，臉上微笑著。

「這個漂亮的小糖果盒，銀色的，亞瑟你看。是不是精巧又別致？你一定要給我！我知道那紫晶鍊沒過八十歲戴不了的。」

那正是裝烏頭鹼的盒子。

亞瑟勛爵大吃一驚，臉上微微紅了一下。他差不多把自己幹過的事全忘了。對於他，這似乎是個不可思議的巧合。西比爾，為了這女孩他沒少受折騰，到頭來卻會是第一個讓他記起自己幹下了什麼的人。

「當然可以給你了，西比爾。正是我把這盒子送給了可憐的克萊姆夫人。」

「哦，那謝謝啦，亞瑟！把糖果也給我吧？我還真不知道克萊姆迪納夫人喜歡吃糖呢。我還以為她那麼有頭腦，不會有這種興趣呢。」

亞瑟勛爵臉唰地白如死灰，一個可怕的念頭閃過心間。

「糖果，西比爾？你說什麼？」他問道，聲音低沉沙啞。

「裡頭有一粒糖果，沒別的。看樣子放了好久了，都有灰塵啦，我才一點都不會想去吃呢。怎麼啦，亞瑟？看你臉白成那樣！」

亞瑟勛爵從房間那頭衝過來，一把搶過盒子。裡頭就是那粒琥珀色的膠囊，還蕩著毒泡泡呢。弄了半天，克萊姆迪納夫人是自然死亡！

發現這真相幾乎讓他崩潰。他把膠囊扔進火裡，癱倒在沙發上，絕望地大叫一聲。

V

莫頓先生心裡覺得非常火，女兒的婚事又給延後了，他太太朱麗亞夫人已經訂好婚禮要穿的服裝，現在卻千方百計要西比爾取消婚約。西比爾的確很愛她母親，但她已把自己的一生交託給亞瑟勛爵，任憑朱麗亞夫人好說歹說，就是不變心。亞瑟勛爵自己呢，如此大失所望之後幾天才緩過氣來，有一陣子整個人精神都垮了。但他頭腦非常清楚，而且非常務實，很快他就不再猶豫，知道該做什麼了。毒藥證明是完全行不通的，那麼炸藥，或者任何一種爆炸品，就該派上用場了。

他於是乎又在那份親戚朋友的名單中找起來了，考慮再三，決定去炸他叔父，奇賈斯特教長。這位教長知書達理，喜歡極了各種鐘錶，收藏頗豐，從十五世紀到時下的鐘錶都有。老先生的這個雅好，在亞瑟勛爵看來是他計謀得以實施的大好機會。至於上哪兒去購置一個爆炸裝置，當然了，則另當別論。這一點，看《倫敦指南》

沒有用，他覺得去找蘇格蘭警場也不會有什麼結果，那班人對炸藥方面的動向似乎從來都不清不楚，直到什麼地方真的發生了爆炸，但即使這樣他們也往往漫無頭緒。

突然他想到朋友茹瓦洛夫，一個很有革命傾向的俄國人，他冬天時在溫德米爾夫人家認識的。茹瓦洛夫伯爵大概在寫一部關於彼得大帝生平的書，過來英格蘭是為了研究有關這位沙皇客居英國當船廠木工的文獻資料，但大家都懷疑他是反政府的虛無主義分子派來的特務，俄國大使館對他在倫敦出沒無疑是高興不起來的。亞瑟勛爵覺得此人正合自己所需，有天早上便驅車到他在布魯姆斯伯里的住處討教求助去了。

「你這是當真要搞政治了？」聽對方說明來意之後，茹瓦洛夫伯爵問道。但亞瑟勛爵討厭虛張聲勢，覺得自己必須坦承對社會問題一丁點興趣也沒有，需要一個爆炸裝置純為處理家庭私事罷了，除了自己，與他人無關。

茹瓦洛夫伯爵饒有興味地盯著他打量了一會兒，看他不是鬧著玩的，便在一張紙上寫了個地址，簽上姓名首字母，遞過桌子來。

「蘇格蘭場可是千方百計在找這個地址呢，老兄。」

「他們找不到的。」亞瑟勛爵笑著叫道，和這個年輕的俄國人熱烈握手告別，之後便奔下樓去，仔細看了一下那紙條，叫車夫驅車去蘇活廣場。

到了廣場他把車夫支開，自己沿著希臘街往前走到一個地方，叫做貝爾院。穿過拱門，眼前是個詭怪的死胡同盡頭，看著像個法國式洗衣房，房子和房子之間縱橫有致地拉著一根根晾衣繩，上面掛著的白布單在晨風中飄著。他走到盡頭，敲了敲一間小綠房的門。等了一陣子，這時，院裡四周房子的窗戶後面湧現出模模糊糊一片人臉，隔著玻璃在窺視。開門的是個模樣粗野的外國人，用非常蹩腳的英語問他有什麼事。亞瑟勛爵把茹瓦洛夫伯爵給他的紙條遞過去，那人看了，鞠了個躬，把他請進一樓一個門面破舊的館子，過了一會兒，溫科普夫先生，這是他在英國的名號，快步走進房來，脖子上繫著條酒漬斑斑的餐巾，左手還握著把叉子。

「茹瓦洛夫伯爵將我介紹給您，」亞瑟勛爵說著欠了欠身，「我有件生意上的急事要見您片刻。我名叫史密斯，羅伯特．史密斯先生，我需要您為我提供一個會爆炸的時鐘。」

「認識您很高興，亞瑟勛爵，」眼前這位和善的小個子德國人說道，臉上堆著笑，「別嚇成這樣，我的職責就是每個人都要認識，記得有天晚上在溫德米爾夫人家見過您。希望夫人別來無恙。不介意跟我坐一會兒等我用完早餐？絕好的肉醬，我朋友都客氣說我的萊茵葡萄酒勝過他們在德國使館弄到的任何一款。」亞瑟勛爵因為自己被人認出來而大吃一驚，但沒等他回過神來，就發現自己已坐在裡屋，手上端著個打有皇家徽印的淡黃色霍克高腳葡萄酒杯，啜飲著美味無比的萊茵名酒，用盡可能友好的談吐與這位有名的陰謀分子聊開了。

「炸彈鐘，」溫科普夫先生說道，「不是非常適合出口的，你就是過得了海關，火車班次如此不定時，說不定沒到目的地就爆炸了。但是，如果您是為了家用，我可以給您一件非常好的東西，效果保證讓您滿意。請問能否說說想對付的是什麼人？如果是警察，或者和蘇格蘭場有關的任何人，那我恐怕就愛莫能助了。英國的警探可真是我們最好的朋友，我發現，憑他們的愚蠢，我們總能做什麼成什麼。這些人一個我都不能少。」

「我向您擔保，」亞瑟勛爵說道，「這事跟警察一點關係也沒有。說實在的，那鐘要炸的是奇賈斯特教長。」

「天哪！我還真沒想到您對宗教會如此反感，亞瑟勛爵。當今這樣的年輕人不多啊。」

「恐怕您高估了我，溫科普夫先生，」亞瑟勛爵說著臉紅了，「說真的，我神學一點都不懂。」

「那就純為私事了？」

「純為私事。」

溫科普夫先生聳聳肩，離開房間，幾分鐘後回來，拿著一餅炸藥，有一便士硬幣那麼大，還有一個漂亮的法國時鐘，鐘頂是尊鍍金自由女神像，腳踏象徵專制暴政的九頭蛇。

亞瑟勛爵一看到這個，眼睛都亮了。「這正是我要的，」他喊了一聲，「告訴我該怎麼引爆。」

「啊哈，那可是我的祕密，」溫科普夫先生答道，凝神看著自己的發明，臉上理所當然地透著自豪，「說您要它幾時爆炸，我就把它設在幾時。」

「嗯，今天是星期二，如果您能馬上寄出——」

「那不行，我手上還有許多重要的事要替莫斯科那邊的一些朋友辦呢。但明天或許寄得出。」

「好啊，那時間也綽綽有餘！」亞瑟勛爵客氣地說，「如果明晚，或星期四上午送得到的話。至於爆炸時間，就定在星期五中午正點。教長那時總在家裡。」

「星期五，正午。」溫科普夫先生重複了一遍，在壁爐邊一張書桌上放著的一個大帳本裡記下了這個時間。

「好了，」亞瑟勛爵站起身來問道，「請告訴我該付的款項。」

「小事一樁，亞瑟勛爵，何足掛齒？炸藥是七先令六便士，鐘是三鎊十，運費大約五先令。茹瓦洛夫伯爵的朋友，我萬分樂意幫忙。」

「還有讓您費的神呢，溫科普夫先生？」

「哦，那就不必了！我樂意效勞。我不為錢，完全是為了我的藝術而活。」

亞瑟勛爵把四鎊二先令六便士放在桌上，謝過這個小個子德國人，成功推脫了一個於下週六赴茶餐會，見一些無政府主義者的邀請，便離開那房子，往公園走去。

接下來的兩天他處在一種無比興奮的狀態中，星期五正午十二點時他便驅車去白金漢俱樂部等消息。整個下午，門房都在面無表情地張貼著來自全國各地的電報，馬賽結果啦，離婚案判決啦，天氣狀況啦，等等，收報機的帶子在滴滴答答地打出有關下議院一次通宵辯論的無聊細節，以及股票市場上的一場小恐慌。下午四點，一份份晚報送來了，亞瑟勛爵拿著《帕爾默爾報》、《聖詹姆斯報》、《環球報》，還有《回聲報》躲進了圖書室，惹得古德才德上校氣壞了，因為他想看有關自己那天上午在市長官邸發表演說的報導，話題是南非傳教團，談到在南非各省設立黑人主教的必要性，但不知為何他又對《新聞晚報》很反感。然而，看到沒有一家報紙哪怕是稍稍提及奇賈斯特，亞瑟勛爵覺得事情肯定泡湯了。這個可怕的打擊讓他一時間惶惶然不知如何是好。他第二天去見溫科普夫先生，這德國人花言巧語地道歉不迭，提出免費再提供一個炸彈鐘，要不就給一盒硝酸甘油炸彈，只收成本價。可是他對炸藥已經信心全無，溫科普夫先生本人也承認，如今什麼東西都摻假，就連炸藥也很難弄到純的。但這個德國人一方面承認必定是機件出了什麼問題，一方面又抱有希望，覺得那個鐘也許還會爆炸，還舉例說有一次他給俄國奧德薩這個港口城市的武官市長寄了個氣壓計，設定好十天後引爆，但最終等了三個月才炸。沒錯，當時被炸得粉身碎骨的不過是個家傭罷了，市長一個半月前就出行在外，但這至少說明了炸藥，作為一種毀滅性力量，在機械的控制下是個強大、雖然有些不準時的殺人利器。這番話給了亞瑟勛爵些許安慰，但儘管如此，他到頭來還是免不了失望，因為兩天後，他正要上樓，公爵夫人把他叫進房間，給他看一封剛收到的、從教長府邸寄來的信。

「珍妮信寫得很好，」公爵夫人說，「你真該讀一下她最近這封，和穆第租書館寄來的小說有得比。」

亞瑟勛爵從她手裡一把搶過信來。上面是這樣寫的：

教長府，奇賈斯特

五月二十七日

我最親愛的姑媽：

多謝您贈予多卡斯救濟會的法蘭絨衣服還有方格花布。我很認同您說的他們想穿好看的衣服是毫無道理的，可是如今人人都這麼激進，沒有宗教信仰，真難讓他們明白自己不該奢望像上流社會那樣著裝。我真不知道這樣下去會成什麼樣子。正如爸爸在布道中常常說的，我們生活在一個不信神的時代。

我們收到一個時鐘，大家非常喜歡，那是爸爸一個不知名的崇拜者上星期四寄來的。用木盒子裝著寄自倫敦，運費付訖。爸爸覺得那個人肯定讀過他精彩的布道文〈放縱即自由？〉，因為鐘頂立著個女性人像，頭上戴著頂帽子，爸爸說那是自由之帽。我個人覺得那帽子不是非常般配，但爸爸說自古就是這樣的，所以我看就沒什麼問題。派克開的包裹，爸爸把鐘放在藏書室的壁爐臺上，我們一家星期五上午就都坐在那兒，鐘正敲十二點的時候，我們聽到一陣嗡嗡聲，從人像底座冒出一小團煙，自由女神像就倒了下來，磕在壁爐圍欄上把鼻子摔破了！瑪利亞嚇壞了，但那情景真滑稽，詹姆斯和我禁不住大笑起來，連爸爸都覺得好玩。我們把鐘檢查了一遍，發現這是個報警鐘之類的東西，你可以給它設定一個時間，在一個小鐘錘下放些炸藥和一個引信，那要它什麼時候爆炸都行。爸爸說這鐘絕不能再放在藏書室了，因為聲音太響，於是列吉就把它拿走放在教室裡，什麼也不幹，整天就放炸藥讓它一次次小小的爆一下。您說亞瑟會不會喜歡有一個作結婚禮物呢？我猜這東西在倫敦很時髦的。爸爸說這很有好處，讓人明白自由不會長久，終究會摔下來。爸爸說自由是法國革命時造出來的。看來那真要不得！

我現在得去一趟多卡斯救濟會，把您那令人振聾發聵的信讀給他們聽。您講得真是太正確啦，親愛的姑媽，他們那種社會地位的人穿著不該好看。我非說不可，他們如此沉迷於服裝是很荒唐的，比這重要的事多著呢，不管今生還是來世。我真高興，您那件花府綢穿起來這麼好看，飾邊也沒壞。謝謝您送的那件黃絲緞衣服，我星期三去主教家聚會就穿這個，覺得會很不錯的。您會不會戴蝴蝶結？傑寧絲說如今個個都戴呢，襯裙還要滾邊。列吉剛又搞了一次爆炸，爸爸就命令把鐘送到馬廄去了。我覺得爸爸不像剛看到時那麼喜歡這鐘了，雖然當時還挺得意的有人送了這麼一個好看又好玩的玩具給他。這說明了他的布道文有人讀、有人從中受益。

爸爸向您請安，還有詹姆斯、列吉和瑪利亞，希望賽西爾姑父的痛風病早日康復。請相信我，親愛的姑媽，永遠愛您的侄女，

珍妮・波西

又：一定要告訴我蝴蝶結是怎麼回事啊，傑寧絲一口咬定這是當今潮流呢。

這信看得亞瑟勛爵悻悻然，一臉嚴肅，公爵夫人見了不禁大笑起來。

「我親愛的亞瑟，」她嚷道，「以後再有年輕小姐來信，我說什麼也不給你看了！但這鐘我該怎麼說呢？我認為這是一大發明，我自己都想要一個。」

「我不覺得這有什麼大不了。」亞瑟勛爵說道，臉上慘然一笑，吻過母親之後

便走出房間。

上了樓，他一頭栽倒在沙發上，滿眼淚花。他已使出渾身解數去殺人了，但兩次都功虧一簣，而且都錯不在他自己。他盡力去履行他的責任，但恰恰是命運自己，似乎背叛了他，在從中作梗。他心中很糾結，好意圖但沒有好結果，要做好人卻找不到好門路。也許還不如將婚約一解了之。沒錯，西比爾會傷心，但傷心並不會真的把她這麼一個高尚的人怎麼樣，至於他本人，這又算得了什麼呢？世上總有讓男人赴死的戰爭，總有要男人捐軀的事業，既然生活於他已無歡樂可言，死亡也就不足為懼了。且看命運要如何把他置於死地，他才不會動一根手指去幫忙呢。

七點半時他換好衣服，下樓去了俱樂部。蘇比頓正和一班年輕人在那裡，他只好勉為其難坐下來一起吃飯。他們瑣屑的言談和無聊的玩笑引不起他興趣，等咖啡一上他就走人，編個事脫開身。他正要走出俱樂部時，門房遞給他一封信，是溫科普夫先生寄來的，要他明晚過去看一把炸彈傘，一開就炸，是個最新發明，剛從日內瓦運到。他二話沒說把信撕成碎片。他已下定決心不再嘗試了。接著他漫步走到泰晤士河堤，在河邊坐了幾個小時。月亮透過鬃毛般的褐色雲層窺視著，像獅子的眼睛，遼闊的夜空無數星星閃閃爍爍，好像紫色的穹頂上撒滿了金屑。不時地，有駁船顛簸著駛入渾濁的水流，隨潮流漂浮而去，鐵路信號燈由綠轉成猩紅，一列火車呼嘯著駛過大橋。過了一會兒，西敏寺高塔上的鐘隆隆地敲響了十二點，每一下鐘聲，似乎都把夜色震得簌簌發抖。然後鐵路的信號燈滅了，只剩一盞燈孤零零地閃著，宛如一根巨大的桅杆頂上懸掛著一顆碩大的紅寶石，城市的喧囂也漸漸歸於淡靜。

兩點時他站起身來，漫步向黑衣修士火車站走去。一切顯得多麼虛幻啊！多麼像個怪誕的夢境！河對岸的房子似乎是用黑暗建成的。整個世界簡直可以說是讓銀光和暗影變得面目全非了。聖保羅大教堂巨大的穹頂透過夜色像個氣泡似的忽隱忽現。

快到克莉奧派特拉之針那地方時，他看到有個人俯靠在河邊的胸牆上，走得近一些時，只見那人抬起頭來，煤氣燈光照在他整個臉上。

是普傑斯先生，那個手相師！誰都不會看走眼的，那張肥胖鬆弛的臉、那副金框眼鏡、那病懨懨的笑容、那一張充滿酒色之氣的嘴巴。

亞瑟勛爵停下腳步，心頭閃過一個妙計，於是躡手躡腳地從他身後靠上前，一下子抓住普傑斯先生的雙腿一掀，就把他推入泰晤士河裡。隨著一聲嘶啞的咒罵，

一下重重的嘩啦聲，一切歸於平靜。亞瑟勛爵緊張地望著水面，但手相師人已無影無蹤，只剩下一頂高帽子在月光下的漩渦中打轉。過一會兒，帽子也沉了下去。普傑斯先生消失得連一點痕跡也看不到了。有一度他以為自己瞥見一個身形龐大、模樣怪異的人影正拚命游向橋邊的梯子，失敗的感覺頓時襲上心頭，但定睛一看卻不過是片倒影，月亮從雲背後一冒出來就不見了。看來命運之神的旨意終於執行成功。他如釋重負地長吁一口氣，西比爾的名字蹦上了舌尖。

「掉了什麼東西嗎，先生？」突然身後傳來一個聲音。

他轉過頭來，看到是個警察，手提一盞牛眼燈。

「沒什麼重要的，長官。」他回答道，微笑著，叫住一輛路過的馬車跳上去，吩咐車夫去貝爾格雷夫廣場。

接下來幾天他在希望與恐懼之間忐忑著，一會兒覺得普傑斯先生就要推門進來，一會兒又覺得命運對他不會這麼不公平。有兩次他還去了手相師在西月街的住處，但都沒有勇氣拉門鈴。他巴望著弄個明白，卻又怕知道結果。

結果終於出來了。那時他正坐在俱樂部的吸菸室，一邊喝著茶，一邊百無聊賴地聽著蘇比頓在談歌舞喜劇院最新出的調笑歌，侍者送進一疊晚報。他拿起《聖詹姆斯報》，無精打采地翻看著，突然這個奇怪的標題躍入眼簾：

手相師自殺

他興奮得臉唰地白了，趕緊往下看。內容如下：

昨日清晨七時，著名手相師薩第穆斯．R．普傑斯先生的屍首於格林尼治沖上河岸，地點正對船艦酒店大門。這位不幸的先生失蹤已有數日，對於他的安危，手相界人士大為擔憂。據稱他因為勞累過度，導致暫時性精神錯亂，故而自殺。驗屍陪審團已於今日下午做出這一裁決。普傑斯先生新近剛完成一部專著，詳論人類的手掌形相，不日即將出版，勢必引起廣泛注意。死者現年六十五歲，身後似無遺下任何親屬。

亞瑟勛爵衝出俱樂部，手裡還攥著報紙，把門房嚇了一大跳，攔他都攔不住，只見他驅車逕往公園巷而去。西比爾從窗戶就看見他了，預感他應該是帶了好消息來的，便跑下來迎接，一看到他的臉，她就知道如願以償。

「我親愛的西比爾，」亞瑟勛爵大叫，「咱們明天就結婚！」

「你這傻小子！連蛋糕都還沒訂呢！」西比爾笑著說道，眼裡閃著淚花。

VI

婚禮在事過有三個星期之後舉行，聖彼得教堂擠滿了衣冠楚楚的一群男女。奇賈斯特教長主禮，證道祝詞念得令人為之動容。來賓無不同意，這是他們見過最漂亮的一對佳偶。何止是漂亮？他們還很幸福呢。為西比爾他受了那麼多苦，但亞瑟勛爵從來沒有一刻後悔過。而她呢，則給了亞瑟勛爵一個女人可以給任何男人的最好的東西——崇拜、溫柔，還有愛。對於他們倆，浪漫並沒有被現實摧毀。他們永遠覺得青春不老。

過了些年，夫婦倆添了兩個漂亮的小孩。溫德米爾夫人造訪，來到阿爾頓院，一處幽美的老宅，是公爵給兒子的結婚禮物。一天下午她和亞瑟夫人一起，坐在花園裡一棵檸檬樹下，看著一對小男孩小女孩在玫瑰花徑跑上跑下地玩，宛如忽閃不定的陽光，她突然抓起女主人的手問她：「你幸福嗎，西比爾？」

「親愛的溫德米爾夫人，當然幸福了。您呢？」

「我哪得工夫幸福啊？西比爾。我總是喜歡最新認識的那個，但從來都這樣，人一熟就膩。」

「您那些獅子不能讓您滿意嗎，溫德米爾夫人？」

「啊，親愛的，不行啊！獅子只能好一季。他們的鬃毛一被剪掉，就成了天底下最無趣的東西了。況且，他們會使壞的，你要是真對他們好的話。你還記得那個可惡的普傑斯先生嗎？他就是大騙子一個。當然，騙不騙，我才懶得去管呢，甚至他想從我這兒借錢我也不跟他計較，但讓我受不了的是他跟我做愛。他當真讓我恨透了手相術。我現在喜歡上了傳心術。有意思多了。」

「您千萬別在這裡說手相術的不是，溫德米爾夫人。這是亞瑟唯一不喜歡人家拿來說笑的話題。相信我，對這件事他可認真呢。」

「你該不是說他信這個，西比爾？」

「問他吧，溫德米爾夫人，喏，他來啦。」只見亞瑟勛爵穿過花園走來，手裡拿著一大束黃玫瑰，兩個孩子蹦蹦跳跳地跟在他旁邊。

「亞瑟勛爵？」

「什麼事，溫德米爾夫人？」

「你該不會說你信手相術吧？」

「我當然信了。」年輕人笑著回答。

「但這又為什麼呢？」

「因為我生活中的全部幸福得來全靠它。」他輕聲說道，轉身坐在一張籐椅上。

「我親愛的亞瑟勛爵啊，你靠它得了什麼啊？」

「西比爾。」他一邊回答一邊把手裡的玫瑰遞給太太，凝視著她紫羅蘭色的雙眼。

「這是哪門子的胡說八道啊！」溫德米爾夫人嚷道，「我這輩子還沒聽過有這麼胡說八道的。」

沒有祕密的斯芬克斯

——一幅蝕刻畫

一天下午我坐在和平咖啡館外，喝著味美思酒，看著熙熙攘攘的行人，眼前交織著不可一世的榮華和不名一文的慘澹，讓我不時為這幅奇怪的巴黎眾生相一驚一歎。突然聽到有人喊我的名字，轉頭一看，是麥齊森勛爵，我的大學同學。畢業後有十年沒見面了，真高興能在此相遇，兩人熱烈握手。在牛津時我們就是很好的朋友。我非常喜歡他，一表人才，氣宇軒昂，剛直不阿。大家老是說，要是他沒那麼整天實話實說的，會是天下第一好人，但我認為正因為他坦率，大家才對他更欽佩有加。這次相遇我發現他變了很多，心慌意亂的，好像有什麼東西讓他疑慮重重的樣子。我覺得這不可能是現代流行的懷疑主義，因為麥齊森是個忠貞托利黨人，相信《舊約》的摩西五經就跟相信貴族上議院一般堅定。所以我的結論是，此事與女人有關，便問他結婚了沒有。

「對女人我懂得還不夠。」他回答道。

「我親愛的傑拉德啊，」我說，「女人是給人愛，不是給人懂的。」

「如果我不能信任，就愛不起來。」他答道。

「我看你是碰上什麼解不開的謎了，傑拉德，」我大聲說，「告訴我是怎麼回事吧。」

「咱們坐車兜個風吧，」他提議，「這裡人太多了。不，不要黃色車，其他什麼顏色的都行——喏，那輛深綠色就行。」不一會兒，我們的馬車就小跑著沿林蔭大道往瑪德蓮大教堂方向而去。

「我們去哪兒呢？」我問。

「哦，你喜歡去哪兒就去哪兒！」他回答——「那就去森林公園的餐廳，我們在那兒吃飯，把你這些年過得怎樣全說給我聽。」

「我想先聽你的，」我說，「把你心中的那個謎告訴我。」

他從口袋裡掏出個帶銀扣子的摩洛哥羊皮小盒子，遞給我。我打開一看，裡面是張女子的照片。身材修長纖細，一雙大眼睛令人捉摸不透，配上散開的頭髮，奇怪得很，模樣特別上鏡。整個神態像有通天神眼似的，身上還裹著華貴的皮草。

「你看那張臉怎麼樣？」他問，「靠得住嗎？」

我認真端詳著，那臉看上去就像一個心藏祕密的人，至於那祕密是好是壞就說不上了。那份美是由一重重的謎模塑出來的——那種美，說真的，在心裡而不在形塑——唇邊漾出的那一絲若隱若現的笑靨太微妙了，真不能說是甜美。

「嘿，」他不耐煩地叫了一聲，「你有何高見？」

「她是穿黑貂皮的蒙娜麗莎，」我答道，「把她的事都說來聽聽吧。」

「現在不行，」他說，「先吃飯。」說著話題就轉開了。

侍者送上咖啡和香菸時，我提醒傑拉德他剛才答應了我什麼。他從座位上站起來，在房間裡踱了兩三個來回，在一把扶手椅上坐下來，給我講了這麼個故事：

「一天傍晚，」他說，「我走在邦德街上，大概是五點左右，路上馬車擠得一塌糊塗，交通幾乎全停了。靠近人行道邊停了一輛小小的轎式馬車，不知為何引起了我的注意。我走過時，從裡面探出一張臉正向外張望，就是我今天下午給你看的那張臉。我當即迷上了那臉。整個晚上都在想，第二天整天還在想。我在海德公園那差勁的騎馬道上來來回回地走著，偷眼往每一部馬車裡看，一邊等著那部黃馬車，但就是沒看到我那不知姓名的美人。最後我開始覺得她不過是個夢罷了。大約過了一個星期，我去拉斯塔爾夫人家吃飯。時間說是八點，但八點半了我們還在客廳等著。終於等到僕人推開門報說阿洛伊夫人駕到。一看正是我苦苦找尋的那個人。只見她施施然步入客廳，就像一道鑲著灰色蕾絲的月光。讓我大喜過望的是主人請我為她引座。坐定之後，我冒冒失失說了一句，『我好像以前在邦德街見過您，阿洛伊夫人。』她臉唰地白了，小聲對我說，『請您別這麼大聲，小心被人聽到。』我懊惱極了，剛開始就這麼當場出糗，於是不顧一切大談特談起法國戲劇來。她話說得非常少，聲音像音樂，總是說得細聲細氣，似乎是怕有誰在聽似的。我神魂顛倒地愛上了她，她周身散發著一種說不清的神祕氣息，讓我好奇心大動。她要離開的時候，晚餐用過才一會兒呢，我問是否能登門拜訪她。她猶豫了一下，四下裡瞟了一眼，看附近還有沒有別人，然後說，『好吧，明天下午四點三刻。』我央求拉斯塔爾夫人跟我說說她的身世，但聽到的只有她是個寡婦，在公園巷有棟漂亮的房子。這時有個討厭的理科書呆子開始長篇大論起寡婦來，將她們說成是婚姻中適者生存的例證，我便告辭回家了。

「第二天，我如約按時到了公園巷，分秒不差，但管家說阿洛伊夫人剛剛出門。我就去了俱樂部，心裡很不高興也非常困惑，想了好久給她寫了一封信，問是否還允許我改天下午再過來試試運氣。幾天都沒回音，但我最終收到一封短箋，說是她星期天下午四點會在家，還有一條異乎尋常的附言：『請勿再往此處寫信，原因見面解釋。』星期天她接待了我，態度殷勤備至，但我要離開時她求我如果再寫信給她，要寫成『格林街惠泰克圖書館轉諾克斯太太收』。『我不能在我自己家裡收信，』她說，『是有原因的。』

「那個社交季裡我跟她見了很多次面，但那神祕的氣息仍在。有時我覺得她受制於某個男人，可是看到她那副冷峻的模樣，我又不信事情會這樣。要我說出個所以然來真是太難了，她就像在博物館裡看到的那些奇怪的水晶一樣，一會兒清澈，一會兒迷濛。我終於下決心向她求婚：我受夠了她沒完沒了地要我把每次到訪都弄得神祕兮兮的，就連寫幾封信也不能光明正大。我把給她的信寄到那個圖書館，問她能否下個星期一傍晚六點和我見面。她說可以，我高興得像上了天似的。我讓她給迷得神魂顛倒：儘管她令人捉摸不透，我那時是這樣想——就因為她捉摸不透，我現在明白了。不，我愛的是她本人。那份神祕讓我苦惱，讓我發瘋。為什麼偏要我碰上這等事呢？」

「這麼說，你發現了什麼？」我嚷道。

「恐怕是，」他回答，「你自己判斷吧。」

「到了星期一，我去和叔叔一起吃午餐，大概四點時我發現自己到了馬里波恩路。我叔叔，你知道，住在攝政公園。我想去皮卡迪利，便抄近路穿過一些破敗的小街巷。突然我看到前面就是阿洛伊夫人，裹著厚厚的面紗，走得非常快。到了街盡頭最後一棟房子她馬上走上臺階，掏出一把鑰匙，開門進去。『這就是祕密所在。』我對自己說，就急忙跟過去仔細看了那棟房子。看似一座供出租的房子。臺階上是她的手絹，剛剛掉下的。我撿起來放到口袋裡，接著便尋思現在該怎麼辦。我認定自己無權窺探她的隱私，於是坐車去了俱樂部。六點時我登門見她。她正躺在一張沙發上，身穿一襲銀色薄紗茶會服，綴著一圈她總戴在身上的奇怪的月亮石。那副模樣很討人喜歡。『真高興見到你，』她說，『我整天都待在家裡。』我訝異地盯著她，從口袋裡掏出那塊手帕遞給她。『你今天下午掉在卡姆納街的，阿洛伊夫人。』我心平氣和地說道。她驚恐萬狀地看著我，但不伸手接那手帕。『你去那裡幹什麼呢？』我問。『你有什麼權利盤問我？』她回答道。『一個愛你的男人的權利，』我回答，『我來是求你做我的妻子。』她雙手捂臉，淚如雨下。『你一定得告訴我。』我接著說。她站起身來，直視著我，說道：『麥齊森勛爵，沒什麼可以告訴你的。』——『你去見一個人，』我嚷起來，『這就是你的祕密。』她的臉變得如死灰般白，說，『我去沒見任何人。』——『難道你不能說實話嗎？』我大叫。『我說了實話。』她回答。我一聽瘋了，崩潰了，不知道自己當時說了什麼，肯定對她說了些很難聽的話。最後，我衝出房子。她第二天就給我來了封信，我原封不動給她退了回去，就和阿倫·考爾威爾去了挪威。一個月後我回來了，在《晨報》上看到的第一條消息就是阿洛伊夫人死了。她在歌劇院受了風寒，五天之後死於肺積血。我把自己關在房裡誰也不見。我這麼愛她，愛得多麼瘋狂。我的天哪，我竟然那麼愛那個女人！」

「你後來去了那條街，那棟房子？」我問。

「沒錯。」他答道。

「有一天我去了卡姆納街。我實在沒辦法不去啊，滿腹的疑團讓我不得安生。我敲了門，一個樣貌體面的婦人開了門。我問她有沒有房間出租。『嗯，先生，』她回答，『那些起居室照理應該租出去了，但我有三個月沒見到那位夫人了，房租還欠著呢，您要租可以租這幾間。』——『是這位夫人嗎？』我說著，取出照片。『是她沒錯的，』她大聲說，『她什麼時候會回來呢，先生？』——『那位夫人去世了。』我回答。『哎呀，先生，不會吧！』那婦人說，『她是我最好的租客。她一週付我三個金幣就為了不時到我那些起居室坐坐。』——『她來這裡見人？』我問，但那婦人向我擔保絕無此事。說她每次都一個人來，也沒見誰。『那她到底來這裡幹什麼呢？』我大聲問。『她只是在起居室坐著，先生，看看書，有時喝喝茶。』那婦人回答。我不知該說什麼，便給了她一個金鎊告辭離開。喏，你說這葫蘆裡到底賣什麼藥？你不相信這女人跟我說的是實話？」

「我相信。」

「那阿洛伊夫人為什麼要去那裡？」

「我親愛的傑拉德啊，」我回答，「阿洛伊夫人不過是個女人，有故弄玄虛的癖好罷了。她租下這些房間只是圖個好玩，可以蒙著面紗去那裡，把自己想像成哪個故事裡的女主人公。她對祕密有股狂熱，但她本人卻不過是個沒有祕密的斯芬克斯。」

「你當真這麼想？」

「肯定是這樣。」我回答。

他取出那個摩洛哥羊皮盒子，打開來，看著那照片。「難道？」他沉吟許久，說了一聲。

坎特維爾鬼魂
——心物說志異一則

I

美國公使海勒姆・B・奧第斯先生買坎特維爾獵苑這處宅邸時，大家都告訴他，他這麼做很蠢，明擺著那地方鬧鬼嘛。說真的，實心眼的坎特維爾勛爵秉性公道，覺得有責任在雙方商定買賣條件時向奧第斯先生提及此事。

「我們自己都不想住在那裡，」坎特維爾勛爵說，「當時我姑婆、博爾頓公爵的遺孀，正在換衣服準備進晚餐，有骷髏把兩隻手搭在了她肩上，把她嚇昏過去，一直都沒真正清醒過來。這事我覺得一定得告訴您，奧第斯先生，這鬼魂我幾個在世的家人都見過，本區教長奧古斯塔・丹皮爾牧師也見過，他是劍橋大學國王學院的院士。自從公爵夫人不幸出事之後，我們家年輕些的僕人都不想幹下去了，坎特維爾夫人晚上也總睡不好，因為走廊和圖書室老是傳來一些怪聲響。」

「勛爵大人，」公使回答說，「我會將家具和鬼魂估價買下的。我來自一個現代國家，在那裡錢買得到的東西我們都有。看我們那生龍活虎的年輕人正把舊大陸玩個翻天覆地，把你們最好的演員和歌劇女星帶走，我想要是歐洲真有鬼魂什麼的，我們很快也要弄一個的，擺在公共博物館裡，或者送去巡迴表演。」

「恐怕是真有那鬼，」坎特維爾勛爵笑著說，「只是貴國敢想敢幹的經紀人很可能說不動它。它名聲響噹噹，已經有三百年了，說實在的可以推到一五八四年，只要我家族裡有誰要死了它就會現身。」

「要說這個，家庭醫生不也這樣嗎？坎特維爾勛爵。但要說鬼魂這東西嘛，先生，是沒有的，我想自然法則不會對英國貴族網開一面吧。」

「你們在美國果然夠自然的，」坎特維爾勛爵答道，他沒聽太明白奧第斯先生最後一句話的意思，「如果您不介意房子裡有鬼，那沒問題。只是您別忘了我可是有言在先喔。」

幾週過後，買賣成交，社交季末，公使一家就遷入坎特維爾獵苑。奧第斯太太，出嫁前叫露蒂婭．R．塔潘小姐，家住紐約西五十三街，是城中有名的美女，現在人到中年，風姿綽約，眼睛很漂亮，面部輪廓絕佳。許多美國貴婦一離開故土便擺出一副病怏怏的模樣，以為這是種歐洲式的風雅，但奧第斯太太絕不如此效顰。她體格非常之好，渾身虎虎有生氣。的確，在許多方面她的做派都很英國，是個上佳的樣板，足以說明我們當今和美國真的是樣樣皆同，只差，當然了，語言。她的大兒子，當初父母愛國主義心血來潮，給他取名為華盛頓，這名字讓他一直耿耿於懷。小夥子一頭金髮，長得很帥氣，曾一連三個社交季在紐波特娛樂場領跳日爾曼舞，憑此打進了美國外交界，即便在倫敦，也以舞技卓越名聞全城。耽於社交和嚮往貴族名分是他唯一的弱點。除此之外，他極為聰明有頭腦。維吉尼亞．E．奧第斯小姐十五歲，小姑娘像頭小鹿似的娉婷姣好，藍色的大眼睛透著一股飄逸豪爽的神采。她騎術之佳，堪比古希臘神話中的亞馬遜女鬥士，曾經騎著她的小馬駒和比爾頓老勛爵比賽繞海德公園兩圈，正好到阿基里斯雕像前，贏了一個半馬身，讓少年柴郡公爵心花怒放，當場向她求婚，結果被他的監護人連夜送回伊頓公學，害得他眼淚嘩啦啦地沒少流。維吉尼亞之後，生的是一對雙胞胎，大家常叫他們「星星條條」，因為倆兄弟一天到晚老挨鞭子。其實兩個小男孩挺討人喜歡的，而且除了公使大人之外，家裡就剩他們倆是真正的共和黨人。

坎特維爾獵苑距離最近的火車站阿斯格特有七英里，奧第斯先生就預先打電報叫了部輕便馬車來接他們，一家人便興高采烈地坐車上路了。那是七月裡一個晴好的傍晚，空氣中洋溢著松樹林的清香。時不時，他們聽見斑鳩甜甜的聲音若有所思地哼著，看到蕨叢深處一陣窸窣，閃過山雞斑斕的前胸。小松鼠在山毛櫸樹上偷眼望著他們經過，野兔竄過灌木叢，在長滿苔蘚的小土丘上往四下裡跑開，白色的尾巴翹得老高。但是，等他們一進入坎特維爾獵苑的林蔭道，天忽的一下烏雲密布，一陣怪異的寂靜攥住空氣，一大群烏鴉悄沒聲地從他們頭頂飛過。沒等他們車到房門前，大大的雨點便落了下來。

在臺階上迎接他們的是一個老婦人，齊整整地穿著一身黑綢，戴著白帽繫著白圍裙。她是烏姆尼太太，這裡的女管家。在坎特維爾夫人殷切的懇求下，奧第斯太太同意讓她留任保持原職。眾人下車時，她逐個深深屈膝致禮，以一種古舊老派的方式說道：「恭迎各位光臨坎特維爾獵苑。」他們跟著她穿過精緻的都鐸式大廳，進了圖書室，一個又長又低的房間，壁板是黑色橡木，盡頭有一扇很大的彩色玻璃窗。他們發現茶點已經在這兒為他們備好了，便脫下外套坐下四處張望起來，烏姆尼太太在一邊伺候著。

突然，奧第斯太太瞧見就在壁爐邊的地板上有塊暗紅色的汙漬，她並沒有意識到那到底是什麼，對烏姆尼太太說：「怕是有什麼東西灑在地上了吧。」

「是的，夫人，」老管家回答，聲音很低，「那地方灑過血。」

「太嚇人了，」奧第斯太太叫道，「我才不要起居室裡有血漬。馬上擦掉。」

那老婦人笑了笑回答，聲音一如剛才的神祕低沉，「那是埃莉諾·德·坎特維爾夫人的血，她就在那血漬處被殺死的，殺她的是她自己的丈夫西蒙·德·坎特維爾爵士，時間是一五七五年。西蒙爵士比她多活了九年，過後突然失蹤不見了，整件事非常神祕。屍首一直都沒找著，但他有罪的魂靈還在獵苑裡出沒。遊客也好，其他人也好，看到那灘血漬無不嘖嘖稱奇，而且擦還擦不掉呢。」

「一派胡言，」華盛頓·奧第斯嚷道，「用品克頓生產的去汙王和優佳去汙劑，兩下就去乾淨了。」管家一聽嚇壞了，還沒來得及阻攔，他便雙膝跪下來，用一小管看似黑色化妝品的東西飛快地擦起來。一會兒血漬就一點痕跡也看不見了。

「我說品克頓行嘛。」他得意揚揚地大聲說，轉頭掃視著對他表示嘉許的家人。

但他話音剛落，一道可怕的閃電照亮了昏暗陰森的房間，一聲驚心動魄的巨雷嚇得他們全跳起來，烏姆尼太太昏了過去。

「氣候真糟糕透了！」美國公使平靜地說，點起一根長長的方頭雪茄，「我看國家一老，人口就多，像樣的天氣就不夠每個人分。我向來都持這個觀點，移民海外是英國的唯一出路。」

「我親愛的海勒姆，」奧第斯太太嚷道，「我們該怎麼辦呢，有人昏倒了？」

「就當摔破東西那樣扣她錢，」公使回答說，「以後她就不會再昏倒了。」過一會兒，烏姆尼太太果真蘇醒過來。但一眼就看得出她極為懊惱不安，很嚴厲地警告奧第斯先生小心這屋裡會有麻煩的。

「我親眼見過的，先生，」她說，「那些事會叫任何一個基督徒毛骨悚然的。有多少個晚上我睡覺都沒閉上過眼睛，就因為這裡出的那些可怕事兒。」但是奧第斯先生和他的太太熱切地安慰這個老實人，說他們不怕鬼的。就這樣，祈求過上天保佑她新的男女主人，又談妥了加薪事宜之後，老管家步履蹣跚地回到自己房間裡去了。

II

整個晚上風雨交加，但沒發生什麼特別的事。可是第二天早上他們下樓吃飯時，發現那可怕的血漬又出現在地板上。「我看這不能怪優佳去汙劑，」華盛頓說，「我用過，什麼都去得掉。這一定是那鬼幹的。」他於是再次把那血漬擦乾淨，可是第三天早上又有了。第四天早上還是這樣，儘管圖書室的門晚上由奧第斯先生親自上鎖，連鑰匙也都帶上樓去了。一家大小現在都對那血漬大感興趣，奧第斯先生開始懷疑自己是否太死腦筋不承認鬼魂的存在，奧第斯太太表示她有意加入通靈學會，華盛頓則寫了封長信給該學會的梅爾和博多曼兩位先生，論述「與犯罪相關之血漬永久性」這一課題。那天晚上，關於鬼魅是否客觀存在的一切懷疑都永遠打消了。

那天天氣晴和，一家人趁著傍晚的涼意坐車出去兜兜，直到九點才回家，簡單吃了個宵夜。吃飯聊天時一點也沒談及鬼魂，因此連心有戚戚等什麼東西出現這種好讓靈異現身的先決條件都不具備。聊的話題，據我後來從奧第斯先生那裡得知，無非是有地位有教養的美國人老生常談的一些事，比如說，美國女演員芬妮·達文波特的演技，法國的莎拉·伯恩哈特實在難望其項背啦，即使家境最好的英國人也難吃到甜嫩玉米、蕎麥餅和玉米粥啦，波士頓對建構世界的靈魂有多重要啦，行李檢查對火車旅行有多好啦，紐約口音比起拖遝的倫敦音有多好聽啦，等等。一點也沒提及超自然神怪，也沒什麼話旁涉西蒙·德·坎特維爾爵士。十一點時一家人回房就寢，十一點半燈全暗了。過後不久，奧第斯先生突然驚醒，聽到房間外走廊上傳來一個奇怪的聲音，就像金屬碰撞的哐當聲，似乎一點點地逼近過來。他馬上起身，劃亮根火柴，看了下時間。正好一點。他很鎮靜，摸了下自己的脈搏，平穩如常，一點也不亂。怪聲還在響，他還清晰地聽到有腳步聲，便穿上拖鞋，從化妝盒裡取出個橢圓形的小瓶子，開了門。就著蒼白的月光，他看到迎面正對著自己的，是個模樣可怕的老人，兩眼像燒得通紅的煤塊，長長的白髮披肩而下，蓬亂糾結，身上衣服是古裝式樣，又髒又破，手腕腳踝沉甸甸地吊著拖著的是鏽跡斑斑的鐐銬。

「我親愛的先生，」奧第斯先生說，「我看您非得給那些鐵鍊子上油不可，為此，我給您帶來了一小瓶塔曼尼出品的旭日牌潤滑油。據說只要用一次，效果就完全令人滿意，而且包裝上還有幾條推薦詞證實，全是我國最有名的牧師寫的。我就把它留在這兒給您，放在臥室照明的蠟燭旁邊，您還需要的話我可以提供更多。」說著，合眾國公使便把那瓶子放在一張大理石桌上，關上臥室門睡覺去了。

一時間，坎特維爾鬼魂僵在那裡一動不動，心中很自然地覺得憤憤不平。接著，他狠狠地把瓶子摔在打蠟地板上，沿走廊奔逃而去，一路上低聲乾嚎著，噴著陰森森的綠光。可是，就在他剛到寬大的橡木樓梯口時，猛地一下有扇門開了，出來兩個穿白袍的小身影，一個大枕頭颼的一聲從他頭邊飛過！顯然再耽擱不起，他情急之下啟用第四維空間逃遁，穿過壁板不見了，整座房子差不多又恢復平靜。

一到樓房左廂一個祕密的小房間裡，他便靠在一道月光上喘口氣，尋思著自己目前的處境。三百年的輝煌生涯一帆風順，從來沒受過如此奇恥大辱。他想起寡居的公爵夫人，滿身蕾絲鑽飾站在鏡子前，是自己把她嚇癱的；還有那四個女僕，自己只是隔著一個空臥室的窗簾朝她們咧嘴笑一笑，就把她們嚇瘋了；還有那位教區教長，有天晚上從圖書室出來晚了，自己一口氣把他的蠟燭吹滅，從此他便只能由名醫威廉·顧爾爵士照看，成了精神錯亂的經典病號；還有德·特雷姆列克老夫人，她有天清晨醒得早了，看到有具骷髏正坐在一張扶手椅上看她的日記，從此有一個半月一病不起，腦膜炎發作，病好之後便和教會和解，和那個臭名昭著的懷疑論者伏爾泰先生斷絕來往了。他記起那個恐怖的夜裡，有人發現滿肚子壞水的坎特維爾勛爵在他的更衣室裡，喉嚨卡著張吞下一半的方塊傑克，噎得奄奄一息，臨死前他

坦白，說自己在克魯克福德俱樂部出千，騙了查理．詹姆斯．福克斯五萬鎊，用的正是這張牌，還詛咒發誓是鬼魂逼他吞的牌。過往所有的奇功偉業現在全湧上心頭，從看到一隻綠手敲窗便在餐具室開槍自殺的男管家，到美麗的斯達特菲爾德夫人。這位夫人不得不整天圍著一條黑色天鵝絨頸巾，遮掩她白脖子上給五根手指烙下的印記，但到頭來還是在國王小道盡頭的鯉魚池投水自盡。帶著真正藝術家才有的那股熱忱與自鳴得意，他一幕幕回顧著自己最走紅的表演，最近一次是以「紅髮魯賓，號稱死嬰」現身，首演則是以「瘦鬼吉本，號稱沼澤吸血鬼」登場，還有那個美好的六月黃昏，他不過是用自己的骨頭在草地網球場玩一下九柱戲，就讓全場驚豔瘋狂。回想起這些，他暗自苦笑。如此風光之後，怎麼就來了些該死的現代美國人，還要給他旭日牌潤滑油，用枕頭砸他腦袋！是可忍，孰不可忍！況且，歷史上還沒有哪個鬼魂被這麼對待過。於是乎，他決定報仇，決心一下，便陷入沉思，直到天亮。

III

第二天早上，奧第斯一家早餐時比較詳細地討論了鬼魂的事。合眾國公使自然有點不快，因為看到自己的禮物沒被接受。「我不希望，」他說，「對鬼魂的人身造成任何傷害，我必須說明，鑒於人家在這所房子裡住了這麼長時間，我認為向他扔枕頭非常失禮。」——這話說得有理，很遺憾，那兩個孿生兄弟聽了禁不住哈哈大笑。「另一方面，」公使繼續說道，「如果他真的拒絕用旭日牌潤滑油，我們就得把他的鎖鏈卸掉。要不然怎麼睡呢？房門外老這麼哐當哐當地響。」

但是那星期接下來幾天，一家人並沒有受到打擾，唯一讓人覺得有什麼值得關注的，是圖書室地板上的血漬，擦掉又冒出來。這當然很蹊蹺了，因為門一到晚上都是由奧第斯先生鎖的，窗戶也閂得緊緊的。同樣，血漬的顏色像變色龍似的，這也引起不少議論。有幾天早上那顏色是暗紅的，差不多像印第安人的膚色，接著又會是朱紅色，再接著就成了深紫色。有一次，遵照自由美國改革聖公會的簡單儀式，一家人下樓舉行家庭禱告會，發現那顏色變成了鮮亮的翠綠色。如此萬花筒般的變色自然讓一家人覺得非常好玩，每天晚上都拿顏色隨意打賭。沒參與這遊戲的只有維吉尼亞，這小姑娘不知為什麼，一看到那灘血漬就非常不開心，那天早上看到它變成了翠綠色還差點哭出來。

鬼魂再次現身是在星期天晚上。他們剛睡下不久就聽到廳裡傳出一下可怕的撞擊聲，趕緊下樓一看，發現一整套古代的大盔甲從架子上鬆脫，摔到了石板地上，一張高背椅上坐著坎特維爾鬼魂，揉著雙膝，臉上一副痛徹肺腑的表情。兩個雙胞胎兄弟揣著他們的玩具槍下來，當即朝他射了兩發子彈珠。要是沒有長期拿作文老師當靶子認真操練，恐怕難有如此槍法。合眾國的公使先生用左輪手槍指著鬼魂，喝令他，按照加州的規矩，高舉雙手！鬼魂勃然大怒，狂嘶一聲蹦起來，像團霧似的一掃，穿過他們而去，順帶把華盛頓．奥第斯手上的蠟燭掃滅了，讓他們個個眼前一片漆黑。到樓梯頂時他緩過了氣，決定來一次他名震四方的魔鬼之笑。這笑聲他不止一次發現非常有用。據說瑞克勛爵聽了假髮一夜變白，而且確實也曾讓坎特維爾夫人請的三位法語女教師一個月未滿就遞辭呈跑路。於是他發出幾百年來最嚇人的一聲笑，直震得老屋的穹頂一陣陣回音。但嚇人歸嚇人，沒等那回音散去，一扇門開了，奥第斯太太身穿淺藍色睡衣走了出來。「我看你一定身體很不舒服，」她說，「給你帶了一瓶多貝爾醫生的藥酒。如果是消化不良，那你喝了會發現效果奇好。」鬼魂怒不可遏地盯著她，馬上準備，要變身為一條大黑狗。這是讓他理所當然名聲大噪的一招，家庭醫生就一直認為，是這一招把坎特維爾勛爵的舅父湯瑪斯．赫爾頓大人嚇成了永久癡呆。但聽到有腳步聲越來越近，他猶疑了，沒使出這損招，姑且變成一團模模糊糊的螢光，正當那孿生兄弟撲上來時，墳場鬼叫般的淒厲一哼，消失了。

到自己房間時他完全崩潰了，任由滿肚子的懊惱慍怒擺布。那對孿生兄弟的下作、奧第斯太太徹頭徹尾不信邪的唯物主義，固然可恨至極，但真正讓他火冒三丈的，是沒能穿上那副盔甲。

他本來指望著即便是現代的美國人，看到披甲鬼魂也要心驚肉跳的，要是沒有更說得過去的理由，就憑對他們國寶級詩人朗費羅的尊敬，雙腿也該打幾下顫才是。曾幾何時，坎特維爾一家去倫敦住時，他百無聊賴，靠這位詩人優雅美妙的詩打發了多少時光。況且，盔甲還是他的。想當年，他穿著這副盔甲在肯尼維斯堡武場上大顯威風，連童貞女王本人對他的赫赫戰績都讚賞有加。但這次，盔甲剛披上身，巨大的胸甲和鋼盔的重量就把他壓趴了，他重重地摔在石砌地板上，兩個膝蓋都傷得不輕，連右手指關節也碰得青一塊紫一塊的。

接下來幾天他病得可厲害了，簡直沒出過房間門，除了去修復保養那塊血漬。但是，憑著悉心的自我照料，他康復了，決心第三次出手來嚇嚇合眾國公使及其家人。他挑了在八月十七日星期五這天顯靈。到那天，他大部分時間都在翻衣帽櫥，最終選定一頂插有一根紅羽毛的寬邊大軟帽、一塊在手腕和脖子處帶皺邊的裹屍布，再配一把生了鏽的短劍。天快黑時狂風暴雨大作，風刮得這幢老宅的門窗搖搖晃晃，一扇扇嘎吱嘎吱作響。他要的就是這種天氣。他的行動計畫如下：悄悄地摸到華盛頓·奧第斯的房間，站在床腳向他嘰哩咕嚕說一通話，再配著低沉的音樂朝自己喉嚨連刺三劍。他對華盛頓別有一番恨意，他很清楚就是這小子，老拿品克頓的優佳去汙劑要把聞名的坎特維爾血漬擦掉。等他把這個不知天高地厚的小子嚇得魂不附體後，再去合眾國公使夫婦睡的房間，把溼漉漉的手往奧第斯太太的額頭上一擱，湊近她那渾身發抖的丈夫的耳朵，噝噝噝地說一些藏屍房駭人聽聞的祕密。至於小維吉尼亞，他還沒拿定主意要怎麼辦。小姑娘從沒招他惹他，人又長得標緻溫柔。躲在衣櫥裡乾哼哼幾聲，他心想，已經綽綽有餘了，如果還弄不醒她，那可能就要用痙攣的手指在她的床罩上哆哆嗦嗦地抓幾把。那兩個孿生兄弟嘛，他下定決心要好好教訓他們一頓。第一步，當然了，是先往他們的胸口一坐，造成夢魘窒息的效果。接著，既然他們倆的床鋪靠得很近，那就往當中一站，化身為冰冷幽綠的一具屍首，把他們的膽嚇破，最後，再把裹屍布一摺，往房間四處一爬，拖著副森森白骨，外加地上骨碌碌滾的一顆眼珠，完全按照「啞巴丹尼爾，號稱自殺者骸骨」的腳本。他不止一次扮演過這個角色，效果都非常之好，他覺得這戲碼很可以與他聞名的「瘋子馬丁，號稱蒙面怪人」媲美。

十點半時分他聽到一家人正上床就寢。有一會兒他讓那孿生兄弟的尖聲狂叫弄得心煩。這兩個淘氣鬼，一派小男生無憂無慮的架勢，顯然不打鬧一番不會去睡的。十一點一刻，一切歸於安靜，夜半鐘響時，他出動了。貓頭鷹在窗玻璃外撲閃著，老紫杉樹上傳來陣陣烏鴉的聒噪，風聲淒厲，如野鬼在房子四周遊蕩哀號。但奧第斯一家在安睡，全然不知大難即將臨頭。他還聽見合眾國公使鼾聲如雷，蓋過了風聲雨聲。他穿過壁板潛行而出，滿是皺紋的嘴角惡狠狠地獰笑著，月亮見他偷偷走過那個大飄窗時都把臉藏進雲裡，飄窗上用天藍色和金色裝飾著他自己和被他殺死的妻子的紋章。他一路飄著，像個邪惡的影子，經過時就連黑暗似乎也恨透了他。有一次他以為聽到什麼叫，便停下來，但發現不過是紅色農場那邊傳來的狗吠，便又繼續向前，嘴裡罵個不停，咕噥著一些奇怪的十六世紀咒語，不時在夜半的空氣中揮舞那把生鏽的短劍。終於他到了過道轉角，再過去就是倒楣蛋華盛頓的房間。他在那兒停了一會兒，風刮得他長長的白髮亂飄，身上的屍衣揚起一浪浪無可名狀的恐怖，捲出一層層怪異陰森的死氣。這時鐘敲十二點一刻，他覺得是時候了，竊笑一聲，轉過拐角。可是他剛一轉身，便驚恐萬狀地慘叫一聲，可憐兮兮地倒退幾步，用又長又瘦的雙手捂住嚇白了的臉。站在那裡跟他打個照面的是個厲鬼，一動不動像雕刻出來的一樣，那模樣凶神惡煞的，像個做噩夢的瘋子！禿著個腦袋錚亮錚亮的，慘白的臉又圓又胖，似乎在一陣令人毛骨悚然的獰笑過後，五官凝結成了永久不變的齜牙咧嘴。兩眼射出道道猩紅色的光，血盆大口噴著火，巨大的身軀裹著讓人看了心驚膽顫的衣服，像他自己穿的那樣，如森森白雪垂掛而下。前胸有一張公告，上面寫著些奇怪的古體字，似乎像是個恥辱榜什麼的，記錄著般般穢行、羅列出樁樁大罪，而且右手還高舉著一把寒光閃閃的鋼刀。

他自己以前從沒見過鬼，自然嚇得非同小可，慌亂中瞟一眼面前這個猙獰的鬼怪，狂奔著逃回自己房間，在走廊裡還被身上長長的裹屍布纏住，絆了一跤，最後連那把生鏽的短劍都掉進了公使先生的長靴中，到早上才被管家發現。一跑進自己的幽室，他便一頭栽在一張小硬板床上，把腦袋藏在衣服底下。但是過了一會兒，往日那個勇敢的坎特維爾老鬼魂恢復了精氣神，決定天一亮就去找那另一個鬼魂談談。於是，等山尖剛抹上銀色的曙光，他便回到他第一次見到那厲鬼的地方，心想不管怎樣，兩個鬼總比一個鬼好，有新朋友助一臂之力，他也許就有把握鎮住那對孿生兄弟了。然而，到那地方一看，映入眼簾的是一片慘像，那鬼顯然是出了什麼狀況，空洞的雙眼一點光都沒有，閃亮的鋼刀也掉落地上，整個身子斜靠著牆壁，模樣彆扭又窩囊。他衝上前一把摟住它，讓他大驚失色的是那腦袋就這麼滑下來滾到地上，整個身子軟軟地塌下來，原來懷裡抱著的是一張條紋布做的床帳，腳邊是一支掃帚、一把切肉刀和一個空心蘿蔔！他不明白這玩的是哪門子變形花樣，情急之下抓起那張告示，就著破曉的微光看到以下幾行可怕的語句：

奧第斯鬼
天下唯一真鬼
餘者均為假冒
務必謹防

他恍然大悟，自己受騙了，上當了，被人耍了！老坎特維爾鬼的氣勢又上來了，眼睛一瞪，沒牙齒的牙關一咬，乾瘦的雙手高舉過頭，照著古時候的老調栩栩如生地詛咒：雄雞歡欣兩高歌，血流必成河，凶殺處處但無聲，橫行奈我何。

這毒咒話音剛落，遠處一家農舍的紅瓦屋頂傳來報曉的雞鳴。他長長地、低低地、惡狠狠地笑了一聲，等著第二次雞叫。時間一小時一小時地過去，但那公雞，不知怎麼搞的，就是不再叫。最後，都七點半了，女僕都來了，他只好放棄惡念，不再守下去，氣咻咻地回到自己房間，心想著自己白詛咒了一場，到頭來還是功虧一簣。他搬出幾本古代騎士的書查原因，這些書他特別喜歡，結果發現此前每一次有誰用了這咒語，雄雞都會叫第二遍的。「該死的公雞去死吧，」他嘟噥著，「看哪天我不用長矛刺穿牠的喉嚨，叫牠死了也得給我叫個不停！」說著，他躺進一具很舒適的鉛棺，一直待到天黑。

IV

第二天，鬼魂渾身無力非常累。昏天黑地折騰了這四個星期，他現在開始覺得吃不消，精神完全崩潰了，稍微有點動靜就嚇一跳。一連五天他足不出房門，終於下決心不去管圖書室地板上的血漬了。假如奧第斯一家不想要那血漬，那很清楚是他們不配要。他們顯然活在一個低級的、物質的層面，沒什麼能力欣賞各種感官審美現象的象徵價值。至於鬼魅顯靈和靈體現身這個問題，當然了，與感官審美是很不同的事情，而且說真的也由不得他做主。他神聖的職責所在，就是每週在走廊出現一次，每個月的第一和第三個星期三在大飄窗前嘰哩咕嚕一通，他也不知道自己該怎樣才能逃避這些責任又不丟面子。沒錯，他是作惡多端，但從另一方面看，他又非常盡責，對靈異世界的事無不兢兢業業。所以，接下來的三個週六，他照舊在半夜和凌晨三點之間穿過走廊，想盡辦法不被人聽到或看見。他脫掉靴子，盡量輕手輕腳地走在經年蟲蛀失修的木板上，身穿一件黑天鵝絨大長袍，也仔細地給鎖鏈上了旭日牌潤滑油。我一定得承認，要他痛下決心採取最後這一項防護措施很不容易。但是有天晚上，趁著一家人在進餐，他還是潛入奧第斯先生的臥室，拿走那瓶東西。一開始他覺得有點丟人，但後來想明白了，這項發明值得大書一筆，而且對他來說多多少少也派得上用場。可是，防範儘管如此周到，他並非沒碰到麻煩。走廊上老是拉著一些細繩，他摸黑走著走著就絆倒了。有一次，他裝成「黑色以撒，號稱林中獵手」，結果摔了個大跟頭，因為踩了地板上抹的牛油。那倆兄弟，把牛油從掛毯室門口直抹到橡木樓梯上頭。經此羞辱，他大為光火，打定主意最後再使一招來贏回尊嚴與地位，於是決定第二天晚上光顧這兩個沒教養的小伊頓生房間，扮成他久負盛名的角兒「莽漢魯伯特，號稱無頭伯爵」。

他有七十多年沒用這身打扮顯靈了：事實上，上一次就是用這行頭，把漂亮的芭芭拉．莫迪什夫人給嚇得二話沒說，和現任坎特維爾勛爵的祖父解除婚約，跟英俊的傑克．卡索頓私奔，去了可自由結婚的蘇格蘭的格雷特納村，說是她怎麼也不會嫁入一個黃昏時讓一隻厲鬼在露臺上走來走去的人家。可憐的傑克，後來在旺滋華斯公地與坎特維爾勛爵決鬥，中槍身亡。一年沒過，芭芭拉夫人就傷心過度，在坦橋鎮去世。因此，不管怎麼說，那都算是非常成功。然而，這個「妝」極為難化——如果我可以用這麼個戲劇專業的術語來說「神怪界」最大的一個神祕事件的話，或者，用個更科學的術語，則稱之為「高等自然界」。他花了整整三個小時，終於一切準備停當。他非常喜歡這副扮相。配衣服的黑皮大馬靴穿著有點大，兩把騎士手槍也只能找到一把，但總體而言他夠滿意了。半夜一點一刻他飄出壁板，躡手躡腳穿過走廊。一到那倆兄弟睡的房間——這裡我該提一句，那房間因為掛簾的顏色而稱為「藍睡房」——他發現門虛掩著。為了有個先聲奪人的出場效果，他猛一下推開房門，重重的一罐水當頭淋下，澆得他渾身溼透，就差一兩吋便砸到他左肩膀。就在這時，他聽到一陣捂著嘴的尖聲大笑從四柱床那邊傳來。這一驚一嚇非同小可，他魂飛魄散拔腿而跑，沒命地逃回自己的房間，第二天臥床不起，得了重感冒。整件事，他可以聊以自慰的只有當時沒帶了腦袋去，要不，後果不堪設想。

到了這步田地，他再也不存希望，可以怎樣去嚇唬這個粗魯的美國家庭，能讓他照規矩在過道裡悄悄晃來晃去也就心滿意足了。他會穿鑲邊軟拖鞋，脖子上裹一條厚厚的紅圍巾擋穿堂風，再帶把火繩槍，萬一那倆兄弟朝他動手好防身。他遭受的最後一次打擊是在九月十九日。那天他已經下了樓來到前門大廳，心想在那裡怎麼說也不會被騷擾，於是自得其樂地說著風涼話，對替換掉坎特維爾家庭照片、而掛在牆上的合眾國公使夫婦那些由名師拍攝的巨幅照片評頭品足。他的穿著簡單俐落，身披一條長長的裹屍布，上面斑斑點點的是教堂墓地的泥巴，下顎也用條黃帶子拴住，手提一盞小燈，還握著一把掘墓鐵鍬。事實上，這是「遊魂約拿斯，號稱穀倉搶屍鬼」的行頭，他演得最得意的角色之一，這扮相坎特維爾一家絕對忘不了，因為這是他們和鄰居拉福德勛爵吵架的真正導火線。時間大約是凌晨兩點一刻，照他估計，這時個個都在沉沉酣睡。但是，正當他往圖書室走去，想看看那血漬是否還留有一點痕跡時，突然從暗角處向他撲來兩個人影，兩臂高舉頭上亂舞，衝著他的耳朵「噗！」的一聲大叫。

冷不防來這一下，他嚇傻了，自然而然地衝向樓梯，但一看，華盛頓．奧第斯正等在那裡，手握一把花園裡澆水的大水槍。前後夾擊之下，他走投無路，唯有躲進那個大鐵爐，還好沒燒火，讓他可以沿著暖氣管和煙囪遁逃而去，回到自己房間時，已是灰頭土臉，張惶失措，氣急敗壞。

經這一嚇，晚上再沒看到他出動了。孿生兄弟倆幾次埋伏等他，每天晚上過道裡都撒了一地的堅果殼，弄得他們父母還有僕人不勝其煩，但沒有用。很明顯，鬼魂的感情受到很大傷害，不出來了。奧第斯先生於是重新提筆，續寫他關於民主黨歷史的巨著，這書他已經寫了幾年。奧第斯太太辦了一場精彩的海鮮燒烤宴，令全郡上下嘖嘖稱奇。男孩子玩起了長曲棍球、紙牌、撲克，還有美國其他的國粹遊戲。維吉尼亞就騎著她的小馬走街串巷到處跑，陪她的是假期最後一週來坎特維爾獵苑度假的柴郡小公爵。大家都認為鬼魂離開了，奧第斯先生還給坎特維爾勛爵寫信說了這事。勛爵回信說聽到這消息非常高興，還向賢慧的公使夫人大大恭喜了一番。

但是奧第斯一家被騙了，因為鬼魂還在房子裡，雖然武功已被廢得差不多了，但還絕對不肯善罷甘休，尤其是他聽到來賓中還有柴郡小公爵，就更有興致了。公爵的叔公弗蘭西斯・斯蒂爾頓勛爵曾經和卡波利上校賭一百個金幣，說他要和坎特維爾鬼魂擲骰子，結果第二天早上人家發現他癱瘓在牌戲室地板上動彈不得，此後雖然得享高壽，但除了「兩個六」別的話全說不了了。此事當時是人盡皆知，但當然了，為了顧全兩個貴族家庭的面子，什麼封口的辦法都用上了。整件事前前後後在塔陀爾勛爵寫的《記攝政親王及其朋友》第三卷裡會有詳細記載。這樣一來，鬼魂自然就急著要露一手，顯示自己對斯蒂爾頓一家的影響仍在，的確，他還是這個家族的遠親呢。他堂妹再嫁的丈夫就是巴克利先生，眾所周知，他就是歷代柴郡公爵的直系先祖。於是乎，他準備好要在維吉尼亞的小愛人面前現身，扮相是赫赫有名的「吸血鬼僧，號稱無血教士」。當年斯達厄普老夫人見過，那是一七六四年的奪命除夕，一看，嚇得尖叫連連，結果嚴重中風，挺了三天就死了，死前收回了坎特維爾家族的繼承權，不管他們是她最近的親屬，把所有錢財都給了她倫敦的藥劑師。但到最後一刻，想起那對孿生兄弟他還是心有餘悸，不敢走出房間，小公爵也就能在皇家臥室的大羽帳內安睡，夢裡和維吉尼亞相見。

V

過了幾天，維吉尼亞和她的鬈髮騎士出去在布洛克利牧場騎馬，過一道樹籬時，衣服掛破了好幾處，回到家時打定主意從後面樓梯溜上去不讓人看到。她從掛毯室前跑過去時，那門剛好開著，她覺得好像看到裡頭有人，心想是她母親的女僕又把活拿到那裡面去幹，便望進去要叫她補一下衣服。她萬萬沒想到，裡面不是別人，是坎特維爾鬼魂！他正坐在窗邊，看著風吹過，揚起樹上片片金黃的秋色殘照，捲起地上團團紅葉，在長長的林蔭道上狂舞。他手托著腮幫，整個神情極度落寞蕭索。真的，那樣子多麼淒涼、多麼落魄啊。小維吉尼亞一看到他，第一個念頭本來是趕緊跑回自己房間把門鎖上，但現在她心中充滿了憐憫，決定上去安慰他一下。她的腳步是那麼的輕，他的憂愁是那麼的深，直等到她開口跟他說話，鬼魂才發現她在身旁。

「我真為您難過，」她說道，「不過我那兩個弟弟明天就回伊頓去啦，以後呢，只要您聽話不搗亂，沒人會來惹您的。」

「太可笑了，竟然要我不搗亂，」他回答，轉過頭驚訝地看著眼前這個斗膽和他說話的漂亮小姑娘，「太可笑了。我必須把鎖鏈弄得嘩嘩響、必須對著鎖孔哼哼叫、夜裡也得到處走，如果你說的搗亂指這個，那可是我存在的唯一理由啊。」

「這一點也不算是存在的理由，您知道您一直非常壞。烏姆尼太太跟我們說了，我們剛到第一天她就說了，您殺了您太太。」

「這個嘛，我不否認，」鬼魂憤憤地說，「但那純粹是椿家事，與他人無干。」

「殺人可是非常不對的。」維吉尼亞說道，她有時會流露出一種可愛的清教徒式的凝重，頗有新英格蘭某先祖的遺風。

「嘿，我才討厭假正經的虛無縹緲的道德說教呢！我太太乏善可陳，我衣服的圈領從來都漿不好，烹調術也一竅不通。可不，有一次我在霍克利樹林獵到鹿，頂呱呱的一頭兩歲牡鹿，你猜她把鹿弄成什麼樣子擺上桌的？咳，現在說這些有什麼用，都過去了。我覺得她幾個兄弟也不是好貨色，把我活活餓死，雖然是我殺了她。」

「把您活活餓死了？啊，鬼魂先生，我是說西蒙爵士，您餓嗎？我餐盒裡有份三明治。您要吃嗎？」

「不，謝謝你，我現在什麼都不吃。但還是得謝謝你有心，你比你們家那些粗魯庸俗、不老實的大壞蛋要好得多了。」

「別說了！」維吉尼亞嚷道，腳往地上一跺，「您才是個粗魯庸俗的大壞蛋。要說不老實，您說是誰從我的顏料盒偷了顏料，去圖書室塗那塊荒唐的血漬？最初您把我的紅色全拿走了，連朱砂紅也拿了，害得我畫不了落日，接著您拿走了翠綠和鉻黃，到最後我什麼都沒有了，只剩下靛藍和鋅白，只能畫月色，看著就讓人覺得壓抑，畫起來也一點都不容易。但我從沒告發您，儘管我氣得不行，而且這事從頭到尾都荒唐透頂，您說有誰見過翠綠色的血？」

「還真是的，」鬼魂說道，口氣溫和多了，「你說我該怎麼辦？現今非常難搞到真血的，況且，事是你兄長挑起的，用他的什麼優佳去汙劑去擦，那你說我用一下你的顏料有何不可？至於顏色嘛，這向來就是個品味問題：比如說，坎特維爾家族的是藍血，英格蘭藍血中的藍血。但我知道你們美國人不管這些的。」

「您什麼都不懂，最好還是出國去長長見識。我父親可高興免費給您走一趟的，雖然在那裡各種酒啊精啊都要付很高的關稅，但過海關一點問題都沒有，關員全是民主黨人。一到紐約，您肯定會紅得不得了。我知道那裡很多人會花十萬美金要個祖父，如果能要來個家庭鬼魂，再多花多少錢都捨得。」

「我看我不會喜歡美國的。」

「那大概是因為我們沒有廢墟，沒什麼古玩珍品吧。」維吉尼亞挖苦道。

「沒有廢墟！沒有古玩！」鬼魂回答，「你們有你們的海軍，你們的氣派。」

「那晚安啦，我去跟爸爸說讓我那倆弟弟多放一週假。」

「請別走，維吉尼亞小姐，」他叫道，「我這麼孤單，心裡這麼難受，真不知道該怎麼辦才好。想睡覺，但又不行。」

「這就奇了怪了！只消上床，吹滅蠟燭就行。有時還真很難不打瞌睡，特別是在教堂裡，但要是想睡呢，一點也不難。是啊，連嬰兒個個都知道怎麼睡，他們並不很聰明啊。」

「我沒睡覺已經三百年了。」他傷心地說，維吉尼亞一聽，吃驚地瞪大了她美麗的藍眼睛。「三百年沒睡覺，要我就太累了。」

維吉尼亞的臉色變得非常凝重，小嘴唇抖得像玫瑰花瓣。她靠上前，跪在鬼魂身邊，抬眼看著他蒼老枯癟的臉。

「多麼、多麼可憐的鬼魂啊，」她喃喃地說，「您沒地方睡嗎？」

「在很遠的地方，過了松樹林那邊，」他回答說，聲音低得像夢囈，「有一個小花園。那裡的草又長又深，毒芹的花開得像白色的星星，夜鶯整夜整夜地唱。整夜地不停唱著，月亮清清冷冷地望下來，紫杉樹張開巨大的臂膀，遮蓋住酣睡的人。」

涙水模糊了維吉尼亞的眼睛，她用雙手捂住臉。

「您說的是死亡之園。」她悄聲說。

「沒錯，是死亡。死亡必定是這麼美的。躺在柔軟的黃土中，青草在頭頂招搖，耳朵凝聽著寂靜。沒有昨日，也沒有明天。忘了時間，忘了生命，靜靜地安息。你可以幫我。你可以幫我打開死亡之屋的大門，因為愛與你同在，因為愛比死強大。」

維吉尼亞渾身發抖，打了個哆嗦，一時間屋裡一片沉寂。她覺得自己好像在做一場噩夢。

鬼魂又說話了，聲音像風在歎息。

「你看到過圖書室窗戶上那個古老的預言嗎？」

「噢，常常看到，」小姑娘嚷道，抬起頭來，「我記得很清楚，是用古怪的黑字寫的，很難讀。只有六行：

當有個姑娘像金子般美好，
從罪孽的雙唇呼喚出禱告，
當枯萎的杏樹有碩果結出，
一個小孩灑下了點點淚珠，
坎特維爾將歸平靜，
闔府上下也得安寧。

但我讀不懂那意思。」

「那意思是，」鬼魂淒涼地說道，「你必須為我犯下的罪與我一同哭泣，因為我沒有眼淚，為我的靈魂與我一同禱告，因為我沒有信仰，然後，假如你一直是個好人，可愛又溫柔，死亡天使就會憐憫我。你會在黑暗中看到可怕的東西，耳邊會悄悄響起邪惡的聲音，但這些都傷害不了你的，因為地獄的威力敵不過童真的純潔。」

維吉尼亞低下頭沒有回答，鬼魂滿心絕望地看著她的滿頭金髮。突然間她站了起來，臉色煞白，眼裡閃著奇異的光芒。「我不怕，」她堅強地說，「我會叫天使憐憫您的。」

鬼魂從椅子上站起來，發出一聲微弱的歡叫，輕輕拿起她的手以古禮的優雅吻了一下。他的手指冷得像冰，他的嘴唇燙得像火，但維吉尼亞沒有退縮，跟著他穿過幽暗的房間。褪色的綠掛毯上繡著一些小獵手，他們吹起垂著流蘇的號角，小手向她揮著叫她回去。「回去吧！小維吉尼亞，」他們嚷道，「回去吧！」但鬼魂把她的手拽得更緊，她閉上眼睛不看他們。壁爐臺上雕著一些樣子嚇人的動物，拖著蜥蜴的尾巴，眼睛圓鼓鼓的對著她直眨，嘴裡小聲嘀咕：「當心！小維吉尼亞，當心！不然我們再也見不到你啦。」但鬼魂往前飄行得更快了，維吉尼亞也不去聽那些嘀咕。到了房間另一頭，鬼魂停下來，咕噥著說了些什麼她聽不懂的話。她睜開眼睛，看到牆壁像霧一樣慢慢化開淡去，眼前是個大黑洞，一股刺骨的陰風吹過來，她覺得有什麼在扯她的衣服。「快，快，」鬼魂叫道，「要不就來不及了。」剎那間，壁板在他們身後合攏，掛毯室變得空無一人了。

VI

大概十分鐘後，下午茶的鈴聲響了。看到維吉尼亞沒下來，奧第斯太太叫個男僕上去跟她說一聲。過了一會兒，那男僕下來了，說哪兒都沒找著維吉尼亞小姐。因為這女孩有個習慣，每天傍晚都會到花園裡採些鮮花裝點餐桌，所以奧第斯太太最初也就沒當一回事。但等到六點的鐘響了，維吉尼亞還沒出現，她才真急了，叫男孩子出去找，自己也把房裡每間屋子都搜了個遍。六點半時，男孩子都回來了，說是到處找遍了都沒找著。這下子一家人全慌了，不知道該怎麼辦才好。奧第斯先生突然記起，幾天前他曾經允許一幫吉普賽人在莊園裡紮營，於是馬上動身去布萊克菲窪地，他知道這幫人現在在那裡，同行時帶上了大兒子和兩個農場傭工。小柴郡公爵急得抓狂，苦苦央求把他也帶上，但奧第斯先生才不讓他去呢，因為擔心到時會有衝突。但他們趕到時，卻發現吉普賽人走了，而且很明顯他們走得很匆忙，因為篝火還在燒，草地上也放著些盤子。他叫華盛頓和另外兩個人在周圍繼續找，自己跑回家，發電報給這地方所有的警察，叫他們留心尋找一個被流浪漢或吉普賽人拐走的小姑娘。接著他吩咐備馬，硬要他太太和三個孩子坐下吃飯，自己帶上個馬夫騎馬往阿斯格特奔去。但沒等他跑出兩英里，便聽到後面有人策馬飛奔而來，轉頭一看，是小公爵滿臉通紅，沒戴帽子，騎著他的小馬追上來。「真對不起，奧第斯先生，」小夥子氣喘吁吁地說，「維吉尼亞不見了，我一口飯都吃不下啊。求求您，千萬別生我的氣。假如您去年讓我們訂婚，就絕不會有這攤麻煩事了。您不會趕我回去吧，對不？我不能回去！我不想回去！」

公使看著這個英俊的小壞蛋，臉上禁不住露出微笑，他對維吉尼亞的這份癡心讓公使深深感動，便從馬上俯下身來，慈愛地拍拍他的肩膀，說：「好吧，西斯爾，你要不想回去，那我看只能和我一起走了，但到了阿斯格特我一定要再給你弄頂帽子。」

「啊，還管我的什麼帽子！我要維吉尼亞！」小公爵笑著大叫。他們一路飛奔到了火車站。奧第斯先生問站長，是否看到月臺上有外表長得像維吉尼亞的什麼人，但仍然一點頭緒也沒有。不過，站長還是沿鐵路線給上下各站發報問去，還向他保證會嚴加注意，看有沒有維吉尼亞的行蹤。奧第斯先生在一家正要打烊的布店給小公爵買了帽子之後，大家便策馬去貝克斯利、大概四英里外的一個村莊，聽說那是個出了名的吉普賽人落腳點，因為旁邊就是一大片公地。到那裡，他們叫醒了村裡的警察，結果也沒問出什麼。騎馬在公地上找了一圈後，他們調轉馬頭回家，到獵苑大概有十一點了，兩人筋疲力盡，傷心欲絕。他們看到華盛頓和兩個孿生兄弟提著燈在門房等他們，因為整條林蔭道已是一片漆黑。維吉尼亞蹤影全無。吉普賽人在布洛克牧場被追上了，但她並沒有和他們在一起。那些人解釋說，突然離開是因為搞錯了日期，所以趕緊上路，怕錯過查頓集市。的確，他們一聽到維吉尼亞失蹤也非常難過，因為他們很感激奧第斯先生讓他們在莊園紮營，還留下四個人幫忙找。鯉魚池撈過了，整個獵苑裡裡外外也搜過了，但什麼也沒發現。很明顯，至少在那個晚上，他們的維吉尼亞是沒有了。奧第斯先生和幾個孩子萬分難過，向宅子走去，馬夫跟在後面，牽著兩大一小的三匹馬。在大廳裡他們看到一班嚇得不知所措的僕人，圖書室的沙發上躺著可憐的奧第斯太太，因為恐懼和焦急，都快神志不清了，老管家正給她的額頭抹科隆香水。奧第斯先生一看，非要她吃些東西不可，並吩咐準備宵夜。一頓飯大家吃得淒淒慘慘，幾乎沒有人說話，就連兩個孿生兄弟也老老實實的一臉肅然，因為他們可喜歡姐姐了。吃完宵夜，奧第斯先生不管小公爵百般央求，命令大家都去睡覺，說是那天晚上辦不了什麼事了，第二天早上他會打電報給蘇格蘭場，叫他們立即派些偵探過來。就在他們走出餐廳時，從鐘樓隆隆傳來午夜鐘聲，最後一下剛敲，他們便聽到哐當一聲響，突如其來的又是一聲尖叫，緊接著一聲炸雷震得房子直晃，空中飄來一陣如仙似幻的音樂，樓梯頂上一塊壁板重重地啪一聲彈開來，平臺上跨出了維吉尼亞，臉色煞白，手裡拿著個小匣子。一下子他們全向她衝上去。奧第斯太太一把將她摟在懷裡，公爵的一陣狂吻差點把她憋得沒氣了，孿生兄弟倆圍著他們跳起了狂野的戰舞。

「天哪！孩子，你跑到哪兒去了？」奧第斯先生怒氣沖沖地問道，心想這傻姑娘是惡作劇耍了大家，「西斯爾和我騎馬把方圓多少里都找遍了，你母親差點沒嚇死。你以後可千萬別再開這樣的無聊玩笑了。」

「要開就拿鬼魂開！拿鬼魂開！」雙胞胎一邊蹦蹦跳跳，一邊尖聲嚷道。

「我的寶貝兒啊，感謝上帝你找著了。以後絕不讓你離開我身邊一步。」奧第斯太太一邊念叨著一邊親吻著瑟瑟發抖的小姑娘，一邊把她的一頭金髮捋順。

「爸爸，」維吉尼亞平靜地說道，「我剛才是和鬼魂在一起。他現在死了，你得過來看一下他。他過去壞透了，但他後來對自己所做的一切非常痛悔，他死前給了我這一盒漂亮的珠寶。」

全家人望著她，目瞪口呆，但她一臉的凝重認真。她轉過身來，領著眾人穿過壁板的豁口走下一條窄窄的祕密通道，華盛頓緊跟在後，舉著一根他順手從桌上抓的點亮的蠟燭。最後，眾人來到一個橡木大門前，上面的門釘都生鏽了。維吉尼亞輕輕一碰，由沉重的鉸鏈扣著的門便自動打開，他們發現自己到了一個低矮的小房間裡，天花板是拱形的，有一扇小得不得了、安了鐵柵的窗子。牆壁上嵌著一個巨大的鐵環，上面用鐵鍊鎖著一具伶仃乾枯的骷髏，趴在石板地上直挺挺地伸長全身，似乎拚命要用它無肉的長手指去抓眼前一個古式的木餐盤和水罐子，但那餐盤和罐子剛好就擺在它搆不著的地方。罐子裡顯然曾經裝滿了水，因為裡頭長滿了綠黴。餐盤上空空如也，只有一堆塵土。維吉尼亞跪在骷髏旁邊，雙手合十，開始無聲地禱告，其他人驚詫地望著這一幕慘況，背後的祕密如今盡現他們眼前。

「看吶！」雙胞胎兄弟中的一個高聲叫道，他一直看著窗外，想弄清楚這房間到底在樓的哪一邊廂。「看吶！那棵枯了的老杏樹開花了。月光裡那些花我看得很清楚。」

「上帝寬恕了他。」維吉尼亞鄭重地說著，站起身來，似乎有一道美麗的光照亮了她的臉龐。

「你是多好的一個天使啊！」小公爵大聲說著，伸手摟住她的脖子，吻了她一下。

VII

這一連串奇事過後四天，一個葬禮的隊伍於晚上十一點左右從坎特維爾獵苑出發。靈車由八匹黑馬拉著，每匹都戴著一大簇鴕鳥毛頭飾，走起來一步一叩的，鉛棺上覆蓋著亮紫色的柩衣，上面用金線繡著坎特維爾家族的紋章。僕人走在靈車和馬車兩旁，手舉著點亮的火把，整個送葬隊伍的氣派令人讚歎。坎特維爾勛爵是喪主，特地從威爾斯趕來，和小維吉尼亞一起坐在領頭的馬車上。接著是合眾國公使與夫人，再就是華盛頓和三個男孩，最後的馬車上坐著烏姆尼太太。大家都覺得她這輩子被鬼魂嚇了五十多年，有權見證他最後的歸宿。教堂墓園的一角已挖好了一個深深的墓穴，就在老紫杉樹下，悼詞由奧古斯塔．丹比爾牧師讀出，聲情並茂得令人印象深刻。儀式結束時，僕人根據坎特維爾家族的老規矩，滅了手中火把。就在靈柩慢慢放入墓穴時，維吉尼亞走上前，將一個用白色和粉紅的杏花做的大十字架放在上面。就在她放十字架這一刻，月亮從雲背後露出來，銀色的月光靜靜地灑滿小墓園，遠遠的一處小樹林裡傳來一隻夜鶯的歌唱。她想起鬼魂說的死亡之園，淚水就蒙上眼睛，回家的路上，她坐在車裡幾乎沒說一句話。

第二天早上，在坎特維爾勛爵去倫敦之前，奧第斯先生和他討論了鬼魂給維吉尼亞珠寶這件事。這些首飾漂亮極了，尤其是一條威尼斯工藝的紅寶石項鍊，堪稱十六世紀珠寶的絕佳代表。珠寶價值巨大，這讓奧第斯先生頗為躊躇，不知該不該讓女兒收下。

「勛爵閣下，」他說，「我知道在這個國家，不可轉讓的永久所有權既適用於土地也適用於珠寶細軟之類的小物件，我也非常清楚，這些珠寶是，或者應該是，你們的家傳財寶。因此，我必須請求您，務必把這些珠寶帶去倫敦，就將之視為你們家的部分財產，因為某種奇怪的機緣如今物歸原主。至於我女兒，她不過是個孩子，對這種奢侈又不實用的身外之物，我很高興地說，還沒有什麼大興趣。我也從奧第斯太太處得知——不怕見笑，我太太對藝術頗具眼光，她婚前有幸在波士頓度過幾個寒暑——這些寶石價值不菲，如果出售可以賣到很高的價錢。有鑑於此，坎特維爾勛爵，您應該會理解，我是多麼不可能允許這些珠寶留在我家庭任何一個成員手中。的的確確，這類虛華的俗物玩意，對於英國貴族的門面無論是多麼般配多麼必需，對那些在共和黨人嚴苛的、我相信是不朽的簡樸原則下成長的人而言，是完全不合適的。或許我應該說一下，維吉尼亞非常希望您能允許她保留那個首飾盒，以資紀念您那位行差踏錯的不幸先祖。鑒於那盒子極為殘舊，故此破損不堪，您或許會考慮成全她的願望。至於本人，我承認萬沒想到自己的一個孩子怎麼會對中世紀古風動了感情，唯一解釋是這孩子出生於你們倫敦的一個郊區，那時奧第斯太太剛從雅典回來。」

坎特維爾勛爵一臉莊重地聽著可敬的公使先生說話，不時撚一下花白的鬍鬚，來掩飾嘴角情不自禁的微笑。聽完這一席話，他誠摯地握住奧第斯先生的手，說：「我親愛的先生，您可愛的小女兒讓我那位不幸的先祖西蒙爵士脫離了苦海，對她的膽量和勇氣，我和我的家人銘感於心。珠寶確實應該歸於她所有。而且，信不信由您，我要是真的沒良心，把珠寶從她手裡要了去，我相信那個老壞蛋不出半個月就會從墓裡蹦出來，搞得我生不如死。至於說家傳財物等等，沒在遺囑或法律檔中說明的都不能算。這些珠寶，事前並無人知道，我向您保證，我和您的管家一樣無權認領。等維吉尼亞小姐長大了，我敢說她會很高興有漂亮的東西戴。而且，別忘了，奧第斯先生，您可是將家具和鬼魂都估價買下的，這樣任何屬於鬼魂的東西馬上就轉到您名下了，因為無論西蒙爵士夜裡在走廊幹了什麼，依法律論他確實死了，他的財產您是購買所得。」

坎特維爾勛爵拒絕接受，這讓奧第斯先生傷透了腦筋，央求他再考慮考慮，但這位宅心仁厚的貴族心意已決，終於說得公使先生答應讓他女兒留下鬼魂送給她的禮物。等到一八九〇年春天，年輕的柴郡公爵夫人於成婚之日第一次在女王的覲見會上亮相，佩戴的珠寶成了所有人讚歎的話題。那就是維吉尼亞，獲授公爵夫人的冠冕，這是美國所有品質純良的小女孩夢寐以求的獎賞。她的少年情郎剛一成年，她就嫁過去了。如意郎君如花美眷，相親相愛，人人都為這珠聯璧合的一對佳偶高興。不高興的只有兩個人。一是丹布頓侯爵夫人，她有七個女兒待字閨中，曾想方設法要讓公爵成為自己的女婿，為此，連花費昂貴的宴會都辦了不下三次。另一個，說來奇怪，是奧第斯先生本人。對年輕的公爵這個人，奧第斯先生喜歡極了，但是，在理論上，他反對爵銜，用他自己的話說，「不無擔心，怕人因為貴族階級尋歡作樂的影響而頹廢喪志，將共和黨人真正的簡樸原則拋諸腦後。」然而，他的反對拗不過眾意，而我就相信，當他走在漢諾威廣場聖喬治教堂的過道上，女兒依傍在身邊挽著他手臂，這一刻，英格蘭上上下下沒有哪個男人會比他更覺得自豪。

公爵夫婦度完蜜月後，來到坎特維爾獵苑。第二天，兩人在下午時分走到松樹林邊寂寥無人的教堂墓園。最初大家為西蒙爵士的墓誌銘該寫些什麼大傷腦筋，最終決定只刻上老先生姓名的首字母縮寫，以及圖書室窗上的詩句。公爵夫人帶來了一些漂亮的玫瑰花，撒在墳上。兩人在墳邊站了一會兒，慢慢逛到老修道院聖壇的廢墟中。公爵夫人在一根倒下的柱子上坐了下來，她丈夫躺在她腳邊吸著菸，往上看著她美麗的雙眼。突然間他把菸一扔，抓住她的手，對她說：「維吉尼亞，妻子對丈夫不該隱瞞什麼祕密。」

「親愛的西斯爾！我可沒有對你隱瞞什麼祕密啊。」

「你有，」他答道，臉上微笑著，「你從來都沒告訴過我，你和鬼魂關在一起時發生了什麼事。」

「我誰也沒告訴過啊，西斯爾。」維吉尼亞鄭重地說道。

「這我知道，但你也許可以告訴我。」

「請別問我了好不好，西斯爾，我不能說的。西蒙爵士真可憐！我欠下他太多了。沒錯，你別笑，西斯爾，我真的欠他太多了。他讓我明白了生命是什麼、死亡又意味著什麼，也讓我明白了，愛為什麼比生與死都更強大。」

公爵站起身來，憐愛地吻了吻妻子。
「你就守著你的祕密吧，我有你的心就夠了。」他輕聲說道。
「我的心永遠是你的，西斯爾。」
「將來有一天你會告訴我們孩子的吧，會不會？」
維吉尼亞臉紅了。

百萬富翁模範

——擊節讚歎記一則

人除非有錢，否則再好也沒用。浪漫是有錢人的特權，而非失業者的專業。窮人應該平實、平淡。有一份永久的收入好過有迷人的魅力。這些現代生活的至理，休伊・厄斯金從來就沒有明白過。可憐的休伊！論智力，我們得承認，他不值一提，這輩子從來沒說過一句動人的妙語，甚或傷人的惡語。可是話說回來，他長得非常漂亮，眼睛是灰色的，一頭褐髮捲捲的，臉上五官線條分明。他很討人喜歡，不管是男人還是女人，而且什麼本事都有，就是不會賺錢。父親去世，把自己的馬刀留給他，還有一部十五卷的《伊比利亞半島戰爭史》。馬刀他掛在了穿衣鏡旁，戰爭史他就上架放在《拉夫指南》和《貝利月刊》之間，一年靠著一個老姑媽給他的兩百鎊過活。他什麼都試過了。在證券交易所幹了六個月，可是一隻蝴蝶在牛熊廝殺中能成什麼氣候？跑茶葉生意跑的時間長一點，但很快就沒心思和白毫與小種打交道了。他去賣乾雪利酒，也沒賣出個名堂，覺得那酒味有點太乾巴巴了。到頭來他什麼也不是，仍舊是個有魅力沒能力的年輕人，五官漂亮一事無成。

雪上加霜的是，他戀愛了，戀上了蘿拉．莫頓，一個退休上校的女兒。這位上校在印度把脾氣和消化系統弄壞了，此後哪一樣都沒恢復過來。蘿拉很崇拜休伊，而休伊呢，連親蘿拉的鞋帶都肯。兩人在一起，可說是全倫敦最漂亮的一對，也是窮得發慌的一對。上校非常喜歡休伊，但訂婚就免談。

「要找我談這事，孩子，等你自己有了一萬鎊咱們再說。」他常說。每次他這麼一講，休伊就垂頭喪氣地要找蘿拉討個安慰。

一天上午，他去倫敦中心莫頓家住的荷蘭公園區，順道去看一個好朋友艾倫．特列夫。特列夫是個畫家。的確，當今沒有幾個誰逃得過畫家這名頭。但他還是個真正的藝術家，而這可就稀缺了。看人嘛，他是個不修邊幅的怪傢伙，滿臉雀斑，紅鬚蓬亂，但一旦拿起畫筆，那就是大師一個，畫作吃香得很。他剛開始會對休伊喜歡得不得了，必須承認，完全是為他的外表所吸引。「畫家唯一應該結交的，」他常說，「是那些有美貌無頭腦的人，是那些外表看了令人心喜技癢，談吐聽了使人腦乏眼睏的人。俊男美女統治世界，至少是應該統治世界。」然而，等瞭解一多，他同樣看上了休伊樂天開朗的氣質和慷慨不羈的個性，於是允許他永遠可以自由出入自己的畫室。

休伊進來時看到特列夫正給一幅很妙的真人大小的乞丐畫作最後潤色。乞丐本人則站在畫室角落的一個臺上，憔悴枯槁，臉像張皺巴巴的羊皮紙，透著一副可憐兮兮的神情。他肩上搭著件棕色的粗布外衣，破得一塌糊塗，腳上穿的厚靴子滿是補丁，一隻手拄著根粗糙的木杖，另一隻手拿著頂破帽子作乞討狀。

「這模特兒真絕！」休伊一邊和朋友握手一邊低聲說道。

「模特兒真絕？」特列夫高聲喊道，「我看真是絕！像他這樣的乞丐是可遇不可求的啊。一大發現哪，我的朋友，活脫脫簡直是一幅委拉斯蓋茲的畫作！天哪，要是林布蘭看到他，不知會創作出怎樣一幅銅版畫啊！」

「可憐的老人！」休伊說，「那模樣多淒慘啊！但我想，對你們畫家而言，他的臉就是他的福氣所在？」

「那還用說，」特列夫回答，「你不會找個興高采烈的乞丐來吧，對不？」

「當模特兒賺多少錢？」休伊一邊問，一邊在一張沙發床上舒舒服服地坐下來。

「一小時一先令。」

「那你一幅畫賣多少錢，艾倫？」

「哦，這幅畫兩千！」

「英鎊？」

「是金幣。畫家、詩人和醫生都是算金幣的。」

「那樣，我覺得模特兒應該抽成，」休伊嚷道，笑了起來，「他們可不比你輕鬆。」

「胡說八道！簡直胡說八道！咳，你看看單就調顏料已經夠麻煩的了，還得在畫架前站一整天！沒錯，休伊，你嘴上講講可以，但我敢說有些時候，藝術跟勞力工作差不多體面。但是你別再嚼舌頭了，我忙得很。抽根菸吧，別作聲。」

過了一會兒僕人進來，跟特列夫說做畫框的有事和他談。

「你別跑，休伊，」他一邊說，一邊走出去，「我一會兒就回來。」

老乞丐趁特列夫不在，在他身後的一張木凳子上坐下來歇口氣。看著他那副淒慘悲涼的樣子，休伊不禁心生憐憫，手伸進口袋看看身上還有多少錢。找遍了只有一個金鎊加幾個銅板。「可憐的老頭，」他暗自思量，「比我更需要這錢呢，但我這兩星期就坐不成馬車了。」這麼想著，他穿過畫室悄悄把那個金幣塞到乞丐手裡。

老人冷不防吃了一驚，一絲笑容閃過他乾癟的嘴唇。「謝謝您，先生，」他說，「謝謝您。」

特列夫進來了，休伊便告辭離開，還為自己剛才做的事有點臉紅。他和蘿拉一起待了一天，因為那一下出手的大方讓人家甜滋滋地數落了一番，回家時只好安步當車了。

那天晚上他大概在十一點時分閒逛到畫家俱樂部，發現特列夫正一個人坐在吸菸室，喝著兌蘇打礦泉水的葡萄酒。

「好啊，艾倫，那幅畫大功告成了嗎？」他說著，點起一根香菸。

「畫已完、框已裝，老弟！」特列夫回答道，「順便說一下，你今天贏得了一份人心，你見到的那個老模特兒對你可是念念不忘啊。沒辦法我只好把你的事一五一十告訴他——你是什麼人、住哪兒、收入多少、將來的打算是什麼——」

「我親愛的艾倫啊，」休伊大叫，「看這樣子我回家時他要在門口等我了。可是，你當然是說著玩的。可憐的老傢伙！但願我能為他做點什麼。看人落到這步淒涼境地我心裡難受。我家裡有大堆大堆的舊衣服——你覺得他會不會要幾件？沒看到，他那身衣服都破破爛爛了。」

「但他配那身衣服才叫絕呢，」特列夫說道，「他要是穿身長禮服，給多少錢我都不畫。你說的破爛我看來浪漫。你說的貧窮我正好入畫。但不管怎樣，我會告訴他你這一番心意。」

「艾倫，」休伊一本正經地說道，「你們這些畫畫的真沒心沒肺。」

「藝術家的心長在腦子裡，」特列夫回答說，「況且我們幹的，是怎麼看的世界，就怎麼把它呈現出來，並不是要按我們所知道的去改造它。各司其職嘛。現在告訴我蘿拉怎麼樣。那老模特兒對她很感興趣。」

「難道說你把蘿拉也跟他講了？」休伊問。

「當然講了。他全知道啦，上校無情、蘿拉可愛，還有那一萬鎊的事。」

「你把我的私生活全講給那老叫花子聽了？」休伊大叫，氣得滿臉通紅。

「我的小老弟，」特列夫笑著說，「那老叫花子，是你這麼叫的，他可是歐洲數一數二的大富翁。明天就是把整個倫敦買下來，銀行帳戶也不用透支。他在各大都會都有房子，吃飯用的是金盤子，一高興呢可以叫俄國不得參戰。」

「你到底在說什麼？」休伊驚叫起來。

「我說的是，」特列夫說道，「你今天在畫室見到的那位老人是豪斯伯格男爵，是我非常好的朋友，我的畫什麼的全都是由他買下。一個月前他付佣請我畫一幅他的乞丐像。你說該怎麼辦？百萬富翁的雅興！還真天才，他穿上他那身破衣爛裳可謂形象絕妙，或者該說是我的破衣爛裳、在西班牙買的一套舊衣服。」

「豪斯伯格男爵！」休伊叫道，「我的天哪！我給了他一個金鎊！」說著他跌坐在一張扶手椅上，一臉的沮喪。

「給了他一個金鎊！」特列夫喊道，禁不住哈哈大笑起來，「小老弟啊，你可再也要不回來了。他幹的這一行就是專拿別人的錢來花。」

「我說你早該告訴我一聲，艾倫，」休伊有些動氣，「不該讓我出這個醜。」

「話說回來，休伊，」特列夫說，「第一點，我怎麼想得到你會這麼冒冒失失地四處散財濟貧。你要是親吻了哪個漂亮的女模特兒，我還可以理解，但是把一個金鎊給了個醜男模——天哪，我怎麼也想不到！況且，我今天本來真是不見客的，你進來時我不知道豪斯伯格願不願意我說出他的名字。你知道他當時穿的可不是正裝禮服。」

「他一定覺得我是個大傻瓜！」休伊說。

「才不是呢。你走後他心情不知有多好，自個兒不停地咯咯笑，兩隻上年紀滿是皺紋的手不停地搓著。我真搞不懂他為什麼對你的事，無論大小會那麼感興趣，但我現在全明白了。他要替你把那塊金鎊拿去投資，休伊，每六個月付一次利息，茶餘飯後這又成了一段佳話的資本。」

「我這是倒了八輩子楣了，」休伊低吼一聲，「只能回家洗洗睡覺去了。還有，好艾倫，這事你可千萬別說出去啊。要不我可沒膽在海德公園的騎馬道上露臉啦。」

「胡說！這體現了對你博愛精神的最高褒獎啊，休伊。別跑。再抽根菸，蘿拉的事你現在可以談個痛快。」

但是，休伊不肯再逗留。他走回家，一路上悶悶不樂，留下艾倫·特列夫一個人兀自大笑不已。

第二天早上，他正在吃早餐，僕人送上一張名片，上寫「古斯塔夫·納烏丁先生，豪斯伯格男爵先生代理人」。

「他這是來要我道歉的。」休伊自語道，吩咐僕人把客人領進來。

來人是位老先生，戴著金邊眼鏡，頭髮花白，說話有一點點法國口音，「請問閣下是厄斯金先生嗎？」

休伊點點頭致意。

「我從豪斯伯格男爵處來，」他繼續往下說，「男爵——」

「我請您，先生，務必向男爵轉達我最誠摯的歉意。」休伊結結巴巴地說。

「男爵，」老先生面帶笑容地說，「委託我帶給您這封信。」他說著遞上來個封了口的信封。

信封上寫著「休伊．厄斯金與蘿拉．莫頓結婚賀禮，一個老乞丐賀」，信封裡是張一萬鎊的支票。

他們成婚那天，艾倫．特列夫是伴郎，男爵在婚禮早餐上致詞。

「百萬富翁當模特兒，」艾倫感慨道，「已夠稀罕的，還當成個百萬富翁的模範，天哪，就更稀罕了！」

W. H. 先生的畫像

I

那一天，我在鳥籠街厄斯金漂亮的小樓裡，和他用過晚餐後，兩人便坐在他的藏書室裡喝著咖啡抽著菸聊天，碰巧說到了文學偽作的問題。我也記不得當時怎麼會聊起這個有些怪的話題，但我記得兩個人就麥克福森、艾爾蘭和查特頓的事討論了很久。關於查特頓，我堅持認為他的所謂假託之作不過是出於藝術上追求完美表現的願望而已，我們無權說三道四，去和一個藝術家爭論他該如何呈現自己的作品。我還說了，既然一切藝術在某種程度上都是一種表演，為的是在某個超越形格勢禁的想像層面實現自己的人格，那麼指責一位作家偽託作假，便是將倫理與美學問題混為一談了。

厄斯金比我年長許多，在一旁聽著，擺出一副四十歲男人笑而不辯的神情。突然，他把一隻手放在我肩上，說：「那你說，要是有個年輕人，對某部藝術作品有了個奇怪的理論，並且很相信自己的理論，不惜犯科作偽來證明它，這又算什麼？」

「啊！那就很不一樣了。」我回答。

厄斯金沉默了一會兒，望著從他菸頭升起來的一縷縷淡淡的青煙。「沒錯，」他說，頓了一下，「是很不一樣。」

他話音裡流露出一點什麼，也許是一絲苦澀，激起了我的好奇。「難道你知道有誰這麼幹了？」我大聲問。

「是的，」他一邊回答，一邊把菸扔進火爐中，「我一個很好的朋友，叫西里爾・格蘭姆。這人非常有意思，也非常蠢，而且非常無情無義。但又是他，給我留下了我這輩子收到過的唯一一件遺物。」

「是什麼呢？」我大聲問。厄斯金從座位上站起來，走到嵌在兩個窗戶之間的一個高高的櫥子跟前，用鑰匙開了櫥門。等他回到我坐的地方時，手裡拿著一幀小小的木板油畫，畫框很舊，是伊莉莎白時代的風格，有點髒汙。

那是幅一個年輕人的全身像，穿的是十六世紀末的服裝，站在一張桌子邊，右手放在一本翻開了的書上，看那樣子有十七歲左右，漂亮極了，雖然明顯透著一股脂粉氣。的確，要是沒看服裝和那頭剪得很短的頭髮，乍一看，人家一定會說那張臉、那對夢幻般如秋水望穿的眼睛，還有那纖巧紅潤的雙唇，活脫脫就是個姑娘的臉蛋。要說人物神態，尤其是對雙手的處理，那幅畫讓人想起佛蘭索瓦・克盧埃的晚期作品。人物身穿的黑天鵝絨緊身上衣以及上面精美的鍍金點綴，襯著孔雀藍背景，顯得格外好看，色彩也因此交相輝映，很有一派克盧埃的韻味。兩個象徵悲劇和喜劇的面具有點煞有介事地掛在大理石底座上，又讓畫面凜然有股嚴峻的硬朗之氣——風格和義大利畫作的輕靈典雅相去甚遠——這手法，即使在法國宮廷的那位來自北方法蘭德斯地區的大師克盧埃也從未完全捨棄，而其本身則永遠是歐洲畫北國風情的一個特徵。

「很好看啊，」我嚷道，「但這位美少年是誰呢，會讓藝術如此欣欣然為我們保存下他俊秀的儀表？」

「這是W. H.先生的畫像。」厄斯金答道，臉上帶著哀傷的笑容。也許是偶然的光線效果吧，但我似乎看到他眼睛裡噙滿淚水。

「W.H.先生！」我大叫，「誰是W.H.先生？」

「難道你忘了？」他回答，「看看他手擱在上面的那本書。」

「我看到上面有些字，可是看不出寫的是什麼。」我說。

「拿這個放大鏡再試試看。」厄斯金說，嘴邊仍然閃爍著那道哀傷的微笑。

我拿起放大鏡，把燈移近點，開始一字一頓地讀出來那上面十六世紀的手書怪字：「謹獻給唯一令以下詩篇得著生命的人。」……「天哪！」我大叫一聲，「他就是莎士比亞的W.H.先生？」

「西里爾．格蘭姆就老這麼說。」厄斯金嘟噥著。

「但那樣子一點也不像本布魯克勛爵啊，」我回答，「我對蓬赫斯特收藏的肖像畫很熟悉的，那裡有本布魯克勛爵的畫像，我幾個星期前還在那附近待過呢。」

「那你當真相信這些十四行詩是寫給本布魯克勛爵的？」他問道。

「我很肯定，」我回答，「本布魯克、莎士比亞，還有瑪麗．費通太太，這三個是那些十四行詩裡的主要人物。這一點毫無疑問。」

「嗯，這我同意，」厄斯金說，「但我並不是一直都這麼認為的。我曾經相信過，我想我曾經相信過西里爾．格蘭姆和他的理論。」

「此話怎講？」我問，眼睛看著那幅很漂亮的肖像，那畫已經開始讓我覺得有種莫名的魔力。

「說來話長，」厄斯金回答道，把畫從我手裡拿走，當時我覺得那動作很突兀——「很長很長。但要是你想知道，我可以說給你聽。」

「我很喜歡各種關於莎士比亞十四行詩的理論，」我嚷道，「但我想我是不會改信任何新觀點的。這事對任何人都不再是未解之謎。真的，我懷疑這從來就不是什麼懸案。」

「我不相信這套理論，也就不可能說服得了你去改信它，」厄斯金說著笑起來，「但你也許會感興趣。」

「當然，說來聽聽，」我回答，「如果有這幅畫一半精彩，我也就心滿意足了。」

「那好，」厄斯金說道，點起一根菸，「我得從西里爾·格蘭姆這個人談起。他和我在伊頓時住同一棟院舍，我比他大了一兩歲，但我們倆好得不得了，做功課玩耍都在一起。當然了，玩比做功課要多得多，但我不能說我對此有什麼後悔。沒有接受完整的商業教育總有它的好處，而我在伊頓操場上玩所學到的東西，比起劍橋教給我的，差不多一樣有用。我應該告訴你西里爾的雙親都過世了，在維特島外一次可怕的遊艇意外中遇溺身亡。他父親在外交界供職，娶了老勛爵克萊狄頓的一個女兒，實際上是他的獨生女。他雙親死後，老勛爵成了西里爾的監護人。我覺得克萊狄頓勛爵對西里爾不太關心，他從來就沒有真正原諒過他女兒，怎麼嫁給了一個沒有爵銜的人。他是個與眾不同的老貴族，罵起人來像個街邊小販，舉手投足像個農夫。我記得有一次在學校的演講日見到他。他朝我吼著叫著，給了我一個金鎊，告訴我長大後別像我父親那樣成為『一個該死的激進分子』。西里爾對他沒什麼感情，放假時大部分時間能跟我們在蘇格蘭度過，對他來說是得償所願。祖孫倆向來相處得不融洽，西里爾看他像頭熊，他則覺得西里爾娘娘腔。在一些事情上，依我看，西里爾是有些女人氣，儘管他騎術很好，劍術一流。實際上還沒離開伊頓時他就開始練劍了。但他整天就那一副有氣無力的樣子，對自己的俊俏模樣得意得不得了，還特別討厭足球。只有兩樣事情能讓他真正開心，一是詩歌、一是演劇。在伊頓，他總是盛裝吟誦莎士比亞的作品，上劍橋的三一學院後第一個學期就加入了業餘戲劇俱樂部。記得他每次登臺演出我都非常嫉妒。我對他心儀有加，可謂到了荒唐的地步，我想這是因為在某些方面我們倆是如此不同。我呢，笨口拙舌，弱不禁風的一介書生，腳大得不得了，臉上雀斑嚇人。雀斑嘛，那是蘇格蘭人的家傳，一如痛風是英格蘭人的世襲。西里爾常說，要是讓他二者擇一，他會選痛風。但他一向重視個人外表，簡直到了可笑的地步，有一次還在我們的辯論學會宣讀一篇論文，論證長相好勝過人品好。他當然是翩翩一帥哥了。不喜歡他的人，那一眾凡夫俗子、學院導師、上學為了進教會的年輕人，常說他不過是臉蛋漂亮罷了，但那張臉除了漂亮外還有好多可看之處呢。我認為我見過的人當中沒有比他更出色的，舉止優雅、風度英妙，簡直無懈可擊。值得他去迷的人個個都被他迷住了，外加一大幫不值得迷的人。他常常我行我素，愛使性子，我還覺得他虛偽得可怕。主要原因，現在想來，是他一心要討人喜歡，結果弄得過猶不及。可憐的西里爾！我曾經告訴他，別滿足於不值一哂的小贏小勝，但他聽了只是笑笑。他這是被人寵得無可救藥了。所有討人喜歡的人，我猜想，都被寵壞了。這就是他們魅力的祕密所在。

「但是，我必須給你說說西里爾的演技。你知道女演員是不能在業餘戲劇俱樂部演出的，至少在我那年頭不能，現在不知道能不能。這一來，西里爾理所當然就總扮女角兒啦。排《皆大歡喜》時他扮羅莎琳。他演得精彩極了。說真的，就我所見只有西里爾．格蘭姆把羅莎琳演得如此出神入化。那種美、那份細膩、整個演出的精巧雅致，我用話跟你說不出來的。演出大為轟動，俱樂部那可憐的小劇場，當時就那個樣子，晚晚擠滿了人。就是現在，我讀那個劇本時還禁不住想起西里爾。這部戲簡直就像是為他寫的。第二個學期他拿到學位，到倫敦來讀書，想進外交界。但他的心思一點也沒花在學業上，白天讀莎士比亞的十四行詩，晚上泡劇院。他想上臺演出，當然了，都快想瘋了。是我和克萊狄頓勛爵想方設法把他攔住的。他要真登上戲臺了，說不定現在還活著呢。笨蛋才會給別人出主意，要是出的主意好呢，就要了命了。希望你別重蹈我這個覆轍。要是不聽，你會後悔的。

「好吧，言歸正傳，有一天我收到西里爾一封信，要我那天晚上到他那裡去。他在皮卡迪利街有幾間很漂亮的房間，俯瞰著綠園，平常我每天都去看他的，所以這次我很意外，他怎麼還要費事來信相約呢。我當然過去了。到那邊一看，他精神亢奮，告訴我他終於發現了莎士比亞十四行詩的真正祕密，說是學者、批評家一個個完全摸錯了門道，而他是第一人，純粹靠詩的內在證據查出W. H.先生到底是誰。他欣喜若狂，等了好久都不跟我說他的理論。最後，他拿出一捆筆記，把他那本莎士比亞十四行詩集從壁爐臺上拿過來，坐下一五一十就這個課題長篇大論起來。

「他一開始就指出，這個年輕人，莎士比亞會題獻給他這些情感熾熱得出奇的詩篇，必定在詩人戲劇藝術的發展中是個至關重要的人物，這一點，本布魯克和南安普敦兩位勛爵哪一位都算不上。的確是，不管這人是誰，都不可能出身高貴，這在詩第二十五首中就表明得很清楚了，詩中莎士比亞將自己和那些『王侯太子的寵臣』相比，說得很直白——

就讓他們得意地誇耀吧，
那些富貴之星眷顧的人，
讓我，被榮華遺棄的我啊，
追尋至愛的喜樂與本真。

在詩的結尾，又為自己珍而重之的卑微欣欣自賞：

幸福啊，心有愛，也得人愛，
卑微中，我情不變，志不改。

這首詩，西里爾宣稱，本來是很難理解的，要是我們還認為那是寫給本布魯克伯爵或者南安普敦伯爵的話，因為這兩人有著英格蘭最顯赫的地位，完全配得上『王侯太子』的名號。他為了證實自己的觀點還給我讀了第一二四首和第一二五首這兩首詩，詩中莎士比亞告訴我們，他的愛不是『時運之子』、『華貴笑顏不能侵』，他的愛『根基遠非因緣際會』。我興致盎然地聽著，心想這一立論可謂前所未聞。他接下來講得更加神乎其神，我當時覺得似乎把詩是寫給本布魯克這一觀點完全推翻了。我們從米爾斯那裡知道，那些詩寫於一五九八年之前，而且第一〇四首告訴我們，莎士比亞和W. H.先生的友誼到那時已有三年之久。而本布魯克勛爵生於一五八〇年，直到十八歲，也就是說一五九八年，才來倫敦，莎士比亞結識W. H.先生應該是一五九四年的事，最晚不會晚過一五九五年。這麼一來，莎士比亞就不可能在寫這些詩之前認識本布魯克勛爵了。

「西里爾還指出本布魯克的父親是一六〇一年才去世的，而從第十三首的以下這句詩：

你得父遺，也當有子承繼。

可以明顯看出一五九八年時W.H.先生的父親已經過世。況且，如果我們認為那時的出版商——而前言又是出自出版商之手——會斗膽以W.H.先生稱呼威廉·霍伯特，亦即本布魯克伯爵，那就滑天下之大稽了。至於，比如說，當時人稱巴克赫斯特勛爵為薩克維爾先生，這與本布魯克的情形不一樣，因為巴克赫斯特勛爵不是貴族，只是一個貴族的次子，爵銜是禮節性的稱呼。在《英格蘭詩壇》中如此說到他的那一段，其實並非鄭重的正式題獻，不過是泛泛的一筆帶過而已。本布魯克的事就說到這兒，聲稱他是W.H.先生，這個觀點西里爾輕而易舉就駁倒了，而我在一旁聽得嘖嘖稱妙。南安普敦勛爵呢，西里爾處理起來更不費勁。這位勛爵年紀輕輕就成為伊莉莎白·福南的情人，所以用不著一次次求他成家。他人不漂亮，不像他母親，而W.H.先生如詩第十三首說的，長得就像母親——

你啊，是你母親的鏡中像，
喚回她青春如四月花季。

而且，最重要的是，他名叫亨利，但是語帶雙關的那兩首詩（第一三五首和第一四〇首）表明莎士比亞朋友的名字和他自己名字『威廉』的暱稱一樣——叫『威爾』。

「至於評論人藥石亂投提出來的其他種種揣測，說什麼『W. H.』是『W. S.』的誤植，指的是威廉．莎士比亞先生，還有『W. H.』應該是『W．豪爾』的縮寫、W. H.先生是威廉．豪斯維先生、W. S.先生誤植為W. H.先生意味著W. H.先生是作者而非題獻對象，等等這些說辭西里爾三兩下就解決掉了。他的理據不值得重提，雖然記得他給我念了幾段摘錄，聽得我捧腹大笑，多虧他不是德語原文照念，那是一個德國評論人說的，名叫班斯托弗，一口咬定W. H.是『威廉，或其本人』的縮寫。有人說這些十四行詩不過是寫來揶揄同代人德雷頓以及希厄福德的約翰．大衛斯兩人的詩作，西里爾對這種論調也嗤之以鼻。在他看來，而我的確也有同感，這些詩具有嚴肅的悲劇意義，是莎士比亞從他滿心的苦澀中擠出來的，又以雙唇蜜糖般的言辭賦予甜香的韻味。他更不會認可那些評論，說什麼這些詩作只是哲學寓言，莎士比亞與之對話的是他心目中理想的自我、理想的男兒氣概、美的精靈、理性、神性邏各斯，或者天主教會等等。他覺得、而我的確也認為大家都會這麼覺得，那些詩是寫給某個人的——一個特定的年輕人，由於某種原因，此人的品性曾給莎士比亞的靈魂灌滿了催肝裂膽的歡樂，以及錐心刺骨的絕望。

「如此這般像是鋪陳了一番，西里爾轉入正題，說我以前要是對此有什麼先入之見，如今該拋諸腦後了，公平地、心無成見地聽聽他的理論。他指出來的問題是：莎士比亞當時說的那個年輕人是誰呢，出身既不高貴、秉性也不高雅，會讓他如此激情滿懷地賦詩訴說欽慕之情？對他如此離奇地傾心於一個年輕人，我們唯有歎為觀止，幾乎不敢去轉動那開啟詩人內心祕密之鎖的鑰匙。他會是誰呢，外表之美足以成為莎士比亞藝術的基石、靈感的不易之源，成為他夢想的真正化身？如果將這個人簡單視為某種情詩的抒發對象，那就沒抓住這些詩的全部意義，因為莎士比亞在詩中談到的藝術不是十四行詩本身的藝術，說真的，這些詩對他來說不過是些小打小鬧的體己話罷了——他詩中所指涉的自始至終是戲劇的藝術。對這個人，莎士比亞在詩第七十八首結尾說了這些——

你是我藝術的全部，是你
化我愚魯為學問的神奇——

對這個人，他在詩第八十一首結尾以不朽相許：

那裡，氣息永在，眾口傳揚。

的的確確，這人非那個反串演女角的小演員莫屬。為這個人，莎士比亞創作了《第十二夜》中的薇奧拉和《辛白林》中的伊摩琴、《羅密歐與茱麗葉》中的茱麗葉和《皆大歡喜》中的羅莎琳、《威尼斯商人》中的波希亞和《奧賽羅》中的苔絲德莫娜，甚至擔綱演出《安東尼與克萊奧派特拉》中的克萊奧派特拉。這就是西里爾·格蘭姆的理論，你看得出純粹是由那些詩本身演繹而出，能否為人所接受，憑藉的與其說是可展示的證明或有形的證據，不如說是一種精神和藝術的悟解。他聲稱這些詩非如此，無法得其真意。記得他給我讀了美妙的詩第三十八首：

我的繆斯怎需編造新題，
有你氣息，在催生我詩句？
你散發的甜美無人能及，
令所有粗鄙的文字無語。
感謝你自己吧，若我詩章

值得你凝眸、值得你注目——
讚頌你，誰人會言辭俗傖？
是你自己，讓人靈感飛舞！
你是繆斯第十，十倍高過
那詩奴乞靈的九位前輩——
讓呼喚你的人詩篇多多，
讓詩作永恆，傳絕世之美。

——他還指出，這首詩如何天衣無縫地印證了他的理論，並且細心地把所有一五四首十四行詩都過了一遍，以此來說明，或者自覺得說明了，按照他對詩意義的這一新的解釋，以前那些給人覺得隱晦、惡毒、誇張的地方全變得既清楚又合理，同時具有很高的藝術價值，在在顯明了莎士比亞對表演藝術和戲劇藝術兩者之間真正關係的看法。

「很明顯在莎士比亞的劇團裡必定有個很好的年少演員，相貌非常俊秀，令莎士比亞委他以重任，演出自己劇中高貴的女主角，因為莎翁既是個天馬行空的詩人，也是個腳踏實地的劇院經理。西里爾．格蘭姆真還查出了那個小男演員的名字，叫威爾，或者按他喜歡叫的名和姓是威利．豪斯。這名呢，他當然是在第一三五首和第一四三首這兩首語帶雙關的詩中找到的，姓呢，據他所說，是藏在第三十首的第八行中。那句詩是這樣寫W. H.先生的：

啊，情柔意豪斯人領風騷。

「在詩集的最初版本中，對『豪斯』的字版做了些處理，看起來關係好像更緊密。這一點，他聲稱，清楚表明了其背後文字遊戲的意圖，而詩集中另外還有些詩，裡頭跟『豪斯』發音相似的詞也帶有奇怪的雙關意涵，這就更為他的觀點提供了大量佐證。我當然一下子被說服了，威利．豪斯在我心中變成了跟莎士比亞一般真實的一個人。我唯一可以提出的反駁是，在現存最早的第一對開本這一莎氏戲劇合集中，莎士比亞劇團演員表上並沒有威利．豪斯這個名字。但西里爾反過來指出，威利．豪斯這個名字沒出現，正好與他的理論相合，因為有詩第八十六首為證，威利．豪斯後來離開莎氏劇團，轉投一個與之競爭的劇團，很可能在查普曼的一些戲中出演角色。正是這個緣故，在關於查普曼的詩第八十六首這篇傑作的結句，莎士比亞對威利・豪斯說：

你的音容令他詩句豐贍，
唯我獨悲所失，筆禿力單。

其中『你的音容令他詩句豐贍』這句，顯然指的是這小演員的美貌讓查普曼的詩句活色生香，第七十九首也有同樣的意思：

遙想當初，唯我有你襄助，
唯我筆下，有你丰姿盡現。
但如今，我詩情委頓乾枯，
我繆斯，扶病讓位已無言。

而就在這之前的那一首詩中，莎士比亞說：

徒見外人筆，盡得我之好，
得君美且偲，悠悠詩名揚。

用『得……好』『得……偲』，明擺著是玩『好偲』與『豪斯』的雙關遊戲，而『得君美且偲，悠悠詩名揚』句，意思便是『有你作為演員以才貌相助，他們的戲劇便得以展現人前』。

「那天晚上我們就這話題談得不亦樂乎，一直待到差不多天亮，翻來覆去地讀那些十四行詩。但是，讀著讀著我開始看到，要讓這理論在世人眼中真正做到無懈可擊，還需要找出說明這年輕演員威利．豪斯確有其人的獨立證據。這個條件一滿足，W. H. 先生即是威利．豪斯也就確鑿無疑了，否則這理論一擊即潰。我不假辭色點出這一要害，西里爾聽了惱羞成怒，說我這是食古不化，的確是，一提這點，他便出言不遜。但我好說歹說還是勸得他答應了，為他自己好，不把來龍去脈弄得一清二楚，不會貿然公之於眾。此後我們花了一週又一週，查倫敦故城裡各教堂的記事冊、德威公學的阿萊恩手稿、公共檔案館的紀錄、宮務大臣辦公室的檔——說真的，什麼都查，只要是我們能想到的也許會涉及威利．豪斯的東西全查遍了，可是，當然了，一無所獲。日子一天天過去，說威利．豪斯真有其人，我看是越來越有問題了。西里爾一天到晚寢食難安，日復一日地把整個問題說了一遍又一遍，央求我相信。但我看到他理論中的這一硬傷，拒絕相信，非要見到無可挑剔的真憑實據，能證明那個伊莉莎白時代的少男演員威利．豪斯確有其人不可。

「有一天，西里爾離開倫敦去他外公那邊住，我當時是這麼想的，但後來從克萊狄頓勛爵那裡得知並非如此。大約過了半個月我收到他的一封電報，是從瓦立克發的，要我當天晚上八點一定過來和他吃飯。我到的時候他告訴我，『無須證據證明的使徒只有聖多馬，但偏偏只有聖多馬是得到證據證明的使徒。』我問他這是什麼意思。他回答說，他不但可以確證十六世紀真有個小演員名叫威利．豪斯，還有不容置疑的證據來說明他就是詩所題獻的W. H.先生。他一時不肯再多說，但飯後他非常慎重地取出那幅我剛才給你看的畫像，告訴我發現這幅畫憑的是萬中無一的運氣：他在瓦立克郡一處農舍買了個舊箱子，那畫就釘在箱子內的一邊。那口箱子呢，本身就是伊莉莎白時代工藝的上佳樣本，他當然帶過來了，箱面正中的的確確刻著字母縮寫W. H.，而正是這兩個字引起了他的注意。他告訴我，買下這口箱子之後過了好幾天，他都沒想到認真看看裡頭是什麼個樣子。等到有一天早上，他看到一邊箱板比另一邊厚了好多，再仔細一看，發現一邊夾了幅帶框的木板畫，拿出來一看，就是現在擺在沙發上的那幅畫。畫很髒，還長滿了黴，但他還是想辦法把它弄乾淨了。讓他大喜過望的是，自己竟有這等運氣，得來全不費工夫地撞上日思夜想的東西。拿在眼前的，實實在在就是一幅W. H.先生像，一隻手擱在打開了的十四行詩集的題獻頁上，就在褪了色的金漆畫框上隱約可見到用黑色安瑟爾字體寫著那年輕人的姓名：威爾・豪斯先生。

「嗯，我還有什麼話可說？我根本沒想到西里爾・格蘭姆是在耍我，或者他試圖借助贗品來證明他的理論。」

「但那是贗品嗎？」我問。

「當然是了，」厄斯金說，「偽冒得非常到家的贗品，但怎麼說還是贗品。我當時以為西里爾從頭到尾都頗為鎮定自若，但現在回想起來，他不止一次跟我說，他自己一點也不需要這種證據，他認為不用這個證明，那理論也已經滴水不漏了。我笑他說要沒有這東西，那個理論不堪一擊，並熱烈祝賀他有此奇蹟般的發現。我們還安排要給這幅畫做個蝕刻版，或者複印版，作為西里爾版的莎氏十四行詩集的封面。接下來三個月我們別的什麼都不做，全心放在詩集上，每首詩一行一行地看，將文本和詩句含義上的疑難之處逐個解決清楚。但有一天就那麼不巧，我在霍本的一家印刷店裡無意間看到櫃檯上擺著一些極其漂亮的銀尖筆素描，喜歡得不得了，便買了下來。店主，他名叫羅林斯，告訴我那些畫出自一個年輕畫家之手，這人名叫愛德華・莫頓，聰明絕頂，但也窮得一塌糊塗。過了些天，我去看莫頓，地址是店主給的，見到的是一個面色蒼白但人很有意思的小夥子——老婆相貌平平——是他的模特兒，這是我後來才知道的。我告訴他我有多欣賞他的畫作，他聽了似乎非常高興，我問他能否給我看一些他另外的作品。我們一起翻看他的作品選輯，畫真的都很漂亮——因為莫頓的筆法非常細膩，很討人喜歡——我突然間瞥見一張素描，是W. H.先生像的底本。一點也沒錯。簡直跟原樣複製般——唯一不同的是，那兩個悲劇和喜劇的面具並不像畫像中那樣掛在大理石臺上，而是放在那年輕人腳邊的地板上。『你這到底是哪兒弄來的？』我問。他變得頗有些不知所措的樣子，說道：『哦，算不得什麼。我不知道怎麼會跑到畫輯裡。這東西一點價值也沒有。』

「『是你替西里爾・格蘭姆先生畫的，』他老婆大聲說，『如果這位先生要買的話，就賣給他吧。』

「『替西里爾・格蘭姆先生畫的？』我接口重複了一下，『W. H.先生像是你畫的嗎？』

「『我不懂你在說什麼，』他回答，整個臉變得通紅。唉，這整件事真是可怕極了。他老婆把事情都說出來了。我走時給了她五鎊錢。現在我真不想重提這事，但那時當然了，是怒不可遏。我直接去了西里爾的住處，等了三個小時直到他回來，那瞞天大謊就這麼直勾勾地盯著我，我於是告訴他我發現了他的偽冒行徑。他臉色唰地白了，說——『我這麼做全是為了你。不這樣你怎麼都不信。這理論的真實性並沒受到影響。』

「『這理論的真實性！』我大嚷，『這話還是少說為妙。你自己就從來沒相信過。如果你信，就不會假造贗品來證明了。』我倆粗聲惡語的，大吵了一頓。我敢說我太過分了。第二天早上他就死了。」

「死了！」我驚呼道。

「沒錯，他用左輪槍開槍自殺了。有些血濺到了畫框上，就在那寫有名字的地方。等我到的時候——他的僕人當即過來叫我——警察已經在那裡了。他留下一封信給我，看那樣子顯然是懷著百般煩躁痛苦的心情寫的。」

「信上都說了什麼？」我問。

「這個，說他絕對相信有威利．豪斯這人，造假只是為了顧全我，一點也不損害理論的正確性，還說為了向我表明他對整個理論的信念有多麼堅定、多麼義無反顧，他要為莎氏十四行詩的祕密獻出自己的生命。一封又蠢又瘋的信。記得信末他說他將威利．豪斯理論託付於我，由我來呈現給世人，來揭開莎士比亞心中的祕密。」

「這事太慘了，」我叫起來，「但你為什麼還沒有完成他的遺願呢？」

厄斯金聳了聳肩。「因為這理論徹頭徹尾的站不住腳。」他回答。

「我親愛的厄斯金啊，」我說著站起身來，「你完全錯了。這可是迄今為止打開莎翁十四行詩祕密的唯一一把完美的鑰匙啊。所有細節無一疏漏。我相信威利．豪斯確有其人。」

「別說這話，」厄斯金正色道，「我相信這個理論有個致命傷，就知性而言沒什麼可談的。整件事我認真細究過，可以擔保這理論完全是個謬誤，能自圓其說到某一點，但接下來就講不通了。看在老天分上，我親愛的孩子，還是別提威利．豪斯吧。搞不好會讓你心碎的。」

「厄斯金，」我回答，「你責無旁貸要讓這理論面世。你要是不做，就由我來。

你這麼瞞著，對不起死去的西里爾．格蘭姆，一個最年輕最了不起的文學殉道者。我求你還他以公道。他為這事而死，別讓他為這事白死。」

厄斯金訝異地看著我。「沒想到這整件事的傷心處還讓你動了真情，不能自持呢，」他說，「你忘了，有人為一件事而死，未必就說明這件事是真的。我對西里爾．格蘭姆曾經是忠心不二。他的死對我是個可怕的打擊，幾年都沒恢復過來，我想從來就沒恢復過來。但是威利．豪斯？這個念頭背後什麼也沒有。世界上從來就沒有過這麼個人。要說把這個理論展示給世人——世人認為西里爾．格蘭姆是槍支走火殺了自己。刻意自殺的唯一證據就在他給我的信中，這封信世人一無所知。直至目前，克萊狄頓勛爵都認為這一切是事出偶然。」

「西里爾．格蘭姆為一個偉大的理念犧牲了生命，」我答道，「如果你不把他的殉道壯舉公之於眾，起碼也要讓人明白他的信念。」

「他的信念，」厄斯金說，「糾纏在一個虛假的東西、一個不實在的東西之上。那東西，想都別想讓哪個研究莎士比亞的學者認可。那理論提出來會淪為笑柄的。還是別出這個洋相了，別死鑽個一無是處的牛角尖了。你的立論始於假定有這麼個人，但這麼個人到底存不存在，本身都需要證明呢。況且，人人都知道那些詩是寫給本布魯克勛爵的，這早已是決定好的事。」

「這並非決定好的事！」我高聲喊道，「我將接手，做西里爾·格蘭姆之所未做，我將向世界證明他是對的。」

「傻孩子！」厄斯金說，「回家去吧，都過兩點了，別再想什麼威利·豪斯了。我後悔告訴了你這件事，說實在是後悔得不得了，不知怎麼，還說得你信了一件我自己都不信的事。」

「你給了我鑰匙，去打開現代文學最偉大的奧祕，」我回答，「我不會甘休的，我要讓你承認，要讓每個人承認，西里爾·格蘭姆是莎翁在我們時代最鞭辟入裡的評論家。」

我沿著聖詹姆斯公園街往家走去，倫敦上空天剛濛濛亮。水面如鏡的湖上睡著白色的天鵝，嶙峋的宮殿在淡綠的天色下透著紫光。我想起西里爾·格蘭姆，禁不住熱淚盈眶。

II

等我醒來時已經過了十二點，太陽從窗簾間的縫隙斜斜地透進房間，投下一道道纖塵翙翙的金光。我吩咐過僕人今天不見客，喝了杯巧克力吃了個小圓麵包，之後便從書架上拿下我那冊莎士比亞十四行詩集，逐字逐句推敲起來。每一首詩似乎都和西里爾・格蘭姆的理論相合。我覺得自己的手好像按到了莎士比亞的心坎，在數算他激情每次一頓一跳的搏動。我想到了才貌雙絕的那個少男演員，在每一行詩中都看到了他的面容。

有兩首詩，我記得，尤其讓我驚歎不已：第五十三首和第六十七首這兩首。前一首中莎士比亞誇獎威利・豪斯演技全面，戲路很寬，從羅莎琳到茱麗葉，還有《無事生非》中的比特麗絲和《哈姆雷特》中的俄菲利亞，詩一開頭就這麼說——

你是何材質，才華何處來，
讓萬千陌生人如影隨形？
既然每人，只得一影一態，

你又如何，能展萬般風情？

這些詩句，如果不是說給一個演員聽的話，便無從理解，因為「影」在莎士比亞時代有個技術含義，與舞臺演出相關。「其佼佼者，也不過影子而已」。《仲夏夜之夢》裡的忒修斯便是如此品評演員的，當時的文學作品中更有許許多多類似的指涉。這些詩很明顯歸於一類，屬於莎士比亞討論演員技藝的系列，說天賦異稟、稀世才情對完美的演員是不可或缺的。「為什麼，」莎士比亞在問威利・豪斯，「你能如此千姿百態，演誰像誰？」他又接著指出，豪斯的美似乎能讓每一個異想天開的形與態得以實現，能讓創意飛揚的想像之夢一一得其血肉之軀——這個意思更在緊接著的那首詩中進一步展開。詩第五十四首以這個漂亮的意念先聲奪人：

美，似乎加添了多少美啊，
當披上真這甜蜜的華服！

在此，莎士比亞要我們注意，表演的「真」、戲臺上舉手投足間可見的「真」，讓詩平添了奇妙的韻致，讓詩有了楚楚動人的生命，讓它的理想形式有了栩栩如生的現實感。但到了第六十七首，莎士比亞呼籲威利．豪斯捨舞臺而去，摒棄其做作、脂粉豔服下效顰生活的虛假、潛移默化的腐敗，以及和真實世界中言行的高尚與真誠漸行漸遠的墮落。

啊！他為何要與汙濁為伍，
讓鄙陋齷齪者得其華彩，
讓罪孽藉著他高升步步，
以他的陪伴為金冠玉帶？
為何任腮頰由鉛華虛繪，
竊取其活色代之以死形？
可憐啊，他既是真身玫瑰，
美為何，捨近求遠尋花影？

也許有人會覺得奇怪，戲劇家偉大如莎士比亞者，其自身藝術上的出神入化與人性上的營營役役，無不藉助劇本創作和舞臺演出這一理想途徑得以實現，竟會對戲劇做出如此月旦評。但是別忘了在第一一〇首和第一一一首這兩首詩中，莎士比亞向我們表明他同樣也厭倦這為人傀儡的戲劇江湖，在頭一首開始就滿懷羞慚地說，他把自己變成了「譁眾取寵的小丑」。詩第一一一首更是說得痛心疾首——

啊，為了我，你責罵命運吧，
那女神有罪，令我成一害，
不予我榮華不讓我發達，
逼我於芸芸眾生中求財。
我的情性因此百般壓抑，
我的姓名因此打上烙印，
營役中，如染工手沾汙漬：
可憐我吧，願我早日更新——

其他還有許多地方流露出相同的心跡，這些地方，真正研究莎士比亞的學者人人都熟悉。

讀這些詩的時候，有一點讓我大為困惑，要過好多天我才悟出其中真意，而西里爾・格蘭姆本人似乎也沒看到這點。我不明白，為什麼莎士比亞會這麼急著要他年輕的朋友結婚。他本人結婚得早，結果並不幸福，應該不可能去催威利・豪斯重蹈自己覆轍。那演羅莎琳的年輕人，並不會從婚姻中得到什麼好處，或是得益於現實生活中的七情六欲。開頭的幾首詩，莫名其妙地求人娶妻生子，我覺得很有些格格不入。破解這個謎的答案我是突然悟到的，就在那令人不明所以的題獻辭裡。要記得那題獻辭是這麼寫的：

謹獻予
唯一令以下詩篇得著生命的人
W. H.先生，祝他
幸福無疆，得享我們
不朽詩人
所應許之永世榮光。

謹此祝頌
斗膽刊行此書的
T. T.

一些學者曾認為題獻中「令詩得著生命的人」不過是指買下這些詩的出版商湯瑪斯．塔博，但現在普遍都揚棄了這個觀點，最權威的學者也非常同意應該從「得到靈感」這個意義來理解，如此譬喻，源自生物意義上的「成孕」類比。我看到同樣的譬喻，莎士比亞的詩歌一直在用，這就引我上了正道。終於，我有了重大發現。莎士比亞要威利．豪斯結的婚，是「與他的繆斯結婚」，這個說法確確實實在詩第八十二首提出。那首詩中，莎士比亞滿心苦澀，因為這小演員背叛他而去，為了這年輕人他還寫下一個個最為精彩的角色，而這人的美貌又的確激發了創造這些角色的靈感。於是詩一開頭便是一聲怨懟——

無奈，你不與我繆斯成婚。

他求他，要他生的孩子不是具血肉之軀的人間孩童，而是具不死之名的永生之子。前段的這些詩一整輪下來，無非就是莎士比亞促請威利．豪斯上戲臺、演角色。你的那份美要是沒派上用場，他在第二首開頭便說，任其荒廢成不毛之地，那該是多麼暴殄天物啊：

寒冬四十載，圍困你容貌，
深溝亂前額，道道摧紅顏。
看今朝，青春華服堪自傲，
思來年，衰敗襤褸比草賤：
人相問，翩翩風貌今何在，
今何在，韶光如玉映華年？
自可言，雙眼深陷恨如海，
愧疚吞身心，虛華幽夢湮。

你必須在藝術上有所創造：詩第七十八首說了，我的詩「得之於你，因你而生」，只要聽我勸，如詩第三十八首所稱，我就會還你「詩篇多多，讓詩作永恆，傳絕世之美」，而你將獲得以你的形象點化而出的各種形態，讓舞臺這一想像世界充滿人氣。這些因你而得著生命的孩童，在詩第十首結尾他繼續說道，將不會凋亡，不像人間的孩子那樣，而你將在他們裡面永駐、在我的劇作裡面永駐：只要你——

再造自己，為著對我的愛。
讓美因你、因你所出永在！

我把貌似可以佐證該理論的段落聚在一起，看了為之一振：西里爾．格蘭姆的理論多完整啊。我還看到，很容易就可以把說詩歌本身的那些詩句，和說他自己偉大的戲劇作品的詩句區分開來。這一點，在西里爾．格蘭姆之前的評論家個個都完全忽略了，而這又是這整個十四行詩系列中至關重要的一點。對詩歌，莎士比亞多少有些輕慢，並不想以詩揚名。這些詩，用他在第三十八首結句的話說，是他一個「卑微的繆斯」。這些詩，如米爾斯告訴我們的，僅僅是為了給幾個朋友、很少的幾個朋友，私底下傳閱罷了。與此相對的是劇作，他極為關注其崇高的藝術價值，對自己的戲劇天才表露出一種高峻的自許。在詩第十八首中他這麼對威利・豪斯說：

但你夏日永存，必不殘敗，
你姣好常在，也永不消退，
任死神狂傲，卻力有不逮，
因不朽詩篇，你熠熠生輝。
只消天下有人、人有雙眼，
此詩必在，予你生命無限。——

說「不朽詩篇」很明顯暗指詩人當時正交給他的一部自己的劇作，正如結尾兩句表現出詩人信心滿滿，此一劇作大有可能長演不衰。在他向戲劇繆斯表白的詩中（第一百首和第一〇一首），我們看到相同的情愫。

你在何方，繆斯，早忘了嗎？

是什麼，給了你，所有神力？
何苦自輕賤，助濫調喧嘩，
費詩興，借光與，鄙俗之題？

他呼告著，在下一首又指責悲劇和喜劇之女神，怪她「無視美所暈染的真」，說道——

因他無須褒揚，你便不唱？
別託辭沉默：要靠你，他才
能不被鎏金的墳墓埋葬，
才能令人傳頌，千秋萬代。
就這一次吧，讓我來教你
令他風采翩翩，無有窮期。

但也許是在詩第五十五首，莎士比亞把這個念想說得最透。要是認為詩第二行

「煌煌韻律」一語指的是詩本身，那就完全誤解了莎士比亞的意思。依我看，就全詩格調而言，極有可能說的是一部特定的戲劇，而這部戲，除了《羅密歐與茱麗葉》不會是別的。

王侯碑碣，無論是金、是玉，
全不如，這煌煌韻律傳世，
其所言，更令你，燦爛如炬，
遠勝過，歲月濁流染頑石。
兵燹無情，足以推翻偶像，
動亂凶險，動輒摧毀豐碑，
戰神亮劍，戰火勢不可當，
但詩篇，可令你，青史永垂。
無懼死神，任仇恨吞記憶，
你信步前行，讚美聲不絕，
光彩耀於，萬世子孫眼裡，

何懼地老天荒、日月滅卻。
存於此詩、居於戀人眼睛，
直至最後審判，將你喚醒。

同樣極有深意、值得注意的是，此處和其他地方相同，莎士比亞對威利・豪斯以不朽相許，形式一樣是訴諸人的眼睛——也就是說，以一種引人注目的形式，以一齣要世人用眼睛看的戲劇這一形式而不朽。

有兩個星期，我不捨晝夜地鑽研這些詩，幾乎是閉門謝客，足不出戶。每一天我似乎都有新東西發現，威利・豪斯對於我也成了一種精神的存在，一個時時主宰著我的人格存在。我簡直覺得他歷歷如在目前，就站在我房間的暗影裡。莎士比亞把他寫得太逼真了，瞧那一頭金髮、那一份溫柔如花的韻致、那對深深的夢幻般的眼睛、那纖巧靈動的四肢，還有他那百合花般潔白的雙手。就他的名字已夠我浮想聯翩了。威利・豪斯！威利・豪斯！那聲音朗朗如音樂！沒錯，除了他，還有誰能或情夫或情婦地左右著莎士比亞的激情（詩二十，行二）：讓他俯首稱臣的愛之上主（詩二十六，行一）、尋歡取樂的寵臣寶貝（詩一二六，行九）、獨開於天地間的玫瑰（詩一〇九，行十四）、報春的信使（詩一，行十）、身著華服的青春少年（詩二，行三）、甜美如音樂的純情少男（詩八，行一），還有誰能以如此美貌妝點莎士比亞的情思（詩二十二，行六）、撐起他戲劇天分的魅力？回看當時，他的背叛、他的恥辱，兩相糾纏而成的整齣悲劇，似乎是多麼悽楚苦澀啊！——那份悽楚苦澀，他僅憑一己人格之魅力化成了賞心悅目的甜美（詩九十五，行一），只可惜悽楚苦澀一分沒少。但是，既然莎士比亞饒恕了他，難道我們不該也饒恕他嗎？我才不想刨根究柢去打破他罪過的砂鍋呢。

他捨莎士比亞的劇院而去，則是另一回事了。我對此好好探究了一番，最終結論是：西里爾．格蘭姆弄錯了，其實詩第八十首中的那個競爭對手不是查普曼，很明顯那說的是英國十六世紀的劇作家兼詩人馬羅。寫這首詩的時候，像「他偉大的詩篇驕傲地滿帆而行」這樣的話還不可能用來說查普曼的作品，不管這用來說他在後來詹姆斯一世時代的劇作風格有多麼貼切。不對，馬羅才清清楚楚是足以讓莎士比亞如此美言的劇壇對手，而且在詩第八十六首還說了：

……那面善可親的幽靈

夜夜都用才智令他癡迷，

這又是指他《浮士德博士》中的墨菲斯托。毫無疑問，馬羅迷上了這個少男演員的美貌風姿，引誘他脫離莎氏的黑衣修士劇院，說是可以讓他演他《愛德華二世》一劇中的加維斯頓。莎士比亞是有法律上的權利留住威利・豪斯，不讓他離開自己劇團的，這一點可以從詩第八十七首中明顯看出，他說——

別了！你太矜貴我供不起，
你也知曉，自家身價幾何：
你的價值，給你權利遠離，
雙方權責，於此兩相交割。
無你許可，我當如何留人？
如此珍寶，我又怎能相配？
雖厚禮精美，我無由領認，
故專屬之權，唯拱手回給。

你給過我，是因不知身價，
我得過你，或是因你誤會，
你有此才華，屈寄我籬下，
既覺今是昨非，理當還退。
我曾有過你，受寵恍若夢，
夢中身似王，夢醒雙目瞠。

但那個他無計以愛留住的人，他也無意以力相阻。威利・豪斯成了本布魯克劇團的一個成員，說不定還在紅牛酒館的露天庭院扮演過愛德華王的俊俏寵臣呢。馬羅一死，他好像又回到莎士比亞身邊。莎士比亞則不顧其他劇團合夥人會怎麼看這件事，二話沒說就饒恕了這個年輕演員的任性和不義之舉。

而且，莎士比亞把戲劇演員的德行又刻畫得多好啊！如詩第九十四首所說，像威利・豪斯這類人是：

大小事，作態欲做而不做，

動眾人，自己不動如磐石。

他演得出愛，卻感受不了愛，他不理解激情，卻模仿得了激情。詩第九十三首是這樣說的：

許多人，虛情歷歷形於相，
顰蹙間，心境意緒難遮掩，

但威利．豪斯呢，就不是這樣。「上天，」莎士比亞在同一首對他崇拜得神魂顛倒的詩中說——

上天，造你之初，便已註定，
你臉上，必永掛甜甜愛意。
無論心中，何思何念何情，
你臉上，唯見笑顏甜蜜蜜。

從詩第九十二首中說的他那「無定的心緒」和上文的「虛情」，很容易就看得出那種虛偽和無義不忠，不知何故似乎就和藝術的性情分不開，就像他熱衷於受人褒獎、期盼著即時認可那樣，典型的一副戲子做派。但比其他演員幸運的是，威利・豪斯將有永生之福。和莎士比亞的戲劇血肉相連而不可分，他將活在其中。詩第八十一首說了：

你名字，自此將永生不朽，
可我一去，世人旋即忘記。
黃土予我，不過荒塚一丘，
而你將在，萬人眼中安息。
我優雅的詩章，是你豐碑，
未來的眼睛，將百讀不厭，
未來之舌，將會長傳讚美，
哪怕今世今人，化作青煙。

同時，詩中有不知多少次言及威利．豪斯是怎麼風靡他的觀眾的——一眾「瞠目結舌者」，莎士比亞在詩第九十六首中這麼說他們。但是，將他爐火純青的演技寫得最形神妙肖的，大概要算〈戀人怨〉，莎士比亞在詩中第四十四節是這麼說他的——

把戲無窮身段軟，
千變萬化計多端。
紅臉揮淚扮昏迷，
得心應手皆相宜。
猥辭一聞現赧顏，
目睹悲景淚翩躚，
傷心暈倒也是騙。

詩第十八節還這麼說他：

巧舌如簧辯才高，
議論深奧語滔滔，
應答如流詰問刁，
聲東擊西收放巧，
聞者哭笑無所依。
南腔北調皆奇技，
千悲萬喜隨心意。

有一陣子我還以為自己真的在伊莉莎白時代的文獻中找到了威利・豪斯。埃塞克斯伯爵的專任牧師湯瑪斯・內爾有一篇精彩的文字，繪聲繪影地記述了氣概不凡的伯爵臨終那幾天的情景。內爾告訴我們，伯爵死的前一天晚上，「他吩咐他的樂師威廉・豪斯彈鍵琴還唱歌。『彈我那首吧，威爾・豪斯，』他說，『我自己來唱。』他於是高高興興地唱了起來，不像垂死悲鳴的天鵝，低頭在為自己的末日號啕，而像一隻歌聲甜美的雲雀，雙手向天，舉目望向他的上帝，就這樣升上清澈如水晶的天空，帶著他不倦的歌喉登上青天之巔。」伯爵是西德尼爵士所愛的「星之女」的父親，在他臨終一刻為他彈琴的男孩肯定是威爾・豪斯，莎士比亞的詩就是題獻給他的，還跟我們說，他就是「甜美如音樂的純情少男」。但埃塞克斯勛爵死的年分是一五七六年，莎士比亞自己那時才不過十二歲呢。這樣他的樂師就不可能是詩所題獻的那個W. H.先生。也許莎士比亞這位年輕朋友，是那位彈鍵琴樂師的兒子？但發現伊莉莎白時代有「威爾・豪斯」這個姓名，至少不是小事一樁。的確，「豪斯」這個姓似乎和音樂及演藝界很有緣分。英國史上第一位女演員就是可愛的瑪格列特・豪斯，魯伯特親王愛她愛得神魂顛倒。更有可能的，會不會是她和埃塞克斯勛爵的樂師兩人一前一後，之間出了這個演莎劇的小演員？但證據呢、關聯呢——去哪裡找啊？哎呀！真是上下求索而不得。我老覺得，鐵證就在咫尺之間，但怎麼找還是失之毫釐。

從威利・豪斯的生平，我很快轉去探討他的死，老在想著他到底是怎麼死的。

也許他曾和一班英國演員一道，於一六〇四年跨海去了德意志，為顯赫的布朗斯克公爵亨利・尤利烏斯演過戲，公爵本人就是個非同一般的戲劇家，那戲說不定就是在這個古怪的布蘭登堡選帝侯的宮廷裡演的。這公爵沉迷美色，據說曾經還以與他等重的琥珀買下一個希臘行商的年少兒子，為討他這奴僕歡心，哪怕在一六〇六年─一六〇七年的大饑荒期間，也連連舉行露天表演大遊行，不管那時連都城內都路有餓殍，全國上下七個月滴雨未下。無論如何，我們知道《羅密歐與茱麗葉》是一六一三年在德勒斯登上演的，同時演出的還有《哈姆雷特》和《李爾王》。另外，可以肯定，一六一五年莎士比亞的遺容面模由英國使節的一個隨員親手帶來德意志，正正就是為了要交給威利．豪斯：一枚慘白的信物，以資紀念這位曾經如此鍾愛他的偉大詩人的去世。的確，這個推斷看起來倒是合理得很：這位少男演員，他的美貌既然是莎士比亞藝術或浪漫或現實不可缺少的一個因素，應該是將這一新文化的種子帶來德意志的第一人，並以他自己的方式成為十八世紀德意志啟蒙運動的先行者。這場壯麗的運動，雖說發軔於萊辛及赫爾德，又透過歌德臻於完美與完滿，但其間還有一位演員弗里德里克．施羅德的推動也不容小覷──是他喚醒了公眾的意識，又透過舞臺上佯裝激情和各種模擬手法展示了生活與文學之間那親密入微的血肉關係。果真這樣的話──而這一點目前並不見反證──那麼威利．豪斯並非不可能就在那些英國喜劇演員當中。這些舊史書裡稱為「來自英國的演員」，在紐倫堡一起突發的民眾暴動中遇害，後來又被一些年輕人祕密葬於城外一處小葡萄園裡，這些年輕人「喜歡他們的表演，有的還曾經想方設法要拜他們為師，學習這新興藝術的訣竅」。當然，沒有比城牆外的這個小葡萄園更適合做他的葬身之地了，這個莎士比亞說「是我藝術的全部」的人。難道悲劇不是生發於酒神戴奧尼索斯的哀慟？而喜劇的倩聲巧笑，還有它無拘無束的嬉鬧和伶牙俐齒的對答，難道最初不是得自西西里葡萄園農夫的唇舌之間？豈止這樣，難道最初不是豪飲之後酒沫在臉頰和手腳上留下的紫色紅色斑斑漬跡，暗示了偽裝帶來的美妙和銷魂，從而讓自我藏匿的欲望、對客觀性的價值意識得以在這門藝術種種拙樸的原初形態中展現自己？總而言之，無論他是長眠於那個德意志中世紀城鎮大門外的小葡萄園，還是葬身於我們大都會倫敦這一片喧囂中的哪個晦暗的教堂墓地——都沒有華麗的碑碣標出他的安息之地。他真正的墓陵，如莎士比亞所預見的，是詩人寫就的篇章，他真正的碑碣，是戲劇的永恆。其他一些人也一樣，他們的美同樣催發了他們各自時代新的創作衝動。那個受羅馬皇帝哈德良寵眷的卑斯尼亞奴隸，他象牙般的軀體腐爛在尼羅河青色的淤泥中，那個進入柏拉圖對話的英俊的雅典青年，他的屍骨化作泥塵散落在克拉美庫斯黃色的山頭上；但是，卑斯尼亞奴隸安提諾斯在雕塑中永存，雅典青年查米迪斯又在哲學中不朽。

III

三個星期過去了，我決定去信向厄斯金強烈呼籲，要他還西里爾・格蘭姆以公道，將他對莎氏十四行詩的妙解公之於眾——這是唯一能把問題解釋通透的闡述。很抱歉，我手頭沒有那封信的副本，也無法取得原件，但我記得我把事情前前後後全敘述了一遍，充滿激情地把我的研究讓我意識到的種種論點和論據寫了一頁又一頁。在我看來，這似乎不單單是恢復西里爾・格蘭姆在文學史上的地位，更是拯救莎士比亞本人的聲譽，免得代代相傳，了無新意地就記著他攪和上什麼豔情韻事。我傾注在信中的是我全部的熱忱。我傾注在信中的是我全部的信念。

事實上，信剛送出，我馬上有一種奇怪的反應。好像我將自己相信這一威利・豪斯理論的能力也送走了，心中空盪盪的好像有什麼東西沒有了，對這整件事我也就變得漠漠然無動於衷了。這到底是怎麼回事？也許很難說，為了能盡善盡美地抒發一種激情，我把這激情本身也消耗淨盡了。情感力量，如同物理世界中的力，正負之間是有界限的。也許，只不過是勸人相信一個理論，就要求勸說者以某種方式放棄自己相信該理論的能力。也許只是這整件事搞得我膩了，我的熱情燒完了，只留下理性來面對它自己冷靜的判斷。不管原因是什麼，而且我也裝不出知其所以然的樣子，無可懷疑的是，突然間威利．豪斯在我眼裡變得只是個迷思而已，一場無聊的幻夢，一個年輕人孩子氣的突發奇想。這種人，和大多數死鑽牛角尖的怪人一樣，拿著個臆見急著要別人相信，更甚於說服自己去信。

因為在信中說了一些對厄斯金非常不公平的狠話，所以我決定馬上過去看他，向他道歉。於是我第二天上午就坐車去了鳥籠街，看到厄斯金正坐在他的藏書室，面前擺著那幅偽造的威利．豪斯像。

「親愛的厄斯金！」我高叫一聲，「我給你賠不是來了。」

「給我賠不是？」他問，「賠什麼不是？」

「我寫的信。」我答道。

「你信中沒有什麼需要賠不是的地方，」他說，「恰恰相反，你就你所能幫了我最大一個忙啊，向我展示了西里爾．格蘭姆的理論天衣無縫。」

「難道你是說你相信威利．豪斯確有其人？」我大聲嚷道。

「為什麼不？」他回駁道，「你已經向我證明了啊。你覺得我看不出證據的價值嗎？」

「可是一點證據也沒有啊，」我哀歎一聲，跌坐在椅子上，「給你寫信，是因為我那時一頭熱。西里爾・格蘭姆的死讓我感動，他那浪漫的理論讓我著迷，整個觀點奇妙新穎又讓我欲罷不能。我現在看清楚了，那理論建基於一個錯覺。說威利・豪斯確有其人的唯一證據是你面前的那幅畫像，而畫像又是偽冒的。在這件事上你就別一味感情用事、頭腦發昏了。這個威利・豪斯理論無論說得有多浪漫，理性和它是誓不兩立的。」

「這我就不明白了，」厄斯金說著，詫異地看著我，「怎麼說呢？你自己寫的信，還說得我相信威利・豪斯絕對真有其人。但你怎麼又變卦了呢？或者你說了這大半天不過是開個玩笑？」

「我也無法解釋給你聽，」我回他一句，「但我現在明白了，西里爾・格蘭姆的解讀真的是乏善可陳。那些詩是寫給本布魯克勛爵的。看在老天的分上，你可別浪費時間做傻事，去找一個子虛烏有的什麼伊莉莎白年代的年輕演員，把一個幻想出來的傀儡當成莎翁偉大詩篇圍著轉的中心。」

「我看出來那理論你不理解。」他回答。

「我親愛的厄斯金啊，」我嚷道，「不理解！為什麼呢？我覺得那簡直就是我自己編出來的。的確，看我那封信你應該知道這整件事我不但深入探究過，還提供了各種證據。這理論唯一的瑕疵在於它假定了一個人的存在，而這個人存在與否又是爭論的重點所在。要是我們姑且認為在莎士比亞的劇團裡有個年輕演員名叫威利・豪斯，那就不難證明他就是莎翁十四行詩說的對象。但是我們知道在莎士比亞作為股東之一的環球劇院，其劇團裡並沒有叫這個名字的演員，那再挖下去就是枉費工夫了。」

「但這正是我們不知道的啊，」厄斯金說道，「沒錯，他的名字沒有出現在第一對開本的演員名單上，但西里爾指出來了，那正可證實威利・豪斯是有其人，而非證明他不存在，如果我們沒忘記他當時背叛了莎翁，轉投他的競爭對手這件事。」

這事我們爭了幾個鐘頭，但不管我怎麼說，都無法讓厄斯金回心轉意，不再相信西里爾・格蘭姆對詩的闡釋。他告訴我，他打算花一輩子來證明這個理論，還說他下決心要還西里爾・格蘭姆清白。我懇求他、嘲笑他、哀求他，但一點用也沒有。我們最終分手道別，不能說是憤憤而別，但兩人間畢竟有了一道陰影。他覺得我膚淺，我覺得他糊塗。等我再次登門拜訪時，他僕人告訴我他去了德國。

過了兩年，那天我正要進俱樂部，門房遞過來一封信，蓋的是外國郵戳。厄斯金寄來的，信是在坎城的英格蘭飯店寫的。讀了信我嚇壞了，儘管我不太相信他會瘋狂到把自己的決定付諸實行。信的大意是他已經想盡一切辦法去證實那個威利・豪斯理論，但失敗了，既然西里爾・格蘭姆為這個理論獻出了生命，他本人也決定為同一個事業獻上生命。信中最後幾句話是這麼寫的：「我仍然相信威利・豪斯確有其人。等你收到這封信時，我已經為了威利・豪斯親手結束自己的生命：為了威利・豪斯，也為了西里爾・格蘭姆，是我膚淺的懷疑主義和信仰缺失的愚昧把他逼死的。真相一度向你展露，而你拒絕了。現在它又來到你身邊，沾著兩個人的鮮血──別拒之不理。」

那一刻太可怕了。我難過得直反胃，但還是無法相信。為個人的神學信念去死，已是對一個人生命的最大浪費，何況為了一個文學理論去死！這似乎是不可能的。

我看了一下日期。信是一個星期前寫的。很不巧，我有幾天沒來俱樂部，不然若我早收到信，說不定還趕得及過去救他一命。也許還不太晚。我驅車趕回住處，收拾好行裝，從查令十字火車站乘夜班郵遞火車起程趕過去。一路上心急人累夠我受的，我差點都覺得自己永遠到不了了。

我真還趕到了坎城，馬上乘車去英格蘭飯店。他們告訴我厄斯金兩天前下葬，葬在英國人墓地。這個悲劇前前後後貫穿著某種詭異得可怕的東西。我胡言亂語地說了一大篇怪話，惹得大廳裡的人都奇怪地看著我。

突然，厄斯金老夫人一身喪服，走過前廳，看到我，便走上前來，低聲說了幾句關於她可憐兒子的話，眼淚就嘩嘩流了下來。我帶她去了她的起居室。一位老先生正在那裡等她，是這裡的英國醫生。

我們談了很多關於厄斯金的事情，但我隻字未提他自殺的動機。很明顯，他一點都沒有告訴他母親，自己做出如此決絕、如此瘋狂的舉動，背後的原因是什麼。最後，厄斯金老夫人站起身來，說道：「喬治給你留了件遺物做紀念。是件他非常珍重的東西。我去取來給你。」

她一離開房間，我便轉頭對醫生說：「對厄斯金老夫人來說，這個打擊太可怕了！我真不知道她還能如此節哀順變。」

「哦，她幾個月前就知道這是遲早的事。」他答道。

「幾個月前就知道！」我大叫起來，「那她為什麼不阻止他？為什麼不派人看著他？他那時肯定已經瘋了。」

醫生盯著我看。「我不明白您這是什麼意思。」他說道。

「嗯，」我嚷道，「如果一個母親知道她兒子要自殺的話——」

「自殺！」他回答，「可憐的厄斯金並沒有自殺，他是肺結核死的。他來這裡就是等死。我一看到他就知道沒希望了。一邊肺差不多已經沒了，另一邊也感染得非常厲害。去世的三天前，他問我還有沒有希望。我坦白告訴他沒希望了，他只有幾天好活了。他寫了一些信，順天由命地相當平靜，直到最後一刻意識都很清醒。」

這時厄斯金老夫人進來了，手上拿著那幅要命的威利・豪斯像。「喬治臨死時求我把這個拿給你。」她說。我從她手裡接過畫像時，她眼淚滴到了我手上。

這畫像現在掛在我的藏書室裡，我的藝術家朋友都對它讚賞有加。他們認定了，說那不是克盧埃而是奧弗瑞的作品。我才不想把畫的真正來歷告訴他們呢。但有時候，看著那畫像，我心裡會暗自思量，關於莎士比亞十四行詩的這一威利・豪斯理論，要說的東西還真多啊。

譯者簡介

朱純深

福建莆田人，宋淇翻譯研究紀念獎三屆得主。初中二年級之後透過翻譯自學中英文，一九七八年春以英語幾近滿分成績考入福建師範大學外語系七七級。一九七九年秋考入該系碩士研究生班（翻譯方向）。一九八七年底赴英國留學。一九九三年獲諾丁漢大學博士學位（英文翻譯）。一九九三年至二〇一七年分別任教於新加坡國立大學與香港城市大學。現為香港中文大學（深圳）翻譯學教授、北京外國語大學客座教授及香港浸會大學翻譯學中心榮譽研究員。

除國際、國內發表的各類翻譯研究論文外，譯著有：《短篇小説寫作指南》（一九九八）、《古意新聲——中詩英譯今譯（品賞本）》（二〇〇四）、《自深深處》（二〇〇八）、《夜鶯與玫瑰：王爾德童話與短篇小説全集》（二〇一七）。

夜鶯與玫瑰：王爾德童話與短篇小說全集 / 奧斯卡．王爾德著；朱純深譯 . -- 初版 . -- 臺北市：時報文化，2019.10
面；　公分 . --（愛經典；26）
ISBN 978-957-13-7980-7（精裝）

873.4　　108016198

作家榜经典文库®

ISBN 978-957-13-7980-7
Printed in Taiwan

愛經典 0 0 2 6
夜鶯與玫瑰：王爾德童話與短篇小說全集

作者—奧斯卡．王爾德｜譯者—朱純深｜編輯總監—蘇清霖｜編輯—邱淑鈴｜美術設計—FE 設計｜內頁繪圖—梁昌正｜校對—蕭淑芳、邱淑鈴｜董事長—趙政岷｜出版者—時報文化出版企業股份有限公司 台北市和平西路三段二四〇號四樓 發行專線—（〇二）二三〇六—六八四二 讀者服務專線—〇八〇〇—二三一—七〇五、（〇二）二三〇四—七一〇三 讀者服務傳真—（〇二）二三〇四—六八五八 郵撥—一九三四四七二四時報文化出版公司 信箱—一〇八九九臺北華江橋郵局第九九信箱 時報悅讀網—http://www.readingtimes.com.tw｜電子郵件信箱—new@readingtimes.com.tw｜法律顧問—理律法律事務所 陳長文律師、李念祖律師｜印刷—勁達印刷有限公司｜初版一刷—二〇一九年十月十八日｜初版四刷—二〇二四年一月九日｜定價—新台幣三六〇元｜（缺頁或破損的書，請寄回更換）

時報文化出版公司成立於一九七五年，並於一九九九年股票上櫃公開發行，於二〇〇八年脫離中時集團非屬旺中，以「尊重智慧與創意的文化事業」為信念。